TÜRKISCHE BIBLIOTHEK

TÜRKISCHE BIBLIOTHEK

Herausgegeben von Erika Glassen und Jens Peter Laut

Eine Initiative der Robert Bosch Stiftung

www.tuerkische-bibliothek.de

Yusuf Atılgan

Der Müßiggänger

Aus dem Türkischen von
Antje Bauer
Nachwort von Yüksel Pazarkaya

Unionsverlag

Die Originalausgabe erschien 1959
unter dem Titel *Aylak Adam* beim Verlag Varlık.
Die Übersetzung folgt der beim Verlag
Yapı ve Kredi 2005 erschienenen Ausgabe.

Im Internet
Mehr Informationen zu
Yusuf Atılgan und diesem Buch
www.tuerkische-bibliothek.de

Rieterstrasse 18, CH-8027 Zürich
Telefon 0041-44-283 20 00, Fax 0041-44-283 20 01
mail@unionsverlag.ch

Reihengestaltung: Doris Grüniger, Zürich
Umschlaggestaltung: Theres Rütschi, Zürich
Umschlagmotiv: Hale Asaf, »Portrait of İsmail Oygar« (ca. 1930)
Druck und Bindung: Freiburger Graphische Betriebe
ISBN 978-3-293-10008-4

»Du beginnst eine lehrreiche Geschichte,
draus wird eine seltsame Mär.«
Bâkî

Winter

I

Auf einmal kam mir der Gedanke, dass auch sie sich in der Menge befinden könnte, die sich über den Bürgersteig wälzte. Mein Unmut verschwand. (Den Unmut hatte der Kellner ausgelöst, so glaubte ich wenigstens. Ich hatte einen Blick auf sein Gesicht geworfen, während er mir den Mantel hinhielt. Er grinste dauernd, und seine Augen schauten, nein, nicht aufdringlich, sondern eher anzüglich. Wenn ich ihm Trinkgeld gäbe, würde er meine Hand kurz festhalten. Also kriegte er keins.) Ich beobachtete die Leute um mich herum. Die Männer waren glatt rasiert und die Frauen frisch geschminkt. Sie wirkten sorglos, selbst der beinamputierte Bettler an der Ecke bei der Moschee und der blau gefrorene, barfüßige Zeitungsjunge. Ich schaute den Passanten ins Gesicht, als ob ich sie kennen, sie erkennen würde, wenn ich sie sah. An diesem Abend bezog ich alles auf mich. Ich ärgerte mich über mich selbst. Sonst ließ ich sie nur recht selten durch diese Straße gehen: alle Schaltjahre mal, damit sie sich einen schönen Film ansehen konnte. Sie saß dann irgendwo vorne, verfolgte den Film, den Kopf auf die Hand gestützt, und dachte an mich genau dann, wenn ich es mir wünschte. Nach dem Film ging sie zu Fuß nach Hause.

Auf einmal interessierte mich die Menge nicht mehr, und die Gereiztheit von eben machte sich wieder breit. Diesmal aber nicht wegen des Kellners. Das wusste ich. Mir war eingefallen, dass ein Stück weiter vorne die schielende Frau vor dem Kino mit diesen tiefen Logen stand und auf Kunden wartete. Beim Gedanken an die Mischung aus Abscheu und Mitleid, die sie wieder in mir auslösen würde, war ich in eine Seitenstraße abgebogen – dieselbe Straße wie an jenem Abend –, und dort hatte mich die Gereiztheit wieder überfallen, diesmal noch verstärkt durch ein Gefühl von erschüttertem Selbstvertrauen. Als mich vor einem Monat nachts zwei Schneider (einer davon mit schwarzem Schnurrbart) verprügelt hatten – Wieso Schneider? Keine Ahnung –, war ich aus demselben Grund in diese Straße eingebogen. Das heißt, vielleicht gab es noch einen weiteren Grund. Ich hatte den Verdacht, dass mein Drang, ihr zu helfen, ohne sie in ihrer Berufsehre zu kränken, nur ein Vorwand war, um mit ihr eine der tiefen Logen des Kinos aufzusuchen. Auf verschlungenen Wegen brachte mich die schielende Frau zu meiner Tante Zehra zurück. Wenn ich auf deren Schoß saß, hatte ich immer ihre Lippen betrachtet, die sich mal bewegten, mal stillhielten und einen nur für mich wahrnehmbaren Duft verströmten. Gelegentlich beugte sie sich über mich, und während ich noch darauf wartete, dass große, unerhörte Dinge geschehen würden, küsste sie mich nur auf die Nasenspitze. Wenn sie ihr Gesicht meinem näherte, fing sie immer an zu schielen.

Die Tracht Prügel vor einem Monat hatte ich nicht verdient. Danach suchte ich fünf Tage lang mit bandagiertem Kinn die Schneidereien von Beyoğlu ab. Als ob ich mich nicht jedes Mal irrte, wenn ich Leuten einen Beruf zuschreibe; als ob sie mich nicht in einer verschlafenen Gasse, an einer Stelle weitab vom Licht der Straßenlaternen, niedergeschlagen hätten. Als ob ich mehr über sie wüsste, als dass einer der beiden einen schwarzen Schnurrbart trug, machte ich mich auf die Suche nach ihnen. Keiner verstand das. Selbst Sadık sagte: »Angenommen, du findest sie, was dann?« »Dann werde ich ihnen klarmachen, dass sie im Unrecht waren. Dass es mich nicht interessierte, was sie mit dem anderen vorhatten, der bei ihnen war – ›Das mache ich nicht mit, ich gehe nach Hause‹, hatte der andere gesagt –, und dass ich aus reiner Neugier stehen geblieben bin. Ich werde diesen beiden Schneidern …« »Wieso Schneider?« »Keine Ahnung. Ich werde diesen beiden Schneidern sagen, dass es Unrecht war, mich zu verprügeln.« »Und dann?« »Alles Weitere hängt von der Situation ab.«

Sadık hatte den Kopf geschüttelt und gelacht. Er verstand nicht, dass ich die beiden suchen musste. Fünf Tage später, als mein Gesicht geheilt war und der Verband abkam, gab ich die Suche auf.

Danach küsste ich dieses griechische Mädchen. Die Straße in der Nähe der Kriegsakademie war menschenleer. Die beiden Mädchen liefen untergehakt und lachten. Als sie an mir vorbeikamen, packte ich die am Arm, die mir am nächsten war, und küsste sie. Ihr Gesicht war kalt. Die beiden begannen zu schreien.

Die, die ich nicht geküsst hatte, rief: »Unverschämter, dreckiger Saufbold!«

Ich warf den Kopf zurück und lachte böse. Die beiden Mädchen liefen weiter. Wie erbärmlich ihr doch seid mit euren eingefahrenen Denkmustern. Alles müsst ihr über einen Kamm scheren. Dabei war ich gar nicht bezecht! Beim Essen hatte ich ein Glas Wein getrunken. Und dann hatte ich sie schließlich nicht geküsst, um ihr meine Alkoholfahne ins Gesicht zu blasen. Ich zündete mir eine Zigarette an und ging weiter.

In der Diele war es warm. Während ich den Mantel auszog, überfiel mich der alte Gedanke und trieb mich, wie so oft, fast wieder auf die Straße: Das Mädchen, das ich geküsst hatte, hatte geschwiegen. War sie es vielleicht? Warum nur war ich ihr nicht gefolgt? Hätte ich die andere weggejagt und mich ihr zugewandt, hätte sie gesagt: »Schweig, ich weiß.« Dies war der Grund, weshalb ich seit einer Woche jeden Abend in dasselbe Restaurant ging. Die Frau an jenem Abend hatte etwas an sich, das nicht dorthin passte. Sie wirkte, als gehöre sie nicht in diesen Saal, zwischen all die Restaurantbesucher. Als sie sich erhob, brachte mir der Kellner gerade mein Reisgericht. Ich stand nicht auf. Ich würde an einem anderen Abend aufstehen. Sie verließ das Lokal, und mich überkam eine ahnungsvolle Trauer: Es würde keinen anderen Abend geben. Sie würde nicht mehr kommen. Auch heute Abend nicht. Vielleicht hatte sie das Gesicht des Kellners eine Woche vor mir wahrgenommen.

Ich setzte mich auf den Diwan und machte das Radio an. Mir war nach Klaviermusik, aber es wurde keine gespielt. Die ganze Welt schien zu sprechen, zu tanzen und in die Oper zu gehen.

Es gab niemanden in diesem Kasten, der für mich Klavier gespielt hätte. Ich war allein. Da schaltete ich das Radio aus und stand auf. An der Wand hing *Die Vesper*. Im künstlichen Licht wirkte das Dunkelgrau noch dunkler. Erdrückend. Auf dem Tisch stand ein Aschenbecher. Sah unästhetisch aus. Wer hatte den bloß vor die Bücher gestellt? Ich packte ihn und warf ihn in einem Schwung aus dem Fenster. Die Scheibe zersprang. In der gegenüberliegenden Wohnung wurde ein Vorhang zur Seite gezogen; eine Frau schaute reglos auf die Straße. War sie es vielleicht? Der Vorhang ging wieder zu. Geschah alles vielleicht, wenn ich nicht da war, an Orten, an denen ich mich gerade nicht befand?

2

Hatte ihn dieses griechische Lied geweckt, oder hörte er es erst, seit er wach war? Eleni sang, die Frau des Pastırma-Verkäufers. Eleni, das Dienstmädchen der Nachbarn im Stockwerk darüber, war zwar noch nicht verheiratet, aber für ihn war sie schon jetzt die Frau des Pastırma-Verkäufers. Für dreißig Lira im Monat kam sie an bestimmten Tagen zu ihm herunter und fegte sein Zimmer. In zwei, drei Jahren würde sie heiraten und gemeinsam mit ihrem Mann einen winzigen Meze-Laden eröffnen. Wenn Eleni davon erzählte, bekam sie glänzende Augen. Ihm tat der Mann leid. Der würde dann immer in diesem Laden sitzen und nach Knoblauch stinken. Dem Mann würde das vielleicht gar nicht auffallen. Aber er selbst ekelte sich vor Pastırma.

Er mochte sich vom Bett und von seiner eigenen lauen Wärme gar nicht trennen. Wenn er aufstünde und den Vorhang des einzigen Fensters in diesem Zimmer aufzöge, würde er auf die verputzte Mauer des Nachbarhauses mit ihren vielen kleinen Badezimmerfenstern blicken. Nach all den Jahren kannte er jede Unebenheit in dieser Wand. Auch das Nachbarhaus gehörte ihm oder, genauer, war ihm von seinem Vater vererbt worden. Um den Himmel zu sehen, musste er das Gesicht ans Fenster drücken. An regenlosen Vormittagen verleitete ihn dieser winzige Fleck Himmel häufig zu falschen Vermutungen über das Wetter in der Stadt.

Er drehte den Kopf nach links. In der Mitte der Wand hing, im Halbdunkel nur schwach erkennbar, Kemals Bild *Die Nackte*. Draußen sang gerade eine Frau, die man leicht nackt ausziehen konnte. Das Lied, dem Rhythmus des Besens angepasst, geriet immer mal wieder ins Stocken. Vielleicht wunderte sich diese Frau, dass er sie nicht einfach ins Bett zerrte. Sie hatte ihm einmal erzählt, dass sich der Anwalt von oben bei jeder Gelegenheit an sie heranmachte. Er aber tat das nicht. Er würde die Frau nicht ausziehen. Schließlich wollte er nicht so sein wie sein Vater.

Das rechte Bein hatte er angewinkelt und kratzte sich am Knie. Als er ein Kind war, hatten die Dienstmädchen im alten Haus oft gewechselt. In manchen Nächten hörte er unterdrückte Schreie, Geflüster und das Knarren von Sprungfedern. Eines Tages hatte er seinen Vater in der Küche gesehen: Total erregt, war er von hinten über die Frau gebeugt und hielt sie an der Hüfte gepackt. Als ihm das Glas aus der Hand gefallen war, hatten sich die beiden plötzlich aufgerichtet. Es war entsetzlich. Sein Vater war auf ihn losgegangen und hatte ihn geohrfeigt. Zehn war er da erst, aber über Männer und Frauen wusste er schon Bescheid. Seit je hatte er sich vor seinem Vater geekelt. Vielleicht war das auch wegen seiner Tante?

Jemand klopfte leise an seine Zimmertür. Er richtete sich im Bett auf und sagte: »Komm rein.«

Eleni blieb in der Tür stehen. »Ich bin fertig. Nur hier muss ich noch Ordnung machen.«

»Das kann heute so bleiben. Es ist noch sauber. Wenn du sonst nichts mehr zu tun hast, kannst du gehen.«

»Ist ja so dunkel hier drin. Soll ich nicht mal die Vorhänge aufziehen?«

Er nickte. Die Frau stand für einen Moment im Licht. ›Was für ein schönes Gesicht sie hat. Wer weiß, wie beschissen meins dagegen aussieht – verschlafen und aufgequollen‹, dachte er.

»Die Fensterscheibe im Zimmer zur Straße ist kaputt. Soll ich heute noch einen Glaser rufen?«

»Ja, gut«, sagte er. »Gib mir mal mein Jackett.« Eleni holte es.

»Was wird die Scheibe wohl kosten?«

»Keine Ahnung. Aber sechs, sieben Lira werden es schon sein.«

Er nahm einen Zehn-Lira-Schein aus der Innentasche und gab ihn ihr. »Den Rest kannst du behalten. Davon kaufst du ein halbes Kilo Wurst für deinen Laden.« Er schaute sie nicht an, während er ihr das Geld gab, aber er sah ihre Hand. Eine lebendige, ausdrucksvolle Hand.

Erst wurde die Zimmertür geschlossen, dann die Wohnungstür. Er schlüpfte in seine Pantoffeln und öffnete das Fenster. Kalt. Er beugte sich hinaus und sah zum Himmel. Bleigrau. Heute würde es regnen. Er zog sich eine Jacke über und ging zur Toilette. ›Sperrgebiet für den schlechten Schriftsteller.‹ Was war das noch mal für ein Buch, das er gestern zur Hand genommen und dann gleich wieder weggelegt hatte? ›Der Mann steht morgens auf, wäscht sich das Gesicht, setzt sich in den Park, isst etwas und geht mit seiner Geliebten spazieren. Irgendwann nachts kommt er nach Hause und legt sich schlafen. Muss der niemals pinkeln? Das ist doch völlig unglaubwürdig. Im Park muss er bestimmt irgendwann dringend, sucht sich einen Baum mit dickem Stamm, guckt überall herum, ob jemand kommt, und pinkelt dann an den Baum.‹ Nach dem Gang zur Toilette rasierte er sich, wusch sich das Gesicht, zog sich an und verließ das Haus.

Von Nişantaşı bis Maçka nahm er die Straßenbahn. Beim Aussteigen glitt er aus. Letzte Nacht hatte es angezogen, nun waren die Pflastersteine vereist und rutschig. Während er den Abhang hinunterging, setzte er vorsichtig einen Fuß vor den anderen. Ein verspäteter Sesamringverkäufer kam an ihm vorbei, das Tablett auf dem Kopf. Er hielt ihn an und kaufte einen Sesamring. Vor einem Haus schüttelte eine Frau einen Kelim aus. Er blieb kurz stehen und ging dann weiter. ›Eine schöne Frau, aber sie schaut verdrossen drein. Wir alle sind so: Entweder gucken wir verdrossen, oder wir grinsen dämlich.‹ Im Gehen aß er den Sesamring. Die wenigen Passanten drehten sich nach ihm um. ›Einem anständig gekleideten Mann ist es verboten, auf der Straße einen Sesamring zu essen. Kann man dieses Verbot nicht genauso umgehen wie alle anderen auch? Doch: Man muss nur den Ring in Stücke brechen und sich in die Tasche stopfen. Dann kann man mit einer Hand kleine Stückchen abreißen und sie sich unbemerkt in den Mund stecken. Aber solange ich gute Zähne habe, bin ich fürs Abbeißen.‹

Die Tür zum Haus des Obsthändlers stand sperrangelweit offen. Er verzehrte das letzte Stückchen Sesamring und steckte sich auf der Treppe eine Zigarette an. Auf dem Treppenabsatz im zweiten Stock gab es nur eine Tür. Er öffnete sie und blieb auf der Schwelle zu einem hellen, großen Raum stehen. Die jungen Leute, die mit einer Palette in der Hand vor ihren Staffeleien standen, wandten sich nach ihm um und riefen: »Oh, wer kommt denn da!« Und dieser Geruch ... Auf einmal wurde ihm klar, dass er sich nach diesem Duft gesehnt hatte, seit er ziellos von zu Hause weggegangen war. Dieser Duft nach Ölfarbe und Leinöl ...

»Komm rein und mach die Tür zu, wir erfrieren gleich«, sagte Sadık.

Hatte er so lange auf der Schwelle gestanden?

»Guten Tag allerseits«, sagte er, trat ein und zog die Tür hinter sich zu.

»Hallo.«

Außer Sadık waren zwei Mädchen da und acht junge Männer. Sadık hatte nie mehr als zehn Schüler gleichzeitig. Und er unterrichtete nur solche, die er mochte.

»Heute Morgen erst haben wir über dich gesprochen«, sagte Sadık. »Seit mindestens fünf Tagen hast du dich hier nicht blicken lassen. Wir dachten schon, du hättest die Schneider gefunden, die dich verprügelt haben, und verdrischst sie seit Tagen. Oder ein Auto hätte dich überfahren. Das hat am meisten Sami bedauert. Nicht weil du dann tot wärst, sondern weil dann das Porträt nicht fertig würde. Und du wirst es nicht glauben, aber schließlich haben wir uns auf den unwahrscheinlichsten Fall geeinigt: dass du eine Arbeit angenommen hast.«

»In Ordnung. Ausgehend von dieser Wahrheit können wir

verallgemeinernd sagen: ›Der Instinkt des Künstlers ist untrüglich.‹«

Sie lachten und redeten alle durcheinander.

»Gelogen.«

»Ach was, das kann nicht sein.«

»Ich verwette meine Pinsel …«

»Er macht sich über uns lustig.«

Er nahm sich einen Stuhl und setzte sich auf seinen angestammten Platz vor dem Fenster. »Ich mache mich überhaupt nicht lustig. Vor vier Tagen bin ich auf eine Straße mit dem Namen Zwei-Waisenkinder-Straße gestoßen. Und seither habe ich es mir selbst zur Aufgabe gemacht, die Straßennamen dieser Stadt aufzuschreiben und darüber nachzudenken. Hier ist der Beweis.« Er klopfte auf die Jackentasche, in der sich sein Notizbuch befand. »Drei Tage lang habe ich daran gearbeitet, aber seit gestern Mittag ist wieder Schluss. Denn egal, in welche Straße ich einbog, immer hatte ich den Mann mit der Hängeschulter hinter mir. Jetzt bin ich also wieder ein Müßiggänger.« Er blickte auf seine Schuhe. Alles schwieg. »Wahrscheinlich ist der eine oder andere von euch schon mal durch die Zwei-Waisenkinder-Straße gekommen, aber sie ist euch nicht aufgefallen. Die meisten Häuser dort sind zweistöckig und neu, oder jedenfalls sehen sie so aus. Das ist eine von denen, die Charlie Chaplin Easy Street nennt. Bei mir heißt sie ›Einkaufstütenträger-Straße‹. Die Leute, die da wohnen, haben keine anderen Sorgen, als dass die Nachbarn die Achtung vor ihnen verlieren könnten. Aber der Name der Straße irritiert mich. Wer waren diese beiden Waisenkinder bloß? Was haben sie getan, dass diese Straße nach ihnen benannt worden ist? Wie haben sie gelebt? An dem Abend hatte ich nicht getrunken, aber ich lehnte mich trotzdem an einen Strommast. Wenn ihr von Süden her in die Straße einbiegt und meint, ihr müsstet euch an einen

Strommast lehnen, dann nehmt den dritten in der Reihe. Wenn ihr genauso groß seid wie ich, seht ihr dann auf Augenhöhe ein ›Ah‹, das jemand mit einem Taschenmesser ins Holz geschnitzt hat. Dieses Wort kann eigentlich nur einem Mädchen mit langen Fingernägeln gelten, das in dem gegenüberliegenden Haus wohnt. Aber ich wollte mich mit dieser Vorstellung nicht abfinden. Möglicherweise hat da einer einfach die Einkaufstütenträger nicht länger ertragen? Trotzdem starrte ich mehr als eine halbe Stunde lang auf die Vorhänge des Hauses, hinter denen Licht brannte. Aber ich sah niemanden. Die letzten drei Tage sind mir noch mehr Straßen aufgefallen. Es gibt eine Löwenlager-Straße, mit vielen Kurven. Ob sich wohl irgendwann einmal ein richtiger Löwe in einer ihrer Biegungen niedergelassen hat, und dann ist die ganze Stadt hingelaufen, um ihn sich anzusehen? Oder erinnert der Name nur an einen Salonlöwen des Stadtviertels? Und die Sıraselviler Caddesi, die Zypressenallee, in der man an keiner Stelle auch nur eine einzige Zypresse sieht? Überall Asphalt, Betonbauten, Autoschlangen, die Herde der Dahineilendenmenschen ... Ob es die Leute wohl auch so eilig hatten, als in dieser Straße noch Zypressen standen?« Niemand antwortete. Er kratzte sich am linken Ohrläppchen. »Wie wäre es denn, wenn einer von euch mal die Zwei-Waisenkinder-Straße malen würde? Wer, wenn nicht ihr, könnte uns auf diese Straße, das ›Ah‹ auf dem Strommast und auf die zwei Waisenkinder aufmerksam machen? Aber ihr rührt euch ja nicht weg von hier. Ihr fürchtet euch nicht nur vor Kälte und Hitze, sondern auch vor dem Gespött der Leute. Dabei würden sie sich alle daran gewöhnen, wenn ihr erst mal eine Weile mit eurer Staffelei auf der Straße stündet. Vielleicht würde irgendein Strolch eines Tages einen neugierigen Blick auf das Bild werfen, an dem ihr gerade arbeitet, aber sonst wird euch niemand mehr wahrnehmen. Lasst euch nicht abschrecken.«

»Aber du hast dich doch auch von dem Mann mit der Hängeschulter abschrecken lassen«, sagte Necmi lachend.

»Bei mir ist das was anderes.«

»Bei mir auch.« Das war Fatma.

»Genau, bei jedem ist es anders. Da, wo wir den Fuß hinsetzen, ist für uns der Mittelpunkt der Welt. Alles dreht sich nur um uns.«

Sadık klopfte mit dem Pinsel auf die Tafel. »So, Leute, Schluss mit dem Geschwätz. Und du halt mal die Klappe, jetzt wird wieder gearbeitet!«

Alle kehrten zu ihren Staffeleien zurück. Sami holte seine und stellte sie neben ihm auf. Dann nahm er die Leinwand ab, spannte eine andere auf und sagte: »Ab und zu könntest du auch mal in meine Richtung gucken.«

Er beobachtete das Ehepaar, das im gegenüberliegenden Haus am Fenster saß, und blickte dann zu Sami. »Ja, sicher werde ich zu dir schauen. Wenn du die Augenbrauen runzelst, deinen Mund wie zum Pfeifen spitzt und von der Staffelei hochschaust, werden wir einander ansehen. Ich weiß, du hast blaue Augen.« Als man ihm vor drei Wochen den Kopfverband abgenommen hatte, war Sami auf die Idee gekommen, ihn zu malen. »Wie soll das gehen? Du weißt nie genau, wann ich hier bin. Außerdem kann ich nicht stillsitzen. Ich werde umherschauen und mich ständig bewegen.« »Du kannst dich ruhig bewegen, wir machen ja schließlich kein Foto.« Sadık war einverstanden, und so hatten sie noch am selben Tag angefangen. Bis zur Mittagszeit hielt er sich gewöhnlich hier auf und nachmittags in einem anderen Atelier. Aber seit fünf Tagen war er nun nicht mehr aufgetaucht. Stimmte das, was er eben erzählt hatte? Nein, etwas fehlte: Seit fünf Tagen war Ayşe weg.

Er kratzte sich am Ohrläppchen. Hier lief es immer gleich ab: Alle redeten im Flüsterton, nur ab und zu war ein Husten zu hören. Sadık ging von einer Staffelei zur anderen, gelegentlich legte einer Kohle nach. Wenn Selma mal gedankenverloren eine Melodie summte, machte gleich jemand einen Witz: »Alle mal zuhören, wir haben einen Gast aus der Scala!« Er stand kurz auf und zog seinen Mantel aus. Nur zu gern hätte er sich das Bild schon mal angesehen, aber Sami würde es ihm nicht zeigen, bevor es fertig war. Am zweiten Tag hatte sich Sadık für eine Weile neben der Staffelei aufgebaut, und währenddessen schien sich das Gesicht des Jungen immer mehr zu verfinstern. Deshalb hatte er zu Sadık gesagt: »Lass den Jungen in Ruhe, er soll das so machen, wie er will. Deine Besserwisserei kannst du ein andermal anbringen.« Sadık hatte gelacht. Seither stellte er sich nicht mehr neben sie, aber er wusste, dass Sadık eines Tages zu ihm kommen und sagen würde: »Ich habe mich immer geärgert, wenn du dieses Haus ›Das Haus des Obsthändlers‹ genannt hast, aber du hattest offenbar Recht. Ich habe neulich den Arzt gefragt. Das Haus hat sein Großvater gebaut, und der war Obsthändler auf dem Markt von Beşiktaş.« Er aber würde wieder einmal an Sadıks Freundschaft zweifeln und sich fragen: »Sagt er das nur, weil ich inzwischen ein Bild gekauft habe?«

Er sah auf die Uhr: Es war fast zwölf. Das Ehepaar saß immer noch am Fenster. »Ich weiß, was der Frau durch den Kopf geht, aber es ist mir egal.« Er drehte den Kopf in die andere Richtung, sah zuerst Samis Augen und dann die anderen im Saal. In ein, zwei Jahren würden sie nicht mehr da sein. An ihrer Stelle würden andere vor der Staffelei stehen, und ein anderer Student mit blauen Augen würde ein Bild von ihm malen. Nur er, Sadık und das Ehepaar gegenüber würden übrig bleiben; diese Frau, die immer auf die Straße starrte. Auf einmal überkam ihn das Gefühl, irgendwo entgehe ihm gerade irgendetwas. Achtundzwanzig Jahre war er alt und fühlte sich getrieben. Er stand auf und ging zur Garderobe.

Sami folgte ihm. »Was ist los?«

»Nichts. Ich gehe.«

»Willst du nicht zum Mittagessen zu mir kommen? Meine Mutter ...«

»Ich kann nicht. Ich werde erwartet.« Das war gelogen.

Dort würde er mit Sicherheit auf fremde Leute stoßen. »Ich bitte Sie, behalten Sie doch Ihre Schuhe an.« Man würde die Schuhe anbehalten, aber vermuten, dass sie das übel vermerkten. Und dann immer die heuchlerische Frage nach dem Befinden ... Er schlüpfte in den Mantel, sagte: »Bis dann!« und eilte die Treppe hinunter.

Als er vors Haus trat, stellte er fest, dass er nichts verpasst hatte. Alles war wie immer: Autolärm und dahinhastende, gleichgültige Menschen mit hochgestelltem Kragen. Er ging zur Straßenbahnhaltestelle Akaretler. Beim Einsteigen stieß er mit dem Schienbein gegen die Stufe. Das tat fürchterlich weh, aber er ignorierte es. Er setzte sich hinter einen Mann mit Stiernacken und dachte an Sami. ›Wenn ich trotz der anbehaltenen Schuhe, trotz des Wenn-Sie-bitte-hier-Platz-nehmen-möchten und der Fragen nach dem Befinden hingegangen wäre, wen hätte ich dort wohl angetroffen?‹

(Wenn er hingegangen wäre, hätte er B. kennen gelernt. Diese Chance war verpasst. Wer hätte je gedacht, dass sich so bald eine weitere Gelegenheit bieten würde? Und doch ergab sie sich. An der Haltestelle Dolmabahçe hielten zwei aus entgegengesetzten Richtungen kommende Straßenbahnen nebeneinander. Hätte er den Kopf nach links gewandt, hätte er sie gesehen. B. schaute in seine Richtung. Aber seine ganze Aufmerksamkeit galt dem Dreck hinter den Ohren des Mannes vor ihm. Die Form des Schmutzes fesselte ihn. Schließlich fiel ihm dazu eine Zeichnung von Matisse ein. Das beruhigte ihn.)

Er stieg in Karaköy aus und ging essen. Beim Verlassen des

Lokals schaute er zum Himmel: bewölkt. Irgendetwas würde bald vom Himmel kommen: Regen oder Schnee. Dabei wollte er doch zu Fuß ins Kino gehen. Er blieb bei seinem Entschluss. Ging die Yüksekkaldırım-Straße hinauf bis zum Tünel und bog dort in eine der Seitenstraßen ein. Kaum hatte er die Buchhandlung an der einen Ecke und den Krämerladen gegenüber passiert, war der Straßenlärm nicht mehr zu hören. Früher einmal hatte ihn der Weg jede Woche drei, vier Mal hierher geführt. Er blieb stehen und sah zum obersten Geschoss eines Gebäudes zu seiner Rechten hoch. Hinter den großen Fenstern waren die Vorhänge zurückgezogen. »Dort ist es!« Dann schämte er sich für das Durcheinander in seinem Kopf. Er kehrte um. Stellte seinen Kragen hoch, versenkte die Hände in den Manteltaschen und mischte sich unter die Menge.

Als er im Kino ankam, war seine Kleidung ein wenig feucht. Erst ging er zum Klo, dann rauchte er eine Zigarette. Der Kinosaal war nicht sehr voll. Er zog seinen Mantel aus und setzte sich in die Mitte des Saals. Die meisten Kinobesucher waren Frauen. Dann noch ein paar Gelegenheitsfaulenzer und Schulschwänzer. ›Warum sollten eigentlich unter all diesen Leuten nicht auch ein paar liebenswerte sein? Oder ist das nur der Optimismus des vollen Bauchs?‹ Kurz vor Beginn der Vorführung füllten sich die leeren Plätze.

Eine Frau steuerte den Sitz neben ihm an. Ihr Gesicht schien allein aus einem kirschroten Mund und einer klassisch-römischen Nase zu bestehen. Das Tiefrot bewegte sich: »Entschuldigen Sie, ist dieser Platz besetzt?«

Er nahm seinen Mantel vom Sessel und legte ihn sich auf den Schoß. Die Frau setzte sich. Auf ihrer Handtasche lagen lange Finger mit langen Nägeln. Als kurz danach die Lichter ausgingen, rückte die Frau zur anderen Seite ihres Sitzes. Diese schnelle Flucht kränkte ihn so, als ob er diese Person neben ihm tatsächlich irgendwo berührt hätte. Eine heiße Wut stieg in ihm hoch. ›Verdammt! Und wenn ich ihr eine klebe?‹ Nur mit Mühe konnte er sich beherrschen. Gekränktheit und Groll mischten sich in seine Wut. Waren das die Leute, die er für liebenswert gehalten hatte? Auf der Kinoleinwand wurden Auslandsnachrichten gezeigt. Wenn er weiter neben diesem Weib saß, würde er von dem Film nichts mitbekommen. Er stand auf. Während er die Sitzreihe verließ, trat er jemandem auf den Fuß. Der Mann muckte nicht auf. Hätte er auch nur »He!« gesagt, wäre er auf ihn losgegangen. Er setzte sich weiter vorne auf einen leeren Platz. Die Leute hinter ihm im Halbdunkel raschelten, und er drehte sich mit tadelndem Blick zu ihnen um. Aber niemand beachtete ihn.

Als er zwei Stunden später inmitten der anderen Kinobesucher auf die schmale Gasse hinter dem Lichtspielhaus trat, schien er wie ausgewechselt. ›Der Mensch, der aus dem Kino kommt: ein kurzlebiges Wesen, das in den vergangenen Jahrhunderten noch nicht existierte. Der Film hat etwas mit ihm gemacht. Er denkt nicht mehr nur an seinen eigenen Vorteil und ist mit der Welt versöhnt. Große Taten werden von ihm erwartet. Aber es dauert nur fünf bis zehn Minuten, dann ist dieser neue Mensch wieder tot. Die Straßen sind voller Leute, die nicht aus dem Kino kommen. Mit ihren verdrossenen Gesichtern, ihrer Gleichgültigkeit und ihrer Heimtücke nehmen sie ihn in die Zange und vernichten ihn.‹

Die Uhr zeigte fünf vor halb fünf. ›Ich könnte nach Hause gehen und etwas lesen.‹ Er ging zur Haltestelle. ›Ich weiß, wie man die Menschen retten könnte. Man müsste riesige Kinos bauen und dann die ganze Menschheit dort hineinstecken und ihnen einen guten Film zeigen. Und danach müssten sie alle zusammen wieder auf die Straße.‹ Er lachte über seine eigenen Ideen. Die Leute an der Haltestelle drehten sich nach ihm um.

Eine Frau hob die Augenbrauen. Es gibt niemanden, der nicht wüsste, dass man auf der Straße nicht laut vor sich hin lachen darf. ›Was für ein blödes Pack. Wenn ich lachen will, lache ich, was gehts euch an!‹ Dort hielt es ihn nun nicht mehr, er lief los. Er würde nicht nach Hause gehen. Sie hatten »den Mann, der aus dem Kino kommt«, in ihm getötet. Überlebt hatte nur ein genervtes und ärgerliches Etwas. Musste man sich immer brav und anständig benehmen? Wer behauptete denn das? Sollten die anderen doch glauben, dass er auf dem Weg nach Hause sei, er würde stattdessen in die Kneipe gehen. An einer Stelle ohne Zebrastreifen überquerte er die Straße. Die dahingleitenden Autos verlangsamten ihr Tempo. Ein Fahrer schimpfte. Er hörte es nicht.

Als er das Wirtshaus betrat, schalteten sie gerade das Licht an. Er war der erste Gast. Eine kleine Kneipe: Vor dem sauberen Tresen aus Zink standen dreifüßige Barhocker, hinten gab es nur einen Tisch. Er setzte sich neben der Wand vor den Tresen. Auf den Regalen vor ihm standen Flaschen in allen Größen. Der Kellner kam herbei und rieb aus Gewohnheit die ohnehin schon trockene Zinkfläche ab.

»Was darf ich Ihnen bringen?«

»Kavaklıdere, aber keinen lauwarmen.«

»Irgendwelche Vorspeisen?«

»Von allem, was Sie haben. Und gefüllte Muscheln.«

Der Keller ging zu einer Durchreiche und rief etwas hinein. ›Sieht aus wie ein Schalter im Fußballstadion, diese Durchreiche. Wer steht wohl dahinter? Eine Frau? Ein schmutziger Junge mit einer Küchenschürze in der Hand? Und was tun die den ganzen Abend lang? Was bin ich aber neugierig!‹

Das erste Glas trank er gleich aus; er war durstig. Nun wurde ihm warm. Er zog seinen Mantel aus. Zündete sich eine Zigarette an. Jetzt hätte er sich in Ruhe umschauen können; aber er interessierte sich nur für den Wirt, der gerade zwei neuen Gästen Wein einschenkte. Besonders alt war er nicht. Seine Nase sah aus, als habe jemand sie platt geschlagen. Bald würde es voll werden hier. Die einen würden nach einer Weile ausfällig werden, die anderen lallend ihr Herz ausschütten. Unerträglich! Der Mann tat ihm leid. Was gab es doch für langweilige Berufe!

»Hallo«, sagte jemand hinter ihm. Er drehte sich um: Es war der Schauspieler.

»Hallo. Setz dich her.«

Er mochte den Schauspieler nicht besonders; der redete immer so viel. Aber an diesem Abend war es in Ordnung, sollte er ruhig reden. Der Schauspieler hatte sich neben ihn gesetzt, er bestellte noch eine Flasche.

»Gibt es heute Abend keine Aufführung?«

»Doch, schon, aber ich habe heute frei.«

Der Schauspieler zog eine Zigarette heraus, neigte den Kopf und zündete sie an seiner an.

»Auf dem Weg hierher habe ich deine Malerin gesehen«, sagte er.

»Vergiss es.«

»Was ist los?«

»Wir haben uns getrennt.«

»Wieso?«

»Lassen wir das Thema. Ich habe sie mit einem anderen auf der Straße gesehen. Sie ist knallrot angelaufen. Dabei hätte sie es mir ins Gesicht sagen können, dass sie jemand anderen hat, ich hätte mich sogar gefreut.«

»Erzähl doch keinen Unsinn.«

Er wurde wütend, weil der Schauspieler ihm nicht glaubte. Der hob sein Glas und sagte: »Nach der Dürre die Flut.«

Sie tranken.

Das Lokal hatte sich gefüllt, mittlerweile gab es keinen freien Platz mehr. Die Luft war verraucht. Alle schrien durcheinander. Sein Blick wanderte zu der Durchreiche. Der Kellner stand gebückt davor und rief etwas hinein.

»Hinter dieser Durchreiche …«

Der Schauspieler unterbrach ihn. »Lass mal die Durchreiche, hör mir lieber zu. Ich bin abgebrannt.«

»Mach dir nichts draus.«

›Warum hatte er das nicht gleich gesagt, als sie noch bei klarem Verstand waren? Wir sind doch alle unvollkommen und suchen im Alkohol Trost.‹ Sie aßen die Garnelen mit den Händen.

»Du arbeitest nicht. Woher hast du denn das ganze Geld?«

»Ich stehle es.«

Der Kellner stellte volle Flaschen hin und trug die leeren weg. Ihm fiel wieder ein, was ihn beim Verlassen des Kinos beschäftigt hatte. »Heute habe ich herausgefunden, wie man die Menschheit retten kann.«

Jemand hatte das Radio angedreht, eine schrille Frauenstimme sang: »… gibt es nicht, sag, wo ist die Hoffnung?«

Sie lachten schallend. Die anderen Trinker drehten sich nach ihnen um, aber sie lachten weiter.

»Hör mal, wenn dieses Gedudel zu Ende ist, dann stell doch für uns einen Sender mit Klaviermusik ein«, sagte er zum Kellner.

»Einen Moment Geduld.«

»Das ist ein Gauner, der will mit seiner Musik die anderen einlullen.«

»Wo war nochmal die Hoffnung?«, fragte der Schauspieler.

»Welche? Die Hoffnung dieser Frau? Die hofft auf einen Geldsack als Mann.«

Das Lachen fiel ihnen inzwischen sehr leicht. Dann setzte

Klaviermusik ein. Auf einmal fühlte er sich in Ayşes Atelier zurückversetzt. Wie hatte sie dieses Stück doch gleich genannt? Die *Appassionata.* Zuerst hatte sie die Tür verriegelt, dann die Platten in dem Plattenspieler aufeinander gesteckt, und mit dem ersten Ton lag sie bei ihm auf dem Diwan und nahm seinen Kopf in ihren Schoß. Dabei hatte er sich jedes Mal geärgert, weil sie die Tür verriegelt hatte. An den Wänden hingen die grauen und blassblauen Bilder. Juligelb, das dunkle Grün des Monats Mai ... Ayşe malte keine Menschen. »Jedes menschliche Gefühl ist eine Farbe«, sagte sie immer. In ihren Augen ein regloses, schwarzes Verlangen ... Während sie in seinen Haaren wühlte, hielt er ihre Hand fest und küsste sie. Dann dachte er darüber nach, welche Farbe die *Appassionata* in seinem Kopf erzeugte. Ein rötlich getupftes, endloses Grau ...

»Mach das Gedudel aus!«, schrie einer. Er fuhr hoch. Niemand beachtete ihn. Jetzt hörte er auch wieder die Stimme des Schauspielers. »Ich sage: ›Wenn keiner der Dachziegel Risse hat, regnet es nicht durch‹, und dann muss ich sie küssen. Dann beiße ich sie in die Lippen. Nach der Vorstellung bedroht sie mich: ›Du Widerling, wenn du das nochmal machst, sag ich es dem Regisseur.‹ Aber dann küsse ich sie erst recht, die Nutte. Sie steht immer mitten auf der Bühne. Ich drehe den Zuschauern den Rücken zu, gehe mit erhobenen Armen auf sie zu und sage: ›Wenn keiner der Dachziegel Risse hat, regnet es nicht durch.‹ Was für ein beschissener Satz, findest du nicht? Sie weiß, was danach passiert. Ihre Lippen zittern dann schon. Und was für Lippen, dick und fleischig und noch dazu geschminkt.«

»Und wenn sie es den Zuschauern sagt?«

Der Schauspieler lachte. »Das tut sie nicht. Sie ist Vollprofi, die sagt es noch nicht mal dem Regisseur.«

»Hamlet, du bist ein Schurke, weiter nichts.«

»Vergiss es, Othello«, sagte der Schauspieler.

»Nenn mich nicht Othello.«

»Bist du es denn nicht?«

»Lass diesen dummen Neger in Ruhe.«

Er rief den Kellner hinter dem Tresen: »He, mach mal die Gläser voll. Wie heißt du eigentlich?«

»Mecit«, antwortete der Mann.

»Hamlet, hast du gehört, wie er heißt?«

»Nenn mich nicht Hamlet!«

»Okay, okay, Hamlet.«

Der Schauspieler riss die Arme hoch und rief: »Ich werde dein Inneres von allen Fesseln befreien!«

Alle Betrunkenen drehten sich nach ihnen um. Sie hatten nicht mitbekommen, dass der Schauspieler eine Rolle spielte; ihre Augen glänzten voller Vorfreude auf einen Streit.

»Aus welchem beschissenen Stück ist dieser Satz?«

»Weiß ich nicht mehr«, sagte der Schauspieler. »Mecit heißt er, hast du gesagt?«

Sie lachten lauthals. Die anderen hatten sich verdrießlich wieder von ihnen abgewandt. Der Name des Wirts gefiel ihnen, sonst würden sie nicht so viel trinken.

»Mecit, Bruder, mach die Gläser voll«, sagten sie immer wieder.

Das Klavier war schon lange verstummt, die meisten Trinker waren gegangen. Der Schauspieler erzählte dieselbe Geschichte noch einmal.

»Heute Abend wird sie nicht von dir, sondern von einem anderen geküsst.«

»Sei still!«, sagte der Schauspieler. »Ich bin derart scharf auf diese Hure!«

Er hob das Glas: »Auf alle Huren dieser Welt!«

Noch bevor er das Glas zum Mund führen konnte, rutschte es ihm aus der Hand; er wurde bleich und fiel vom Stuhl.

Sie brachten den Schauspieler in sein Zimmer in Parmakkapı. Ohne den Taxifahrer hätte er ihn gar nicht tragen können: Wie ein nasser Sack hing der Schauspieler zwischen ihnen. Nur einen Augenblick später – so kam es ihm vor – hielt das Taxi schon vor seinem eigenen Haus. Er zahlte das Fahrgeld. ›Ich muss dem Fahrer mehr Geld geben, als er erhofft. Ich möchte kein Wort von ihm hören.‹ Auf der Treppe wurde ihm schwindlig; er musste sich festhalten. Die Tür zur Straße stand Tag und Nacht offen. Irgendwie passte der Schlüssel nicht ins Schloss seiner Wohnungstür. Gehörte der Bart nun nach oben oder nach unten? Fluchend öffnete er schließlich die Tür. Ging zur Toilette. Der Fußboden schwankte unter seinen Füßen. ›Ich sollte mir mal das Gesicht waschen.‹ Er reckte sich zum Wasserhahn vor, verfehlte ihn aber und fiel der Länge nach neben die offene Toilettentür.

Später bemerkte er, dass er im Theater saß. Die Bühne stand unter Wasser. Hatten die Dachziegel alle Risse? Und dieser Geruch, woher kam der? Er sah genau hin: Die Tür öffnete sich zu einer Kloake. Niemand schloss sie. Nicht eine einzige Frau war da; alles Männer. Sie hatten sich offenbar rasiert und ihre Wangen mit Alaun eingerieben. Schwarz gekleidete Männer, die auf die Bühne starrten. Dort stand mittendrin ein Mädchen. War der Mann, den man von hinten sah, nicht sein Schauspieler-Freund? Der hatte sich doch betrunken. Offenbar war er wieder nüchtern geworden und hergekommen. Er ging auf das Mädchen zu. Würde er sie wieder beißen? Das Mädchen stieß den Schauspieler weg und lief nach vorn zum Bühnenrand. Ihr Gesicht war knallrot geschminkt. Sie weinte. Erstaunlich, dass ihre Tränen die Schminke nicht verschmierten. Sie sagte: »Schaut her, dieser Mann beißt mich jeden Abend.« Jetzt würden gleich alle hinlaufen und den Schauspieler verprügeln. Das Mädchen blieb verwirrt stehen. Niemand rührte sich. Die mit

Alaun eingeriebenen Gesichter verzogen sich zu einem Grinsen. Plötzlich überkam ihn eine jähe Angst. Er stand auf. Der Theatersaal war gerammelt voll. Wie sollte er entkommen? Er rannte zur Tür, kämpfte sich mit den Ellenbogen vor. Sie schrien. Einige schüttelten die Fäuste. Jetzt ging er auf die Kloake zu. Der Geruch war stärker geworden. Nie hätte er gedacht, dass es in dieser Stadt eine solche Kloake gab. Beleuchtet. Mit Türen auf beiden Seiten. Und Leuten, die ein und aus gingen. Eine Frau mit weißer Schürze rannte auf ihn zu und blieb dann vor ihm stehen. »Ach«, sagte sie. »Ich habe dich für deinen Vater gehalten. Ich war Dienstmädchen bei euch zu Hause. Du siehst genauso aus wie dein Vater. Nur der Schnurrbart fehlt.« »Hau ab, ich bin nicht wie mein Vater.« »Wieso regst du dich denn so auf? Ist es vielleicht schlecht, seinem Vater nachzuschlagen? Er war ein Teufelskerl, dein Vater.« »Hau ab. Ich will das nicht.« »Du bist genau wie er, ob du es willst oder nicht. Schau nur mal, wie du auf meine Beine starrst.« »Stimmt doch gar nicht, halt den Mund!« Die Frau lachte. Eine schreckliche Wut stieg in ihm hoch. Er ging auf sie los, aber plötzlich war sie verschwunden. Um sich herum sah er nur in sich gekehrte Leute. Rochen sie die Kloake denn gar nicht? Ihn würde dieser Gestank gleich um den Verstand bringen. Und diese Eiseskälte …

Als er wieder zu sich kam, stellte er fest, dass er in der Nähe des Toilettenbeckens lag. Er sank wieder zu Boden und erbrach sich unter heftigem Würgen. Dann stand er auf. Er war patschnass und zitterte. Nachdem er sich das Gesicht gewaschen, den Mund ausgespült und Wasser getrunken hatte, ging es ein bisschen besser, aber er fühlte sich noch immer benommen, sein Kopf schmerzte. Auf einmal setzte er sich in Bewegung, als ob ihm etwas Wichtiges eingefallen wäre. Er ging ins Wohnzimmer, direkt zum Fenster, und berührte die Fensterscheibe, die er gestern Abend eingeschlagen hatte. Sie war wieder ganz.

3

Sie verlagerte ihr Körpergewicht auf das andere Bein und atmete erleichtert auf. Seit einer Stunde schon stand sie hier herum und wurde allmählich müde. Eigentlich war Ayşe es gewohnt, zu stehen. Aber vor der Staffelei ging sie auf und ab, vor und zurück, sie blieb nie ruhig an einer Stelle. Noch vor zwei Tagen hatte sie sich die Sache sehr einfach vorgestellt. ›Am Tag, an dem das Kinoprogramm wechselt, schau ich nach, in welchem Kino ein interessanter Film läuft, und stelle mich dort neben den Eingang. Irgendwann kommt er bestimmt‹, hatte sie sich gesagt. Aber jetzt fiel ihr das Warten schwer. Sie fror an den Beinen, die Hüfte schmerzte. Der Film hatte schon begonnen. Hunderte Kinobesucher waren hineingegangen. Wenn sie eine kleine Runde drehte, würde ihr wieder warm, aber das wagte sie nicht. Und wenn er gerade in dem Moment eine Kinokarte kaufte und durch die andere Tür ging? Vor der Kasse stand jetzt niemand mehr. Die Letzten, die gekommen waren, hatten sie seltsam angeschaut. ›Ich sehe offenbar bemitleidenswert aus.‹ Sie sah auf die Uhr: drei. Also musste sie noch mehr als fünf Stunden ausharren.

›Ich halts nicht mehr aus. Gleich erfriere ich.‹ Ihr Blick blieb an dem weinerlichen Gesicht der Frau auf dem Filmplakat hängen. So langsam wurde sie wütend. Als ob der Mensch, auf den sie wartete, sein Kommen zugesagt hätte und dann nicht aufgetaucht wäre. Sie lief ein paar Schritte. Durch die riesige Glastür konnte sie den Vorraum des Kinos einsehen. Auf einmal hellte sich ihre Miene auf. Sie löste eine Kinokarte und ging hinein. Die Eingangstüren rechts und links der Kasse öffneten sich beide zu diesem Vorraum. Falls er kam, würde sie ihn sehen.

Sie setzte sich an einen der Tische. Nach der Kälte draußen kam es ihr hier warm vor. Der Kellner eilte herbei, sie bestellte

Tee, der sie noch ein wenig mehr wärmte. Aus dem Kinosaal drangen gedämpft die Stimmen des Films. Ihre Wut von eben war verflogen. Er sollte endlich kommen, damit sie ihm erklären konnte, dass sie nichts Unrechtes getan hatte. Als sie sich an jenem Tag auf der İstiklâl-Straße begegnet waren, war Selim neben ihr her gelaufen. Sie kamen gerade aus einer Ausstellung. Übermäßig vertraut konnten sie gar nicht gewirkt haben. Zum einen mochte Selim die Farbe Grau nicht, zum anderen trug er einen Schnurrbart. Aber sobald Ayşe seinen Gesichtsausdruck gesehen hatte – bleich und hart, so als hege er überhaupt keinen Zweifel an ihrer Schuld –, da war sie rot angelaufen, als ob sie tatsächlich Schuld hätte. Er hatte jedoch über Ayşe hinweggesehen und war weitergegangen.

Mit ein paar Schlucken trank sie ihren Tee aus, zündete sich eine Zigarette an und bestellte bei dem Kellner, der das leere Glas abräumte, einen nach. Das Schlimmste war, dass sie seit einer Woche nicht arbeiten konnte. Jeden Tag ging sie gegen Mittag in ihr Atelier, starrte eine Weile auf die Staffelei mit der leeren Leinwand und legte sich dann kraftlos auf den Diwan. Ständig horchte sie auf selbst den kleinsten Laut hinter der Tür, aber sie vernahm nur das Rauschen ihres eigenes Blutes in den Adern. Noch nie hatte sie die lauten Geräusche ihres eigenen Körpers, das Gurgeln und Tosen, so deutlich gehört wie in den letzten Tagen. Zweimal hatten sich Schritte ihrer Tür genähert, und jedes Mal wäre ihr fast das Herz stehen geblieben. Einmal war es ein Freund, der »eben mal vorbeischaute«, das andere Mal ihre Mutter. »Was hast du denn, meine Tochter?« »Nichts. Mir tut nur der Kopf weh.« Waren nicht alle Menschen gleich? Immer wenn sie am wenigsten Grund zur Hoffnung hatten, hofften sie am meisten.

Ab vier Uhr begann sich der Vorraum des Kinos zu füllen.

Die meisten Besucher warteten im Stehen, ein paar hatten sich gesetzt. Ein junger Mann mit pomadisierten Haaren und einem dünnen Schnurrbart setzte sich in ihre Nähe. Obwohl Ayşe ständig zur Tür schaute, spürte sie seine Blicke und wurde ärgerlich. ›Die ganze Stadt scheint hier zu sein. Der Einzige, der fehlt, ist er.‹ Als die Türen zum Kinosaal geöffnet wurden, drängten die Leute hinein. Eine Frau schrie auf. Die zuletzt Gekommenen beeilten sich, als ob es schon zu spät wäre. Der Vorraum leerte sich. Als Letzte betraten zwei Schülerinnen den Kinosaal. Jetzt saßen nur noch Ayşe und der Schnurrbärtige da. ›Der wartet, um sich dann neben mich zu setzen. Jeder lebt in seiner eigenen Welt.‹ Als die Klingel für den Filmbeginn schrillte, stand der Mann auf und ging. Sie blieb allein zurück. Nein, nicht ganz: Der Kellner war noch da, und die Kartenabreißer waren an den Türen. Ihr kam es so vor, als ob diese Männer sie mitleidig ansähen; das störte sie. Der Mann, auf den sie wartete, würde ihnen keine Beachtung schenken.

Der Kellner kam, sie bestellte ein Stück Kuchen, zog dann eine Zeitschrift aus der Manteltasche und las eine Weile. Die Zeit schien stillzustehen.

Die Scharen, die zur Halb-sieben-Vorstellung ins Kino strömten, wirkten einförmig. Nichts, was die einzelnen Männer und Frauen voneinander unterschieden hätte. Ohnehin achtete sie nur darauf, ob er darunter war oder nicht. Die Frauen sah sie gar nicht an. Sie hoffte. Vom Sitzen tat ihr der Rücken weh. Mal beobachtete sie die eine Tür, mal die andere. Aber der ersehnte Mensch tauchte nicht auf. Es kam ihr vor, als wartete sie schon seit Tagen. Wut stieg in ihr hoch. Dabei hatte sie sich vorgenommen, jeden Tag auf ihn zu warten, solange dieser Film lief. ›Ich halte das nicht durch. Zur Hölle mit ihm. Und selbst wenn ich ihn sehe, glaubt er mir ja doch nicht!‹ Dieses scharfe Urteil erleichterte sie ein wenig. Nicht dass der Kummer verschwunden wäre, aber er hatte nichts Quälendes mehr, war nur ein süßer, immer gleicher Kummer. Sie stand auf. Er würde nicht mehr kommen. ›Wer weiß, wo er gerade sitzt und sich betrinkt.‹ (Das war allerdings eine falsche Vermutung. Der Mann, auf den sie wartete, lag mit einer heftigen Erkältung im Bett. Genau in diesem Moment schnäuzte er sich.)

Gerade als sie den Kinosaal betreten wollte, kam der Kellner hinter ihr her gelaufen und bat sie, die Rechnung zu bezahlen. Er war sehr höflich, aber sie schämte sich trotzdem. Und tat etwas, was sie noch nie getan hatte: Sie gab ihm eine Lira Trinkgeld.

Drinnen war es dunkel. Die Platzanweiserin richtete den fahlen Lichtkegel ihrer Taschenlampe auf einen leeren Sitz; nur an der Kleidung konnte sie erkennen, dass rechts davon eine Frau und links ein Mann saß. Als sie sich zurücklehnte, berührte ihre Schulter die Schulter des Mannes. Keiner von beiden rückte weg. Der Film fing gut an. Ein heruntergekommener junger Mann klapperte in der Großstadt riesige Rohbauten ab, um Arbeit zu finden.

Der Mann links von ihr drückte seinen Arm gegen den ihren. Der junge Mann im Film fand Arbeit; nun sah er weniger abgerissen aus. Mit fünf bis zehn Kollegen arbeitete er in einer Fabrik. Auf einem Fließband zogen Schachteln an ihnen vorbei. Natürlich kam auch ein Mädchen vor. Denn wie ein Schriftsteller einmal sagte: »Eine Geschichte ohne Frauen ist wie eine Suppe ohne Salz.«

Ayşe überlegte, dass es wie eine Aufforderung wirken mochte, wenn sie ihre Hand auf der Sessellehne liegen ließ. Doch das kümmerte sie nicht. Als ob er dieser Aufforderung nicht widerstehen könnte, nahm ihr Sitznachbar zögernd ihre Hand. Sie zog sie nicht zurück. Sollte er sie ruhig streicheln. Es war ein erster Annäherungsversuch. Sie dachte an den anderen.

Der würde so etwas nicht tun. Der führte ständig Krieg gegen sich selbst. Sie würde ihm nicht begreiflich machen können, dass sie an jenem Tag nichts Falsches getan hatte. Im Film verließen der junge Mann und das Mädchen gemeinsam die Fabrik. Sie gingen die Straße entlang und unterhielten sich. Vor ihrem Haus angelangt, gab der junge Mann dem Mädchen einen Kuss.

Der Mann neben ihr drückte ihre Hand ein bisschen fester, und Ayşe fühlte eine ihr wohl vertraute lauwarme Gelassenheit in sich hochsteigen. Dieses Gefühl hielt jedoch nicht lange an, denn plötzlich beugte sich der unbekannte Mann zu ihr, und sie hörte die dünne, zittrige Stimme eines Jugendlichen. »Meine Dame, gehen wir nach dem Film ein bisschen spazieren?«, fragte er mit der Stimme eines jungen Hahns.

Warum nur konnten die Leute den Mund nicht halten? ›Er weiß es. Er weiß, wann er schweigen muss.‹ Auf einmal spürte sie in sich eine unwiderstehliche Liebe und Sehnsucht nach ihm. Wo war ihre linke Hand? Sie zog sie weg, stand auf und ging. Es war unwichtig, ob sie diesen Film zu Ende sah. Beim Verlassen des Kinos spielte sie mit dem Gedanken, am nächsten Tag erneut herzukommen und auf ihn zu warten. Was würde sie heute Abend in ihr Tagebuch schreiben? Vielleicht: »Der Schrei eines Hahns zur falschen Zeit.«

Die Hausangestellte öffnete die Tür.

»Sind sie weg?«

»Sie sind im Theater.«

Nach dem Essen ging sie auf ihr Zimmer, schaltete das Licht an und zog ein Heft aus der Schreibtischschublade. Tagebuch konnte man das nicht nennen, denn sie schrieb nicht jeden Tag etwas hinein. Von Zeit zu Zeit öffnete sie dieses Heft, um Glück und Leid des vergangenen Tages dort wieder aufleben zu lassen – freilich durch einen unbekannten Filter abgemildert und von Überflüssigem gereinigt. Sie blätterte in den Seiten. An einer bestimmten Stelle begann sie zu lesen:

Es war bei einer Ausstellungseröffnung. Das typische Gemurmel der Menschenmenge im Ohr, stand ich vor dem Landschaftsbild einer Freundin und ärgerte mich, weil sie das Gelb in eine Ecke gequetscht und dem Bild dadurch einen unruhigen, traurigen, weinerlichen Charakter verpasst hatte. Gerade als ich weggehen wollte, kam die Künstlerin am Arm eines mir unbekannten Mannes daher. Sie erzählte ihm etwas, was ich wegen des Lärms nicht verstand. Kaum hatte sie uns einander vorgestellt, da erkannte ich an einem Funkeln in ihren Augen, dass sie mich gleich nach meiner Meinung zu dem Bild fragen würde. Ich wusste, dass ich mich nicht zurückhalten können und etwas über die Unruhe des Gelbs sagen würde, worauf ich die üblichen Phrasen wie »Schon wieder van Gogh?« und »Das neue Farbverständnis unseres Jahrhunderts« zu hören bekäme. Das wurde mir erspart, da jemand aus einer Gruppe ganz in der Nähe sie zu sich rief. Als sie gegangen war, fragte ich den Unbekannten, was er von dem Bild halte. Er verstehe nichts davon, antwortete er, aber wenn das Grau des Himmels nicht vom Grün der Blätter verdeckt wäre, könnte es ihm gefallen. Da ich ihn zunächst nur für einen gut aussehenden Dandy gehalten hatte, musste ich mich nun zusammennehmen, um nicht seine Hand zu ergreifen und ihn um Verzeihung zu bitten. Ich sagte ihm, auch ich liebe das Grau, und wenn er möchte, könne ich ihm eines meiner Bilder zeigen, das an der Wand gegenüber hing. Wir bahnten uns einen Weg durch die Menge. Er schaute sich das Bild lange an.

»Das hier ist gut, ist es zu kaufen?«, fragte er.

»Ja«, antwortete ich ihm, aber ich würde von ihm kein Geld nehmen. Es wäre mir eine Freude, einem Menschen, der meinen Farbgeschmack teilt, dieses Bild zum Geschenk zu machen. Dieses Mal schaute er mich lange an. Es war ein argwöhnischer Blick. Schnell fügte ich hinzu, in meinem Atelier seien noch viele Bilder, und wenn er wolle, könne er sie sich dort einmal ansehen. Er schrieb sich die Adresse ins Notizbuch und versprach, er werde einmal vorbeikommen, denn er sei neugierig auf meine Bilder. Allerdings habe er eine vielleicht schlechte Angewohnheit: Er könne eine Person, die er zum zweiten Mal sehe, nicht mehr siezen. Dann ging er.

[...] Er nahm meine Farbpalette in die Hand und erklärte, die Persönlichkeit eines Malers sei am deutlichsten an seiner Palette zu erkennen und er sei neugierig auf die Farben, die ich mir gemischt hätte. Er versicherte, die ins Anthrazit gehende blasse Himmelsfarbe gefalle ihm, sie habe etwas von der vergänglichen Schwere eines bedeckten Himmels. Danach lachte er laut und fügte hinzu: »Wie du siehst, habe ich die Weisheit mit Löffeln gefressen. Na ja, ich gehe jetzt mal, du möchtest bestimmt arbeiten.«

Ich sagte ihm, ich würde mich freuen, wenn er bliebe; ich könne auch arbeiten, wenn er da sei, und wir könnten, wenn er wolle, auch eine Platte mit Klaviermusik auflegen. Er strahlte und antwortete: »Ach wirklich! Ich mag Klaviermusik auch sehr.«

Dann nahm er auf dem Diwan Platz. Ich legte eine Reihe Bach-Platten auf und begann, die Früchte des Himmels zu malen. Er rauchte ununterbrochen. Wenn die Platten zu Ende waren, spielten wir sie von neuem ab. Die Fugen nennt er Weisen, dieses Wort gefällt mir. Er auf dem Diwan, ich vor der Staffelei, so schwiegen wir lange Zeit. Ich schloss die Arbeit an dem Bild ab. Als es dunkel wurde, gingen wir hinaus. Auf der Straße trennten wir uns. Ich machte mich auf den Weg nach Hause. Er ging wer weiß wohin. Aber morgen kommt er.

[...] Er hat mich gefragt, wie ich das Bild nennen werde, das ich gestern gemalt habe. Ich hatte mir einen Namen überlegt, während ich es malte: Die Vesper Gottes.

Er pfiff, lachte und sagte: »Ich würde dieses Bild gern kaufen.«

»Das ist nicht verkäuflich«, antwortete ich.

Dann stand ich auf und wickelte es in eine alte Zeitung. »Ich gebe Ihnen dieses anstelle des Bildes in der Ausstellung. Sie können es nachher mitnehmen.«

»Soll ich noch nicht gehen?«

»Ich weiß nicht. Bleiben Sie, wenn Sie wollen.«

Er blieb.

[...] Während ich malte, stand er lange hinter mir und sah mir zu. Dann legte er das Kinn auf meine Schulter, und ich erschauerte. Alles war plötzlich sehr intensiv. Seinen Atem im Nacken, wartete ich darauf, dass etwas passierte, etwas, das gleichzeitig altbekannt und neu sein würde. Ich legte die Palette und den Pinsel weg, und auf einmal drehte er mich zu sich und küsste mich. Seit Halûk nach Paris gegangen ist, hatte mich niemand mehr geküsst. Ich schlug mir Halûk aus dem Kopf und umarmte ihn.

[...] Beim Frühstück bemerkte mein Vater, ich sei gestern Abend spät nach Hause gekommen. Er schaute mürrisch drein, aber es war klar, dass es ihn in Wirklichkeit nicht interessierte. Er war mit den Gedanken woanders. Meine Mutter auch.

»Ich habs euch doch gesagt, manchmal werde ich jetzt später kommen. Ich habe einen Freund.«

»Ist es ein Maler?«, fragte meine Mutter.

»Nein. Er nennt sich einen Müßiggänger.«

(Gestern Abend habe ich ihn beim Bier im Restaurant danach gefragt. »Ich bin ein Müßiggänger«, hat er gesagt. »Ich habe Geld. Und außerdem gibt es für mich nichts zu tun.« Auf der Straße war mir dann schwindlig. Im Hauseingang haben wir uns geküsst. »Lass uns doch morgen mal zu dir nach Hause gehen«, habe ich gesagt. Er wollte nicht: »Wer mein Zuhause erst einmal betritt, kommt nicht wieder raus. Traust du dir das zu?« »Ich weiß nicht.«)

»Und woher hat er dann das Geld zum Leben?«

»Er hat Einkünfte.«

»Bring ihn mal mit, damit wir ihn kennen lernen«, sagte meine Mutter.

Mein Vater sah aus, als wäre er sauer. Er mag Arbeitslose nicht. Dann brachte das Hausmädchen die gerösteten Brotscheiben.

[...] Der Glatzkopf vom Tisch da hinten ist weg. Mit seinen aufdringlichen Blicken war er mir auf die Nerven gegangen. Plötzlich schien sich die Atmosphäre des Lokals verändert zu haben. Ich streckte meine Füße nach den seinen aus. Er hob den Blick vom Aschenbecher und sah mich an. Es war ein lieber, warmer Blick.

»Woran denkst du?«, fragte ich.

»Woran? An vieles.«

»Meine Mutter sagt ...«

»Lass mal deine Eltern«, antwortete er und nahm meine Hand. »Du bist mutterseelenallein.«

Warum hat er das wohl gesagt? Ich habe ihn nicht danach gefragt. Ich traute mich nicht.

Sie hob den Kopf und hörte auf zu lesen. Sie wusste: Danach kamen die gemeinsamen Stunden auf dem Diwan, die Fugen, seine Erwähnung der Schneider an dem Tag, an dem er mit verbundenem Gesicht gekommen war, sein Weggehen mit der Bemerkung: »Erwarte mich nicht, bevor der Verband ab ist.« Dann, als er fünf Tage später ohne Verband kam, seine Reglosigkeit, als sie eine kleine entzündete Stelle links von seinem Kinn geküsst hatte.

Sie nahm ihren Stift. Auf die leere Seite, dort, wo die Eintragungen aufhörten, schrieb sie oben zuerst das Datum. Und darunter: »Der Schrei eines Hahns zur falschen Zeit.« Dann schloss sie das Heft.

4

Mit einem respektvollen Tremolo in der Stimme traktierte ihn der Anwalt nun schon seit geraumer Zeit, indem er minutiös alle Beträge aufzählte. Die Jahresabrechnung war mal wieder fällig. Mietzahlungen, die Jahresbilanz der Bank, Zahlen über Zahlen ... Doch selbst die konnten seine gute Laune nicht trüben. Als Eleni den Besuch des Anwalts angekündigt hatte, war er zunächst missmutig geworden, aber jetzt amüsierte er sich. Er thronte auf dem Diwan, ein Kissen im Rücken, die Beine unter der Bettdecke: Das war das Vorrecht des Kranken. Der Anwalt saß ihm gegenüber auf einem Sessel und las aus irgendwelchen Papieren irgendetwas vor. Vielleicht hinterging ihn dieser Mann. Vielleicht betrog er ihn um fünf bis zehn Lira; eine klägliche Beute, mühsam erarbeitet durch eingehende Beschäftigung mit den undurchsichtigen Tricks, die nur seinesgleichen kannten. Und wenn er noch dazu so etwas wie ein Gewissen besaß, dieser – seltsam, der Name des Anwalts war ihm entfallen – wie auch immer, dieser Mann eben, dann plagte ihn das auch noch. Was waren alle diese Betrügereien und Geldeinbußen verglichen mit seinem Gefühl, sich damit nicht abgeben zu müssen!

Dass dieser in die Jahre gekommene, grauhaarige Mann mit der Knollennase hinter Eleni her war, stimmte ihn nur noch freudiger. Er stellte sich gerne ordinäre Szenen vor voller »Oh, meine Süße« und »Lass das, du Wüstling!«. Die dritte Person in dem Stück war die bleiche Gattin des Anwalts. Als dieser sich nun in seinem Sessel aufrichtete, konnte er nur mit Mühe einen Lachanfall unterdrücken.

»Jetzt wissen Sie also über unsere Vereinbarung Bescheid.« »Was soll ich wissen?« »Wie Sie feststellen können, hat sich im Vergleich zum letzten Jahr nichts geändert. Bitte unterschreiben Sie hier.«

Er unterschrieb. Das bedeutete: Der Anwalt würde die Miete eintreiben und im Gegenzug für die Etage, die er bewohnte, keine Miete bezahlen. Der Anwalt verstaute die Unterlagen in seiner Tasche und sagte: »Zu Neujahr gibt es bei uns ein geselliges Beisammensein. Es werden ein paar Familien kommen, Bekannte von uns. Wir würden uns freuen, wenn wir auch Sie begrüßen dürften. Auch junge Leute werden da sein.« Er zwinkerte ihm zu. »Sie werden sich amüsieren.«

›Oho! Die Darsteller in diesem Melodram mehren sich. Diese Verwicklungen werden für mich langsam undurchschaubar.‹ Er antwortete, er habe bereits anderswo zugesagt und könne deshalb nicht kommen.

Nachdem der Anwalt gegangen war, zündete er sich eine Zigarette an. Seine helle Freude konnte nicht allein an dem »Konkurrenten des Pastırma-Verkäufers« liegen – dieser Beiname machte den hochgelehrten Anwalt in seinen Augen noch lächerlicher. Vielleicht freute er sich ja nur, wieder gesund zu sein. Seit drei Tagen lag er nun im Bett. Am ersten Tag hatte er sich verkrochen und nur die Klagen seines Körpers angehört. Kopf und Gelenke hatten unentwegt »Hier sind wir« gebrüllt. Wenn man krank war, wurde man sich seines eigenen Körpers viel stärker bewusst. Vielleicht ist der Mensch nur deshalb ein soziales Wesen, weil es Krankheiten gibt. Wenn er nachts einnickte, fuhr ihm eine Hand mit unlackierten Fingernägeln, Ayşes Hand, durch die Haare und weckte ihn.

Gestern Morgen hatte Eleni sofort einen Arzt geholt, nachdem sie sein Gesicht gesehen hatte. Es passte ihm nicht, dass er nur Fleischbrühe und Medikamente zu sich nehmen durfte, aber heute ging es ihm wieder gut. Vor dem Besuch des Anwalts diesen Nachmittag hatte er sogar in einem Buch gelesen.

Er drückte die Zigarette im Aschenbecher aus und schlug die Bettdecke zurück. Während er vom Diwan stieg, fiel sein Blick auf seine Fußnägel: lang. Er drehte das Licht an und schnitt sich mit einer kleinen Schere die Nägel. Die abgeschnittenen Nagelreste warf er in den Aschenbecher. Dann rasierte er sich. Wie viele unwichtige Dinge der Mensch doch verrichten musste! Dabei wollte er so schnell wie möglich hinunter auf die Straße.

Während er sich die Strümpfe anzog, fiel sein Blick auf *Die Vesper*. ›Sollte ich das nicht lieber abhängen? Ich müsste dieses Thema so langsam mal abschließen. Hat mich vielleicht diese Erkältung so geschwächt? Auf, auf, raus aus dem Haus und unter Leute, die sind bestimmt alle gesund und munter. Ich habe Hunger. Jetzt ist Schluss mit der Fleischbrühe.‹

Draußen sog er die kalte Luft in seine Lungen ein und fühlte sich schrecklich stark. An der Ecke machte er Halt und betrachtete das Leben auf der İstiklâl-Straße. Soeben waren die Lichter angegangen; Menschen flanierten vorüber, Automobile und Straßenbahnen fuhren an ihm vorbei. Er liebte diese Stadt. Hier, unter diesen Passanten, musste die sein, die er suchte. Vielleicht würde er sie heute Abend finden. Auf einmal überkam ihn eine unbändige Lust auf eine Zigarette. Aber seine Hand griff umsonst in die Hosentasche: Er hatte das Päckchen zu Hause liegen lassen. Deshalb sprach er einen Passanten an: »Würdest du mir eine Zigarette geben, Bruder?«

Der Mann schaute ihn scharf an und sagte: »Möge Gott dir geben.«

Er zuckte zusammen. Was sollte das denn heißen? Das hatte er ja noch nie gehört! Mit ein paar Schritten holte er den Mann ein und fasste ihn am Arm. »Was hast du eben gesagt?«

»Nichts.« Große, verängstigte Augen. »Ich habe eben nur keine Zigaretten. Ich rauche nicht.«

Er ließ den Arm los, seine Muskeln entspannten sich wieder. Der Mann rauchte also nicht. Das konnte er ja nun wirklich verstehen. Während der Mann sich entfernte, ging er über die

Straße zum Tabakladen an der Straßenbahnhaltestelle. Dort kaufte er ein Päckchen Zigaretten und Streichhölzer und zündete sich sofort eine an. Kaum hatte er vier, fünf Züge getan, kam die Straßenbahn. Er schnippte die Zigarette weg und stieg ein. Der Waggon war voll, kein Sitzplatz mehr frei. Er hielt sich am Lederriemen fest. Die Frau neben ihm berührte mit dem Hinterteil seine Hüfte. Er trat ein bisschen zur Seite, aber bei der nächsten Haltestelle stiegen noch mehr Leute zu, und in dem Gedränge wurden sie erneut aneinander gedrückt. Die Frau drehte den Kopf in seine Richtung – wollte sie ihm zeigen, dass sie nicht hässlich war? Der Mann, mit dem sie sprach, stand ihr offensichtlich nahe. Es konnte ihr Ehemann sein oder ihr Bruder. Während sie sich mit ihm unterhielt, berührte sie mit ihrem Bein sein Knie, zog es wieder zurück, presste erneut dagegen, ließ wieder locker. ›Das ist ja mal ein Vollweib!‹ Das Tier in ihm erwachte aus seinem langen Schlaf und verlangte nach seinem Recht. Das Blut stieg ihm zu Kopfe. Wie sollte er es nur zufrieden stellen? Etwa indem er sich Frauenfleisch kaufte? Er erinnerte sich: Bis sie auf die Zimmer gingen, war Feyyaz an seiner Seite gewesen. Feyyaz redete immer über Frauen; und über sich selbst. Es war wohl an einem Sonntagnachmittag. Oder vielleicht doch an einem Wochentag, und sie hatten den Unterricht geschwänzt? Er hatte die Frau kaum ansehen können. Er fürchtete, sie könnte sein Herzrasen bemerken. Es war gut, dass es in dem Zimmer, auf das sie dann gingen, ein eisernes Bettgestell gab. Wie schnell sich die Frau ausgezogen und hingelegt hatte. Er hingegen entkleidete sich ganz langsam; der Gedanke, gleich nackt zu sein, machte ihn verlegen. Die Frau wandte ihm den Rücken zu; er sah ihre vom langen Sitzen geröteten Oberschenkel. Darauf winzige Bläschen und Pickel ... Die steile Kurve von der gewaltigen Hüfte hinunter zur Taille ... So also sahen die Frauen, die er draußen sah und in Gedanken entblößte, in Wirklichkeit aus. »Auf, beeil dich mal ein bisschen, mein Lieber.« Ihr Blick, als er sich auf sie legte: genervt und starr. Die erfahrenen Bewegungen ihres Fleisches. Danach, während er unten auf Feyyaz wartete, dieses tödliche Gefühl der Leere.

»Noch jemand ohne Fahrkarte?«, fragte der Schaffner und drängte sich zwischen den Fahrgästen hindurch. Die Frau nutzte das dabei entstandene Drücken und Schieben, um ihre gesamte Energie in ihre Beine zu lenken und sich ihm hinzugeben. Dem Tier in ihm genügte das nicht, es verlangte nach mehr. Er streckte seine freie Hand aus und streichelte die Hüften und das Hinterteil der Frau. Die legte ihren Arm über seine Hand und verbarg sie so vor den Blicken anderer. Ihre Stimme vibrierte. Das Ungeheuer in ihm war froh.

Sie stiegen am Taksim-Platz aus. Die Frau hängte sich bei dem Mann ein, und beide entfernten sich. Er folgte ihnen. Kurz danach drehte sich die Frau nach ihm um. Es war ein abweisender Blick, der besagte: »Lass es gut sein damit. Du siehst doch …« Er gab auf und bog stattdessen rechts in die İstiklâl ein. Auf der Höhe des Kinos mit den tiefen Logen schaute er nach links. Die schielende Frau war nicht da. Er kratzte sich am linken Ohr.

Bei der Ağa-Moschee beobachtete er ein Mädchen mit offenen Haaren, das an der Wand lehnte und auf den Boden spuckte. Die Wange, die er sehen konnte, war kreidebleich. ›Die wird sich gleich übergeben.‹ Das Mädchen ging weiter. ›Vielleicht sollte ich mit ihr reden …‹ Aber er ließ es bleiben. Er war hungrig. Und dann musste er erst noch bis zum Tünel laufen. Als er schon fast dort oder, genauer, an der ihm wohl vertrauten Straße angelangt war, kehrte er wieder um. Schaute den entgegenkommenden Frauen ins Gesicht. Er spürte einen furchtbaren Drang in sich. Er hatte Hunger. Heute Abend hatte er

Lust auf Fleisch. Also würde er große Mengen Fleisch essen. Als er eines der teuren Restaurants in Tepebaşı betrat, fiel sein Blick auf die Uhr gegenüber: Es war zehn vor sechs.

5

Vier Stühle standen in der Loge. Die junge Platzanweiserin richtete den Kegel ihrer Taschenlampe auf Erhans Hand mit dem Kleingeld. Dieses ununterbrochen Kaugummi kauende Mädchen ging B. auf die Nerven. Erhans Hand schien zwischen 25- und 50-Kuruş-Münzen zu schwanken. Sie legten ihre Mäntel über die Sitze vor ihnen und setzten sich.

»Ist dir kalt?«

»Nein.«

Er nahm ihre Hand. Der Druck dieser knochigen Hand besänftigte ihre Gekränktheit. (Als Erhan den Wunsch geäußert hatte, ins Kino zu gehen – sie hatten gerade die Fakultät verlassen, um sich eine Ausstellung anzuschauen –, war sie gekränkt gewesen: Wieso hatte er das nicht früher gesagt? Dachte er vielleicht, sie würde dann nicht mit ihm hierher kommen? Offenbar hatten sie sich also in diesem einen Monat doch nicht wirklich kennen gelernt.) Es ärgerte sie, dass ihr Herz so heftig klopfte. Zum ersten Mal im Leben betrat sie eine Loge. Vor drei Tagen hatten sie sich auf einem kalten, dunklen Grundstück stundenlang geküsst. Bislang waren ihr die Leute in den Logen immer lächerlich vorgekommen. Und wieso erschien ihr ihre eigene Situation jetzt als so ungeheuer wichtig? Wieso war sie nicht in der Lage, das Herzklopfen zu stoppen und sich über sich selbst wie auch über die Verlegenheit der Logenbesucher lustig zu machen, die sich in die Sessel duckten, mit rotem Kopf hochschreckten, wenn das Licht anging, und es dann nicht wagten, ungeniert in den Kinosaal zu schauen? Würde sie nicht gleich auch zu denen gehören?

Erhan legte den Arm um ihre Schultern und beugte sich über sie, sein Gesicht war nah und groß. Ihre Lippen trafen sich. Seine rechte Hand wanderte ganz langsam von ihrer Hüfte nach oben und blieb auf ihren Brüsten liegen. Ihr dröhnten die Ohren. ›Gleich spürt er, wie mein Herz rast. So was Blödes …‹ Die Hand knetete ständig ihren Busen. Es tat sehr weh, dennoch streichelte sie diese knochigen Finger.

Das Gelächter der unsichtbaren Kinobesucher ließ sie plötzlich hochfahren. Es kam ihr seltsam vor, dass sich in diesem Raum auch noch andere Leute befanden. Erhan murmelte einen Satz, in dem das Wort »Jackett« vorkam, aber sie verstand ihn nicht. Ihre Lippen vereinigten sich erneut in einem schmerzlich-süßen Kuss. Waren das nicht dieselben Lippen, die ihr eben vorgeschlagen hatten, ins Kino zu gehen? Und hatte sie in den letzten Tagen nicht an seiner Aufrichtigkeit gezweifelt? Seine zusammengekniffenen Augen, als er gesagt hatte: »Immer der Reihe nach«, und die lüsternen Blicke, die er Güler zuwarf, wenn sie sich zu ihnen stellte … Sie hatte immer gesagt, dass sie sich trennen würde, sobald sie merkte, dass es nicht »der Richtige« war. Etwas in B. wusste, dass Erhan nicht »der Richtige« war, aber sie versuchte es trotzdem. ›Warum sollte er es nicht sein? Er sieht doch so süß aus!‹ Vertrautheit beginnt damit, dass man sich gern hat. Vor einem Monat hatte Erhan in der Mensa das Gedicht *Der Tote* von Dağlarca vorgelesen, und dabei waren seine Augen feucht geworden. Vielleicht war das der Grund, weshalb B. sich zu ihm hingezogen fühlte. ›Und jetzt liegt seine Hand auf meinem Bein. Nedim hat mir auch immer unter den Rock gegriffen und meine Beine gedrückt. Läuft das hier jetzt auf dasselbe hinaus? Ein Jahr ist das jetzt her. Genau seit einer Woche küssen wir uns. So was …‹

Die Hand auf ihren Beinen war unruhig; sie wollte sich mit Streicheln nicht begnügen und rutschte weiter. In einer instinktiven Bewegung presste die Frau etwas verspätet die Beine zusammen. Wenn ihre Mutter sie als Kind dabei erwischte, wie sie sich dort rieb, hatte sie das Mädchen immer mit einer Nadel in die Hand gestochen. Die Bedeutung, die allein dieser Stelle beigemessen wurde ... ›Wenn wir geistesabwesend sind, tritt unser wahres Ich zutage. Ziere ich mich womöglich nur, genau wie die anderen blöden Ziegen?‹ Gerade als sie sich wieder gehen lassen wollte, nahm Erhan seine Hand von ihren Beinen weg. Sie hörte die wütende Stimme eines verzogenen Jungen, der seinen Willen nicht bekommen hat: »Was soll denn das? Oder bist du vielleicht noch Jungfrau?«

Zuerst wunderte sie sich. ›Also nein, das kann doch nicht sein ...‹ Dann brach ein Erdbeben in ihr aus. Ein zerstörerisches, schmerzhaftes Erdbeben. Sie sah ihn an: Nun hatte sie es begriffen; sie hatte ihn kennen gelernt, diesen gut aussehenden Mann. Ohne die vorgetäuschte dichterische Aura war er nicht mehr als ein Spießer voller Vorurteile. Für Typen wie ihn gab es nichts Wichtigeres als die Jungfräulichkeit. Aber was bedeutete schon ein Jungfernhäutchen angesichts dessen, was B. ihm hatte zum Geschenk machen wollen? Gleich morgen wollte sie diese ominöse Jungfernschaft einem unbekannten Mann geben. (Ja, liebe Wut, du kannst den Menschen schon auf dumme Gedanken bringen!) Der Mann neben ihr fürchtete sich vor der Verantwortung, ihr die Jungfräulichkeit zu nehmen. Sie wusste, dass er feige war. Er verachtete sie, weil sie die Umarmung und die Küsse genossen hatte. Er sah in ihr nicht mehr als einen dreckigen, wertlosen Fußabstreifer. Für Männer wie ihn waren alle Frauen gleich. Und sie hielten sich immer an dieselbe erprobte Reihenfolge: Erst hielt man Händchen, dann küsste man sich, dann streichelte man die Brüste, und schließlich fuhr man unter den Rock. ›Ich bin für ihn nur ein neues Versuchskaninchen …‹ Auf einmal fing sie an zu frieren, als ob sie ins Wasser gefallen wäre. Erhan hatte den Arm ausgestreckt, um sie wieder zu umarmen.

Sie rückte ihren Sessel weg und sagte: »Lass mich.«

Was hatte sie hier verloren? Ihr war kalt. Der Kopf tat ihr weh. Jetzt hörte sie auch die Stimmen aus dem Film und das Husten der Zuschauer.

Sie nahm ihren Mantel und stand auf. »Ich gehe jetzt.«

»Aber wieso denn? Das ist doch absurd.«

»Und wenn schon.«

»Dann gehen wir eben.«

»Nein, du bleibst da. Ich möchte nicht mit dir zusammen gehen.«

Es war ihr klar, dass er nicht sitzen bleiben, sondern versuchen würde, mit ihr zusammen hinauszugehen. ›Ich muss mit diesem Feigling jetzt Klartext reden.‹

»Ich will alleine hinausgehen. Wenn du mir folgst, schreie ich.«

»Bloß weil ich ein falsches Wort …« »Pscht! Macht das woanders aus«, sagte ein Zuschauer. Sie zog ihren Mantel an. Als sie den Kinosaal verließ, saß Erhan immer noch im Halbdunkel auf seinem Sessel. Er wirkte ehrlich verwundert. B. schloss die Tür. Die Platzanweiserin kaute noch immer Kaugummi. Sie sah sich selbst mit den Augen dieser Empfangsdame eines billigen Bordells und wurde blass.

Auf der Straße drängten sich die Menschen. Es war kalt. Ihr schwindelte. Die Lippen fühlten sich an, als seien sie aufgeplatzt; sie leckte mit der Zunge darüber. Dann lehnte sie sich an die Wand der Ağa-Moschee und spuckte aus. Sie hatte Angst, sich zu übergeben. Die Passanten starrten sie an. Also ging sie weiter. ›Zu manchen Zeiten ist diese Straße sicherlich menschenleer. Aber so habe ich sie noch nie gesehen. Wer sind all diese Leute? Kommen sie von der Arbeit, oder gehen sie sich amüsieren? Der Mann da hat eine Nase wie André Gide. Was sehen die alle bedrückt aus. Ob vielleicht der eine oder andere gerne »ein Fisch in unbekannten Meeren« wäre? Vielleicht dieser Mann da, der dauernd auf den Boden guckt? Wie schön er dieses Gedicht gelesen hatte. Seine Augen waren feucht geworden. Bist du vielleicht noch Jungfrau? Und die schielende Frau auf der anderen Straßenseite, auf wen die wohl wartet? Renne, mein Herr, renne, flüchte aus dieser Straße. Er wird es nicht schaffen. Da, die Straßenbahn ist schon abgefahren. Na, mach dir nichts draus, es kommt schon noch eine andere und nimmt dich mit. Aber jetzt genierst du dich, weil du gerannt bist, oder? Taksim haben sie diesen Platz genannt, Teilung. Wohl weil sich hier die Wege trennen. Oder hat auf diesem Platz ein Koloss vor einer großen Tafel gestanden und dem Volk eine der vier Grundrechenarten, nämlich das Teilen, beigebracht? Und war sein Unterricht genauso langweilig wie der von unserem Ahmet Bey? Güler sagt doch immer: – Von elf bis elf Uhr fünfzig Schlafkur bei Ahmet Bey. An dem Tag hat er Güler in der Mensa lüstern angeschaut. Oh! Meine Schwägerin Emine ... Nein, das ist sie nicht; die schminkt sich nicht so. Und was hätte die hier zu schaffen? Die ist in Mudanya. Heute folgt mir niemand. Ist dies nicht mein üblicher Heimweg vom Kino? Genau, hier ist die Technische Hochglanz-Universität. Wo ist denn der schweigsame Junge mit der Brille, der mir das letzte Mal bis nach Hause gefolgt ist? Haben sie es vielleicht mitbekommen?‹ Sie spuckte nochmal aus. ›Und wenn ich jetzt diese Treppen hinunterfalle? Bist du vielleicht noch Jungfrau? In der Tat, ich bin noch Jungfrau. Ich bin zweiundzwanzig Jahre alt. Warum habe ich mich bloß nicht einfach davongemacht an dem Tag, an dem er zu mir gesagt hat: Alles der Reihe nach. Er hat ja auch

Güler angestarrt. Mich hat er wahrscheinlich für naiver gehalten, hat gedacht, er kriegt mich leichter rum. Gut. Ich nehme ja auch keine Vernunft an. Dolmabahçe. Jetzt bin ich praktisch schon zu Hause. Wie spät es ist! Schon zehn vor sechs. Zu Hause machen sie sich bestimmt Sorgen. Aber ich kann doch nicht rennen. Sobald ich das Haus betrete, sind alle Sorgen verflogen. Meine Mutter freut sich. Mein Vater ruft aus dem Wohnzimmer: Wer ist gekommen? Man nennt ihm meinen Namen, er brummelt bestätigend. Das ist alles. Sie fragen nicht mal, wo ich gewesen bin. Dieses Vertrauen hat irgendwie auch etwas Negatives, Herabwürdigendes. Dabei macht sich mein Vater Sorgen, das weiß ich. Wenn es später als fünf wird, kommt er auf lauter schlimme Gedanken. Dennoch weicht er vom Prinzip des Vertrauens in seine Kinder nicht ab. Ach, die Prinzipien meines Vaters … Dann mein Zimmer: Tisch, Bett, Bücher. Meine Höhle. Vielleicht sollte ich mich heute Abend dort verkriechen. Ich bin traurig. Aber lange kann ich mich nicht zurückziehen. Irgendwann hämmert Sami gegen die Tür: Essen ist fertig. Wenn ich antworte, dass ich nicht essen möchte, kommen sie alle zu mir und stellen Fragen. Ich weiß, warum Frauen heiraten: um allein sein zu können.‹

Zu ihrer Rechten, hinter den hohen Mauern von Dolmabahçe, ertönte der Pfiff eines Dampfers. Links fuhr eine hellerleuchtete Straßenbahn vorbei.

Ein Mann sagte im Vorübergehen zu ihr: »Mach langsam, meine Süße, nicht dass du dir noch wo wehtust.«

Der Scherz dieses Lümmels öffnete ein Luftloch in ihrer Trauer. ›Heute wird nicht das letzte Mal gewesen sein, dass ich hereinfalle. Ich traue den Menschen.‹ Bis sie zu Hause ankam, trug sie dieses Gefühl in sich.

6

Jedes Mal, wenn er den linken Fuß hob und auf eine Stufe setzte, machte die Weinflasche in seiner linken Manteltasche »klick«. Er vermutete, dass das Geräusch von einer silbernen Liramünze kam, die er in der Tasche vergessen hatte, aber überprüfen konnte er das nicht, denn er war voll bepackt mit Papiertüten und konnte deshalb nicht in die Manteltasche greifen. Im zweiten Stock stand eine Frau im Türspalt der mittleren Wohnung. Als sie ihn sah, zog sie sich sofort zurück. Wieso war es ihm so vorgekommen, als sei sie halb nackt? Er hatte doch genau gesehen, dass sie angezogen war. Nur ihre Waden konnte er sehen. Weiß und füllig. ›Sie hat Schritte gehört und gleich die Tür einen Spaltbreit geöffnet. Die erwartet ihren Mann.‹ Klick! ›Oder vielleicht jemand anderen? Vielleicht ist sie ja gar nicht verheiratet.‹ Klick! ›In diesem Falle wartet sie auf jemanden, der versprochen hat zu kommen, aber dann weggeblieben ist. Bestimmt macht sie sich gleich an einen Brief. Ganz oben steht dann da: Du Treuloser!‹ Klick! Im dritten Stock war niemand. ›Hier haben doch sonst immer zwei Kinder gespielt. Aber heute ist es kalt.‹ Klick! Auch im vierten Stock niemand zu sehen. Nur ein Geruch von gekochtem Kohl hing in der Luft. Klick! ›Krepiere, du Schuft.‹ Klick! ›Der Teufel flüstert mir zu: Lass den ganzen Kram fallen, den du trägst, und schau in deiner Tasche nach, dann ist Ruhe.‹ Aber er tat es nicht.

Kein Lüftchen wehte, Schnee fiel in schweren Flocken nieder und blieb auf dem betonierten Flachdach liegen. Er hatte keine Ahnung, woher das diffuse Licht kam, das dieses Weiß aufleuchten ließ. Wenn der Boden nicht unter seinem Tritt nachgegeben und er die Flocken nicht auf seinem Gesicht gespürt hätte, dann hätte er vielleicht gar nicht bemerkt, dass es schneite. In der linken Hand spürte er ein brennendes Kribbeln. Das lag an der Kälte.

Mit der Schuhspitze pochte er an die Tür des Ateliers. Während er wartete, drehte sich die Spule in seinem Kopf langsamer und langsamer und blieb schließlich stehen. Die Spule hatte sich zu Hause in Bewegung gesetzt. Auf einmal, während er sich das Bild an der Wand ansah. Der unwiderstehliche Wunsch, im Atelier mit ihr zusammen zu sein ... Die Hast, mit der er dann aus dem Haus gestürzt war ... In der Asmalımescit-Straße hatte er das Nötige eingekauft. ›Habe ich es jetzt eilig, zu ihrem Körper zu kommen?‹, fragte er sich selbst. ›Ist das bloß die leidenschaftliche Aufwallung eines Zwanzigjährigen?‹ Er gehorchte nur seiner inneren Stimme. »Du bist das? Du hast mich also noch nicht vergessen«, würde Ayşe sagen, wenn sie die Tür öffnete. Oder: »Ach, Sie sind das?« Dann würde er zu Stein erstarren. Noch konnte er weggehen, aber er tat es nicht.

Die falschen Hoffnungen waren zerstoben, jetzt fühlte er sich federleicht. Er hatte gedacht, es würde ihn traurig machen, wenn er sie nicht antraf. Stattdessen freute er sich. Jetzt gab es hier für ihn nichts mehr zu tun, außer wieder heimzugehen. Doch, es gab noch etwas. Er musste herausfinden, woher das »Klick« kam, das er bei jedem Schritt in seiner linken Manteltasche gehört hatte. Er stellte die Papiertüten an der Tür ab, zog die Flasche aus seiner Manteltasche und steckte die Hand hinein: ein Schlüssel. Noch warm vom Mantel lag er in seiner Hand, die sich dadurch noch kälter und starrer anfühlte. Jetzt erinnerte er sich: Diesen Schlüssel hatte ihm Ayşe gegeben. Es war der Schlüssel zu der Tür, vor der er stand. Er wunderte sich nicht. Es war völlig normal, dass der Schlüssel in dieser Tasche lag. Er konnte sich nirgendwo anders befinden als in der Tasche dieses Mantels, den er beim Verlassen des Hauses eilig übergezogen hatte. Der Zufall war ihm zu Hilfe gekommen. Er würde hineingehen. Denn er war neugierig. Drinnen würde er wohl vieles verändert vorfinden. Zum Schluss würde er sich die »Weisen« anhören und den vertrauten Dingen Lebewohl sagen.

Er steckte den Schlüssel ins Schloss. Auf einmal fiel ihm ein, dass er seine eigene Wohnungstür nicht verriegelt hatte. Aber selbst wenn ein Dieb sich dort Zutritt verschaffte: Die Bücher würde er schon nicht stehlen, und der Rest war ihm egal. Er stieß die Tür auf, und sofort stach ihm der vertraute, sanfte Geruch nach Ölfarbe in die Nase. Die Tüten in der Hand, tastete er sich im Dunkeln langsam bis dahin vor, wo seiner Erinnerung nach der Tisch stehen musste. Tatsächlich stand er noch immer an derselben Stelle. Er stellte die Tüten darauf ab und brannte ein Streichholz an, um den Lichtschalter zu finden. Das glimmende Streichholz versengte ihm die Finger.

Als das Licht brannte, schaute er sich um. ›Irgendetwas ist hier anders.‹ Der Diwan, der Tisch, die Stühle, der Ofen, das Radio, die Bilder an der Wand, die Staffelei – alles stand an seinem alten Platz. Nur die Staffelei war verhängt. Er schaute in den Ofen: Es war Glut drin. ›Offenbar ist sie heute hier gewesen.‹ Er legte zwei Schaufeln Kohle nach und zog die Vorhänge zu. Früher hatte er diese schwarzen Vorhänge für Überbleibsel aus den Zeiten der Verdunkelung gehalten. ›Die Freundlichkeit der sich verändernden Dinge bleibt bestehen.‹ Dann holte er sich vom Glasregal über dem Wasserhahn ein Weinglas, öffnete die beiden Flaschen, schälte Äpfel und Apfelsinen. ›Zum ersten Mal sehe ich dieses Atelier in ihrer Abwesenheit. Und sie, ist sie jetzt gerade bei dem Burschen mit dem blonden Schnauzbart?‹ Bedrückt stand er inmitten der Teilnahmslosigkeit von Diwan und Tisch, füllte sein Glas und trank.

Als eine Flasche leer war, stand er auf und setzte den Plattenspieler in Gang. Es erklangen die Weisen, nach denen er sich gesehnt hatte. Er setzte sich auf den Diwan. Die Geräusche der

Außenwelt waren verstummt. Alles spielte sich nun in ihm selbst ab. Hatte er wirklich jemals an jenem hell erleuchteten Ufer auf dem schimmernden Sand gesessen? Und wo war diese Stadt geblieben, auf deren Straßen fröhliche Menschen spazierten und die er jetzt nicht wiedererkannte? Und dann wieder jenes blitzsaubere Ufer ... Jemand hinter ihm sagte: »Ich bin auch da.« Ach, dieser Jemand ...

Die Klaviermusik brach auf einmal ab. Er öffnete die Augen. Nun hörte er wieder die gedämpften Geräusche der realen Stadt hinter den geschlossenen Fenstern. Er stand auf und stellte den Plattenspieler ab. Dann zog er das Tuch von der Staffelei in der Mitte des Raums. Seit er den Raum betreten hatte, war er neugierig auf das, was sich wohl unter diesem Tuch befand. Wenn es eine leere Leinwand war, wollte er warten, bis sie kam. Aber unter dem Tuch tauchte ein unvollendetes Bild auf. Er stellte sich vor, wie sie daran arbeitete, während der junge Mann mit dem blonden Schnauzer ihr vom Diwan her zusah. Plötzlich schnürte sich ihm die Kehle zu. Er griff nach dem Glas. ›Was soll das?‹ Er stellte das Glas wieder ab, ohne getrunken zu haben, und schrieb auf ein Stück Papier: »Silvester war nicht gut. Hier ist dein Anteil« und legte es auf den Tisch, neben die Weinflasche. Dann ging er auf den Lichtschalter zu. Als er ihn gerade drehen wollte, kehrte er wieder um und warf die Notiz in den Ofen. ›Du Trottel!‹, schimpfte er sich selbst. ›Als ob es nicht reichte, dass du was zurücklässt, musst du auch noch Papier beschreiben. Dabei weißt du ganz genau, dass alles vorbei ist. Einmal musstest du noch hierher kommen. Es würde entweder neu anfangen oder beendet sein. Also bist du hergekommen, und es ist zu Ende. Dabei hattest du dauernd Angst, du könntest sie hier antreffen, oder etwa nicht? Bist du eifersüchtig? Glaubst du etwa, sie denkt an nichts anderes als an dich, eingebildeter Fatzke?‹ Er goss den restlichen Wein ins Waschbecken und packte die Reste auf dem Tisch wieder in die Papiertüten. Seine Versuche, die Spuren zu verwischen, waren nutzlos, es war unübersehbar, dass er das Zimmer betreten hatte. Er machte das Licht aus und ging hinaus. Während er die Tür verriegelte, traf ihn plötzlich ein greller Lichtstrahl. Sein Herz klopfte. War sie das?

»Was machst du denn da?«

Er verstand. Er konnte zwar nicht hinter die Lichtquelle schauen, aber die Stimme hatte etwas Hartes. Die halb nackte Frau im zweiten Stock musste die Polizei gerufen haben. Oder hatte sie vielleicht auf diesen Polizisten gewartet?

Er zeigte den Schlüssel vor. »Ich habe die Tür abgeschlossen«, sagte er. »Das Atelier gehört einer Freundin von mir. Ich bin hergekommen, um Silvester mit ihr zu verbringen. Jetzt habe ich eine Weile auf sie gewartet, aber sie ist nicht gekommen. Deshalb wollte ich wieder gehen.«

»Was ist in den Tüten?«

»Reste. Abfall. Ich wollte das in den Müll werfen.«

»Stell die Tüten auf den Boden und mach sie auf.«

Er stellte die Papiertüten auf den Boden und riss sie auf. Der Lichtstrahl senkte sich. Ein gleißender Kegel. Zwei leere Flaschen, Brot, Käse, Salami, Nussschalen, ungeschälte Orangen und Äpfel. Der Lichtstrahl hob sich wieder.

»Ist in Ordnung. Du kannst gehen.« Die Stimme klang etwas weicher.

Er bückte sich und griff nach den Tüten.

»Lass die hier stehen.«

»Aber so vor der Tür ...«

»Lass sie stehen, sag ich. Geh jetzt. Ich werfe sie weg.«

Er ging. ›Will er vielleicht ... Wie ist das möglich? Die Orangen ...‹ Langsam ging er die Treppe hinunter. Die Tür im zweiten Stock war geschlossen.

Der unberührte Schnee draußen knirschte bei jedem Schritt. Als er beim Buchladen in die menschenleere İstiklâl-Straße einbog, fühlte er sich innerlich leer. Er sah auf die Uhr: fast zehn. ›Wo soll ich denn jetzt hin? Wenn mich der Polizist doch bloß verdächtigt und auf die Wache mitgenommen hätte! Es wäre ein ungewöhnlicher Abend geworden. Vielleicht hätte man auch sie aufgegriffen und dorthin gebracht. Wir hätten das Revier dann zusammen wieder verlassen. Danach – Beklommenheit. Das wars dann. Ich werde mich bei Hachette nach einem Buch umsehen.‹ »Warum rennen Sie denn so? Kommen Sie zu spät zu Ihrem Empfang?« ›Es gibt immer Leute, die zu spät kommen. Bestimmt ist noch gefüllter Truthahn da. An diesem Abend muss man Truthahn essen. Wer keinen mehr abbekommt, der grämt sich. Der Silvester-Truthahn. Oho! Außerdem muss heute Nacht gefeiert werden. Die Kinos, Theater und Bars sind voll. Die Leute haben Gäste zu Hause. Von einem geselligen Beisammensein hatte der Anwalt gesprochen. Und ihm zugezwinkert.‹ »An Neujahr haben wir vielleicht getafelt. Dieser Mehmet Bey ist aber auch ein Spaßvogel. Wir haben unter dem Tisch gelegen vor Lachen. Aber seine Frau … frag nicht, Kumpel.« ›Ihr spielt kleine Glücksspiele. Tombolas mit zehn Kuruş Einsatz. Wer weiß, in wie vielen Wohnungen jetzt gerade wie viele Frauen sagen: Oh nein, ich habe aber immer nur Pech, und wer weiß, wie viele Männer darauf antworten: Seien Sie nicht traurig: Pech im Spiel, Glück in der Liebe. Und wer weiß, wie viele Männer auf die anderen neidisch sind, weil sie nicht schnell genug waren, das als Erste zu sagen: Ich kenne euch. Kleine Herausforderungen reichen euch voll und ganz. Die großen machen euch Angst. Abends kehrt ihr mit Einkaufstüten beladen nach Hause zurück. Ihr werdet erwartet. Ihr seid zufrieden. Und wie leicht seid ihr zufrieden zu stellen. Es gibt keine Leere in euch. Warum kann ich nicht so sein wie ihr? Bin ich der Einzige, der nachdenkt? Der Einzige, der einsam ist?‹ Er wandte sich einer Frau zu, die an ihm vorbeiging, und sagte: »Guten Tag.«

Sofort reute es ihn. Die Frau war stehen geblieben und sah ihn an. Er zog seine linke Hand aus der Manteltasche und kratzte sich am Ohr.

»Ich kenne Sie nicht«, sagte die Frau.

Die Antwort darauf war klar: »Dann sollten wir uns kennen lernen«, musste er jetzt sagen und sich bei ihr einhängen. »Es ist kalt. Lass uns an einen warmen Ort gehen und etwas trinken.« Das waren Hilfestellungen, die die Frau von ihm erwartete. Er aber sagte stattdessen: »Ich auch nicht« und ging weiter. Das wäre zu einfach gewesen, das hatte er schon oft ausprobiert. Zehn Minuten später fühlte man sich einsamer als zuvor. Er bog zum Fischmarkt ein.

Wenn er nach Hause ging, würde er bis Mitternacht untätig herumsitzen und den Lärm der Nachbarn oben verfluchen, das wusste er. Der Schnee auf dieser Straße knirschte nicht mehr. Er betrat eine der lauten, verrauchten Kneipen, fand einen Platz vor dem Tresen, setzte sich und bestellte beim herbeieilenden Kellner Wein.

Der Kellner verneigte sich, als sei er ausschließlich für ihn da. Und als ob er fürchtete, die anderen könnten ihn hören, sagte er: »Wir haben heute auch gefüllten Truthahn.«

7

Fünfundzwanzig Tage lang hatte er nachmittags ständig kalte Füße. Morgens war er im Atelier und saß Sami Modell. Das Mittagessen nahm er in Beşiktaş ein, danach ging er im Regen oder im Schnee – meistens in einem mal lockeren, mal matschigen Schnee – spazieren, bis er müde war. Dann setzte er sich in ein nahe gelegenes Restaurant, eine Konditorei oder in ein Teehaus. Die anderen Gäste betrachteten den durchfrorenen, müden Mann mit flüchtigem Wohlwollen. Ihm wurde langsam wieder warm. Es tat gut, mit den Menschen in Frieden zu leben. An einem dieser Tage lernte er in einer Konditorei eine Frau kennen. Es gefiel ihm, dass diese Frau ständig die Nase hochzog wie ein kleines Kind. Das machte sie in seinen Augen noch weiblicher. Die Affäre dauerte drei Tage. Dann verließ er sie, weil sie ständig die Nase hochzog.

Als Sami am sechsundzwanzigsten Tag das Porträt beendet hatte und zu ihm sagte: »Fertig! Komm, sieh es dir an«, erhob er sich lustlos von seinem Platz.

Von nun an würde er nicht nur auf den vertrauten Geruch nach Leinöl, sondern auch auf die Vormittage im Atelier verzichten müssen. Lange, nicht enden wollende Vormittage des Müßigganges lagen vor ihm, die ihm Angst einjagten. Schon einzelne Stunden fielen da ins Gewicht. Er hatte mehrfach erlebt, wie endlos drei, vier Minuten sein konnten, er wusste Bescheid. Mehr als drei Tage konnte man sich mit Straßennamen nicht beschäftigen.

Als er vor die Staffelei trat, war er verblüfft. Es war keins der üblichen Porträts. Zuerst sah er eine linke Hand. Es war eine nervöse, unruhige Hand mit flinken Fingern. Sie streckte sich nach einem braunen Ohr aus, hielt aber in der Luft inne. Konnte es sein, dass dieser Junge ihn verstanden hatte? Jedenfalls wusste er offenbar, dass die Menschen sich in ihren grundlegenden Verhaltensweisen nur durch ihre Ticks unterscheiden. Er drehte sich um. Die anderen standen um sie herum. Sie sprachen miteinander. Er drückte Sami die Hand und sagte: »Du hast verstanden, wie ich bin.«

Die anderen verstummten. Er ließ Samis Hand los und wurde

rot. Es war dieselbe Scham wie an dem Morgen, als er im Internat selbstvergessen an seinem Glied gespielt und ein Freund ihm plötzlich die Decke weggezogen hatte. Lange Zeit würde er nicht mehr hierher kommen können.

Seine Unruhe nahm zu, während er in den Mantel schlüpfte. Draußen, auf der Straße nach Maçka, blieb er plötzlich stehen, das verpackte Bild im Arm, verzweifelt und überdreht – um ihn herum überall Gebäude, Autos und Menschen. Die Passanten dachten vermutlich: ›Dieser Mann hat etwas vergessen, gleich kehrt er um‹, und seine Anspannung stieg ins Unerträgliche. Er starrte auf die Räder der Autos und erwog eine schnelle Erlösung. Es waren nicht nur das fünfundzwanzigtägige Frieren und die Müdigkeit. Seit er vor drei Jahren den Militärdienst beendet hatte, ging es schon so. Suchte er vielleicht etwas, das es auf der Welt gar nicht gab? Er sah sich um. Rechts auf dem Bürgersteig lehnte ein Schulkind an einer Wand und sah ihn mit großen Augen an. Es hielt einen Apfel in seiner Hand und biss davon ab, ohne den Blick von ihm abzuwenden. Ihm lief das Wasser im Mund zusammen. Dann ging er weiter. Es gab Kinder und Äpfel. Das war doch schon was.

An jenem Abend kam er nach einem gänzlich regen- und schneelosen Spaziergang nach Hause, drehte das Licht an und betrachtete erneut sein Porträt. Er war nüchtern. Seit der Silvesternacht trank er nicht mehr. Wegen des gefüllten Truthahns hatte er damals die verrauchte Kneipe fluchtartig verlassen. Immer wenn er sich daran erinnerte, schämte er sich, so tief gesunken zu sein, dass er im Saufen Erlösung suchte. Der nächste Tag würde mit einem langweiligen Morgen beginnen. Wer weiß: Wenn es das Gefühl der Langeweile nicht gäbe, würden die Menschen vielleicht vergessen, zur Arbeit zu gehen. »Arbeit tröstet«, hatte sein Vater immer gesagt. Aber auf solch einen Trost konnte er verzichten. Schließlich bestand die sogenannte

Arbeit nur darin, immer nach demselben Muster zu schreiben, Unterricht zu geben oder den Hammer zu schwingen. Der Fahrer, der anders hupte als die anderen, oder der Schmied, der den Hammer in seinem ureigenen Rhythmus schwang – selbst sie wiederholten sich bereits am zweiten Tag. Gewohnheit und Bequemlichkeit – das war der Sinn des Lebens. Die meisten Menschen scheuten vor Mühsal und neuen Erfahrungen zurück. Wie einfach war es doch, sich ihnen anzupassen! Auch er könnte, wenn er wollte, tagsüber in einer Schule Unterricht geben und nachts mit schweigenden, schönen Frauen schlafen. Mühelos. Aber er wusste, dass ihn das nicht ausfüllen würde. Er brauchte mehr. Selbst wenn man sich bei aussichtslosen Unterfangen verausgabte, war das besser als banale Genügsamkeit. Er hatte gesehen, wie das Bild dort an der Wand gemalt worden war: sich wie zum Pfiff spitzende Lippen, eine sich runzelnde junge Stirn, lange, hoffnungslose, dunkelblaue Blicke. So etwas brauchte auch er. Aber er konnte nicht malen. Na und wenn schon! Dann würde er eben schreiben. An jenem Abend schlief er sofort ein.

Morgens stand er nun spät auf. Wären da nicht ein paar unumgängliche Tätigkeiten gewesen wie in der Küche etwas zu essen und Wasser zu trinken oder zur Toilette zu gehen, hätte er den ganzen Tag bis zur Dämmerung ununterbrochen am Tisch gesessen. Erst nach fünf Uhr, als alle anderen von der Arbeit kamen, verließ er die Wohnung und ging in ein nahe gelegenes Restaurant. Die ersten Tage war er nach dem Essen sofort nach Hause zurückgekehrt und hatte bis Mitternacht gearbeitet. Es war schwierig, aber er ließ sich nicht entmutigen. Manchmal saß er stundenlang über einem einzigen Satz. Schließlich war er dafür verantwortlich, unter all den Gedanken, die ihm durch den Kopf gingen, eine Auswahl zu treffen. Er lernte die Unvollkommenheit der Worte kennen. An manchen Tagen merkte er nur am vollen Aschenbecher, dass er geraucht hatte. Ob er wohl auch die Stirn runzelte?

Bevor er nachts einschlief, bewegte er unablässig das Geschriebene in seinem Kopf. Meistens suchte ihn der Satz heim, der ihn tagsüber am längsten beschäftigt hatte. Er verstand nun, was Gewöhnung bedeutete. Selbst das menschliche Gehirn gewöhnte sich offenbar an Dinge und wiederholte sie dann ständig. So sagte sein Gehirn unaufhörlich: »Die Ameisen lieben, ohne es zu wissen.« Es half nichts, dass er sich auf die andere Seite drehte. Wenn er dachte: »Ich muss schlafen«, schien sein Kopf zu entgegnen: »Nichts zu machen. Die Ameisen lieben, ohne es zu wissen.«

Um das zu vermeiden, schrieb er abends nicht mehr. Nach dem Essen ging er ins Theater oder ins Kino, oder er machte einen Spaziergang. Seine Geschichte begleitete ihn trotzdem überallhin, aber auch die Eindrücke der Außenwelt beeinflussten ihn. Manchmal gelang es ihm zu vergessen. Nachts konnte er nun endlich schlafen.

Zur Außenwelt gehörte auch der Bettler an der Ecke, vierzig Schritte von seinem Haus entfernt. Der Mann saß stets fünf Tage hintereinander dort, dann war er zwei Tage lang weg. Er sah ihn immer nur abends, auf dem Weg ins Restaurant; wenn er zurückkam, war der Bettler fort. Als er zu schreiben begonnen hatte, vergaß er in den ersten beiden Tagen fast, sich zu waschen und zu rasieren, und die Kleider hatte er nur gewechselt, weil Eleni nach seiner Schmutzwäsche gefragt hatte. Der Bettler jedoch war ihm in diesen Tagen aufgefallen. In der dritten Woche schrieb er, fast am Ende der dritten Geschichte, den Satz: »Mit den Buchstaben dieses Wortes könnte man auch ein anderes Wort bilden.« Dann bemerkte er, dass ihm ein eben noch präsentes Wort entfallen war, und wurde wütend, weil er sich nicht mehr daran erinnern konnte. Mit plötzlich leerem

Kopf blieb er trotzdem über eine Stunde am Schreibtisch sitzen. In solchen Momenten kam immer alles zusammen: sein Kratzen am linken Ohr, der Autolärm draußen und das Weinen eines Kindes im Treppenhaus. Schließlich legte er den Stift weg und ging zum Fenster. Von dort konnte er den Bettler sehen, der gerade seinen üblichen Platz einnahm: wie ein Krämer beim Öffnen seines Ladens. Zum ersten Mal seit langer Zeit spürte er wieder, wie es ist, den Zigarettenrauch in die Lungen zu ziehen. Eine Frau trat aus dem Haus gegenüber und stieg in ein Automobil ein, das am Straßenrand wartete, und fuhr fort. Sie war schön.

Noch weitere zwei Tage saß er bis zum Nachmittag an seinem Schreibtisch, ausgetrocknet wie eine von der Sonne gedörrte Melonenschale. Fühlten sich die anderen auch manchmal so ausgebrannt? Er konnte sich auf seine Geschichte nicht mehr konzentrieren. Er hörte das Leben im Haus und auf der Straße. Was gab es nur für eine Unmenge Straßenverkäufer! Einer schrie »Tasiri«, wobei er die Vokale schier endlos dehnte – wer weiß, was der verkaufte. Immer wenn der Bettler nachmittags seinen Platz an der Ecke einnahm, kam ein Automobil und hielt vor dem Gebäude gegenüber. Kurz danach verließ die Frau das Haus und stieg ein.

Als das Auto am dritten Tag abfuhr, schaute er sich den Bettler genauer an. Der rauchte eine Zigarette, aber auf eine ganz sonderbare Weise. Er hielt die Zigarette in seinem Handinnern verborgen, führte sie so zum Mund, zog daran, schaute sich um und blies dann den Rauch nach unten weg. ›So ein Heuchler! Er versteckt sie! Oder gibt niemand einem rauchenden Bettler etwas?‹ Mittags hatte er das Zimmer gelüftet, aber es war schon wieder verraucht. Er hatte einen bitteren Geschmack im Mund. Kurz erwog er, völlig willkürlich die monatliche Heizkostenpauschale zu erhöhen. Er ärgerte sich über den Bettler. Der

Mann hätte seine Zigarette wegwerfen müssen. Die Passanten legten ihm schließlich Geld in die Hand. Auf einmal verstand er. Er wusste jetzt, warum der Bettler immer fünf Tage kam und zwei Tage nicht und warum er immer um diese Zeit dort saß. Er lachte. Das war vielleicht ein raffinierter Kerl, dieser Bettler. Er wusste, dass sich die Leute auf dem Weg von der Arbeit nach Hause eine billige Seelenruhe erkauften. An Wochenenden blieb er weg. Was war heute für ein Tag? Er achtete nicht auf die Wochentage. Da er ihn nun seit drei Tagen dort sitzen sah, musste es Mittwoch sein. ›Und wenn er dann noch jeden Morgen vor einer Mädchenschule bettelt, küsse ich ihm die Stirn. Mädchen haben ein butterweiches Herz. Und sie lassen sich leicht einwickeln.‹ So waren die Menschen eben. Die einen mussten betteln, die anderen Almosen geben. Und die Frau, die sich eben ins Auto gesetzt hatte, fuhr nicht zu einer heißen Liebe, sondern sie würde ihr Fleisch verkaufen. Mittlerweile witterte er überall Unrat.

Er setzte sich wieder an den Schreibtisch. Das also waren die Menschen, die er seit knapp drei Wochen aufzurütteln versuchte. Hatte er wirklich geglaubt, diese Horde von Schlitzohren, Almosenspendern und Leuten, die mit Liebe handeln, würde ihn verstehen? Er legte die Hand auf seine Texte. Es ging nicht. Das wusste er jetzt. Seine erste Geschichte begann so: »Im Lärm der Großstadt kann der Mensch nach Belieben einen Wind fahren lassen, ohne dass irgendjemand das bemerkt. Er hätte das nie tun können.« Wer würde verstehen, dass dieser Satz das ganze Leben dieses Mannes in sich barg? Und die zweite Geschichte, die von der Frau, die ständig die Nase hochzog? Und die halb fertige Geschichte erst! Da hatte er Ticks beschrieben. Zum Beispiel den Mann, der seinen Nacken knacken ließ. Wie gut, dass er sie nicht beendet hatte. Sie wollten Geschichten lesen, die so anfingen: »Auch wenn er mich schließlich ins Unglück stürzte, werde ich doch nie die Wonne vergessen, die ich in jener Nacht empfand, als ich mich in seine Arme geworfen habe.«

Seelenruhig zerriss er alle seine Manuskripte in kleine Fetzen. Das war also auch vorbei. Alles war wie immer. Er sammelte die Papierfetzen auf und warf sie in der Küche in den Mülleimer. Bei der Rückkehr ins Wohnzimmer sah er aus dem Fenster. Der Bettler saß an seinem Platz. Er würde ihm zeigen, dass es auch Menschen gab, die anders waren. Er zog seinen Mantel an, steckte einen Zweieinhalb-Lira-Schein in die Außentasche und ging.

Zuerst spazierte er auf der rechten Straßenseite bis zur İstiklâl, dann kehrte er um und wechselte die Straßenseite. Es würde bald dunkel werden. Er erblickte ihn erst, als er schon fast bei ihm war. Der Mann hatte ein großes Kinn und Pockennarben im Gesicht. Er wirkte nicht sehr alt, aber irgendwie hinfällig. ›Dieser Mann war früher sicher Lastenträger. Oder kommt das von der Gewohnheit zu betteln?‹

Er blieb vor ihm stehen, bückte sich ein wenig und sagte: »Hallo, mein Freund, hast du mal ne Zigarette?«

Das Erstaunen im Gesicht des Mannes freute ihn. ›Er weiß, dass ich ihn beim Rauchen beobachtet habe. Innerlich flucht er bestimmt.‹

Der Bettler verzog seine Miene zu einem mitleidheischenden Lächeln. »Ich rauche nicht, mein Herr«, antwortete er.

»Ach, wie schade! Ich hatte plötzlich so eine Lust auf eine Zigarette! Zweieinhalb Lira hätte ich dafür bezahlt.«

Er zog seine linke Hand aus der Manteltasche und wedelte mit dem Geldschein. Dabei schaute er immer auf die bläulichen Hände des Mannes in seinem Schoß. Er verstand die Sprache der Hände. Die rechte Hand des Bettlers zuckte kurz nach hinten. ›Aha, das Päckchen steckt in seiner rechten Hosentasche.‹ Die Hand blieb liegen und entspannte sich wieder.

»Na, wie auch immer, ich geh dann mal!«

Er steckte das Geld wieder ein und ging, betrat jedoch nicht den Eingang seines Wohnhauses, sondern einen anderen Eingang und schaute von dort nach dem Bettler. Der Mann sah ihm nicht hinterher. ›Was hat er von mir gelernt? Dass es auf der Welt noch einen Verrückten gibt, den er bislang nicht kannte.‹ Dabei hatte er dem Mann beibringen wollen, dass es auch Menschen gab, die nicht wussten, dass Bettler keine Zigaretten rauchen dürfen. An diesem Abend würde der Bettler einem Bekannten erzählen: »Heute hat mich ein Verrückter um eine Zigarette angegangen.« Trotzdem war er neugierig. Ob er morgen früh vor der Mädchenschule betteln würde? Er wartete ab.

Als der Mann sich sein ledernes Sitzkissen unter den Mantel stopfte und auf die İstiklâl-Straße zuging, folgte er ihm. Sie überquerten die İstiklâl und liefen in Richtung Kurtuluş. Vermutlich lebte er unten, in einem der Häuser am Goldenen Horn. Ein Mädchen ging vorüber und schaute ihn freundlich an. Er drehte sich nicht um. Er hatte seinen Bettler. Langsam folgte er ihm. Dort, wo die Lichter weniger wurden, zögerte er. Wieso war er hierher gekommen? Und warum war er nicht dem Mädchen hinterhergegangen? Was würde er machen, wenn er sah, wo der Mann wohnte? Vielleicht würde er sich morgen früh mit ihm zusammen vor eine Mädchenschule stellen. Und dann? Er blieb stehen. Der Bettler ging weiter und bog bald darauf in eine Seitenstraße ein.

Es war einer der üblichen Abende. In seinen Ohren hallte das Getöse der Großstadt wider. Vielleicht trugen auch die Schritte der Gesuchten zu diesem Getöse bei. Er kehrte um und ging wieder zur İstiklâl, wo sich Menschen und Autos drängten.

Frühling

I

Der heutige Tag war zunächst »der erste Tag, an dem er den Mantel nicht anzog«, später würde es »der Tag, an dem er Güler zum ersten Mal sah« sein. So kann sich die Bezeichnung für einen Tag ändern, je nachdem, was sich in seinem Verlauf zugetragen hat. Es war ein sonniger und lauer Tag. Er saß beim Konditor an der Straßenkreuzung von Karaköy am Fenster und schaute hinaus. Unter den Passanten draußen suchte er nach einem Menschen, dem man auf den ersten Blick den Tischler ansah. An manchen Tagen hielt er nach Schneidern Ausschau. Einmal war er einem vermeintlichen Schneider hinterhergelaufen und hatte ihn nach seinem Beruf gefragt. Der Mann war aber Gerichtsschreiber. Als er der Suche nach Tischlern überdrüssig wurde, beobachtete er stattdessen den Polizisten in der Mitte des kleinen Platzes. Der pfiff auf einer Trillerpfeife und schwang einen Stock; ständig glitten Autos und Straßenbahnen aneinander vorbei, ohne sich zu berühren. Die Bewegungen des Mannes kamen ihm lächerlich vor. Vielleicht weil er so mürrisch dreinschaute. Was hinderte die Leute eigentlich daran, ständig zu lachen? Er mochte den Polizisten nicht. Wenn er an seiner Stelle wäre, würde er sich eines Tages einen Spaß erlauben und die Autos und Straßenbahnen so dirigieren, dass sie sich ineinander verkeilten. Und dann würde er sich darüber lustig machen. Aber der Polizist war nicht der Mann für so etwas. Vielleicht zerstörte er diese Ordnung nur in seinen Träumen.

Dann fiel ihm die Ecke auf. Manchmal kommt es einem ohne ersichtlichen Grund so vor, als ob ein Stuhl, auf dem man sitzt, ein Gebäude oder eine Ecke, an der man vorbeigegangen ist, im eigenen Leben irgendwann einmal eine wichtige Rolle spielen würde. Mit jener Ecke verhielt es sich ebenso. Dort würde heute irgendetwas geschehen. Unablässig starrte er jetzt hinüber. Für die Passanten dort draußen war das ein Ort wie tausende andere in der Stadt. Bildete er sich etwas ein? Würde er gleich irgendetwas völlig Alltägliches, das sich dort vielleicht zutrug, zu einer außergewöhnlichen Sache aufblasen? Zwei Männer sprachen miteinander und machten nun Anstalten, sich zu verabschieden. Sie schüttelten einander die Hand. ›Und jetzt zieht eure Kappen ab!‹ Sie nahmen sie ab. Sinnlos, von den Menschen etwas anderes als das Gewohnte zu erwarten. Jetzt standen zwei Mädchen an der Ecke und unterhielten sich. Sie trugen Schuhe ohne Absätze. Das war doch mal was Gutes. War sie es? Sein Herz klopfte. Die eine trug einen hellbraunen, die andere einen hellblauen Regenmantel. Jetzt würden sie sich gleich verabschieden. Innerlich rief er: ›Los, gebt euch die Hand!‹ Sie küssten sich auf die Wange.

Er sprang auf. Als er das Lokal verließ, hörte er die Stimme des Kellners: »Bezahlen, mein Herr!«

Er steckte die Hand in seine Hosentasche und holte den erstbesten Schein heraus – es war ein Fünf-Lira-Schein –, legte ihn auf den Kühlschrank und verließ das Lokal. Während er zur Straßenecke rannte, ließ er die beiden Mädchen nicht aus den Augen. Die in Hellbraun ging in Richtung Yüksekkaldırım, die Hellblaue in Richtung Tophane. ›Oh Gott, welche denn?‹ Einen Augenblick lang blieb er an der Straßenecke stehen. Dann folgte er der Hellbraunen. (In dem Augenblick, in dem er stehen geblieben war, hatte sich alles entschieden. Er hatte sich schon wieder geirrt. Die in Hellblau war B. Hätte er sich für B. entschieden, wäre die Geschichte nun zu Ende. Aber er folgte Güler. Ein Zufall? Nein. Die Tophane-Straße war in dieser Stadt der Ort, den er am wenigsten leiden konnte. Vielleicht weil er die Aufforderung der Schiffspfeifen fürchtete, vielleicht aber auch, weil die Fakultät in dieser Straße lag und ihn immer an die langweiligen Monate dort erinnerte. Die Yüksekkaldırım hingegen liebte er. Es war absehbar gewesen, dass die Hellbraune dort entlanggehen würde. Und dann war ihm diese Gasse noch aus der Zeit her vertraut, als er Ayşe besuchte. Eine Vertrautheit, die seine Schritte unbewusst lenkte.)

Während sie die steile Straße hinaufgingen, sah er weit vorne rechts die gleichmäßigen Hüften des Mädchens. Schwarze Haare hatte sie. Mit der Linken presste sie eine Mappe gegen ihre Hüfte. Wenn er einer Frau folgte, konnte er immer schon an den Augen der entgegenkommenden Männer ablesen, ob sie schön war oder nicht. Wenn sie hübsch war, sahen sie ihr nach. Selbst dieser grauhaarige Mann hatte sich nach ihr umgedreht. Als sie ein Antiquariat betrat, sah er ihr Gesicht. Er stellte sich vor einen Hutladen und tat so, als betrachte er die Auslage. Dabei stellte er die vielleicht erste richtige Vermutung seines Lebens an: Er erriet, dass das Mädchen die Hochschule besuchte.

Als sie weitergingen, starrte er ständig auf ihre Beine. Sein Vater war genauso. Nur dass der noch dazu seinen Schnurrbart zwirbelte. Er kratzte sich am Ohr. Das Mädchen lief nun auf demselben Bürgersteig wie er. Gerade als er überlegte, ob er die Straßenseite wechseln sollte, bog sie in die Straße ein, die von Kuledibi nach Şişhane führt. Diesen Weg kannte er. Kaum hatte er darüber nachgedacht, dass der heutige Tag voller seltsamer Zufälle war, fiel ihm ein, dass er etwas vergessen hatte: etwas, das sich hier zugetragen hatte und worüber er sich freuen würde, wenn es ihm wieder einfiele. Aber er erinnerte sich nicht. Eines

Tages war er bedrückt mit der Straßenbahn hier vorbeigefahren und hatte diese Gasse erblickt. Als ob ihn der Kontrast zwischen der modernen Straße und dem alten Galata-Turm am anderen Ende der Gasse trösten könnte, war er an der darauffolgenden Haltestelle ausgestiegen und zu der Gasse zurückgelaufen, aber diese hatte nichts in ihm ausgelöst. Das war es also nicht. Er musste etwas völlig anderes vergessen haben. Vielleicht hatte er ja an dem Tag, an dem er hier aus der Straßenbahn ausgestiegen war, dasselbe gesucht wie heute. Damals hatte man in dieser Straße eine Sprache gesprochen, die er nicht verstand und die er für Ladino gehalten hatte. War es vielleicht wieder so? Oder wohnte sie hier? Was auch immer – ihre erste Unterhaltung würde in dieser Straße stattfinden. Nicht heute, sondern morgen oder an einem anderen Tag, aber er würde auf alle Fälle in dieser Straße mit ihr reden.

Kinder spielten Ball. Von einem hohen Fenster aus rief eine Frau einem mit Papiertüten beladenen Ehepaar, das auf der gegenüberliegenden Straßenseite stand, etwas zu. Auch diese Frau sprach in dieser ihm unbekannten Sprache. Eins der Kinder pfiff eine amerikanische Melodie hinter dem Mädchen her. Sie sah sich nicht um. Hatte ohnehin überhaupt nie aufgeblickt. Aber er wusste, dass er sie eines Tages dazu bringen würde, ihn anzusehen.

Am Ende der Straße blieben sie stehen. Das Mädchen ließ eine Straßenbahn und zwei Taxis passieren und rannte dann auf die andere Seite. Dort öffnete sie die Eingangstür eines der großen Apartmenthäuser und schaute dann zurück. Genau in diesem Augenblick gingen die Straßenlaternen an. Hatte sie ihn gesehen? Hinter einem Lastwagen überquerte auch er die Straße und las das Schild über der Tür, durch die sie gegangen war: »Yeşilzeytin-Apartment« stand da. Er sah sich um. Gegenüber lag ein Café. Gut. Morgen früh würde er dort warten. Er nahms gelassen. Und war hungrig. Ihn fröstelte, es würde wohl ein kühler Abend werden.

Am nächsten Morgen saß er gegen acht Uhr bereits im Café, an einem Tisch am Fenster. Im hinteren Teil des Raums hielten sich weitere Gäste auf. Was hatten die um diese Zeit hier zu suchen? Er bestellte einen Tee. Nachdem er ihn ausgetrunken hatte, legte er das Geld auf den Rand der Untertasse. Wenn das Mädchen studierte, wie er vermutete, konnte es jeden Augenblick aus dem Haus kommen. Er sah unablässig hinüber. In welchem Stockwerk sie wohl wohnte? Ein Mann mit einer Aktentasche trat aus der Tür, ihm folgte eine Frau. Zuerst dachte er, sie sei es, und wollte schon aufstehen, aber er hatte sich getäuscht. Es gab zwar eine gewisse Ähnlichkeit, aber ihr Gang war anders. Die aber, die jetzt herauskam, die war es. Er stand auf. Das Mädchen bog in dieselbe Straße ein wie am Vorabend; er folgte ihr bis nach Karaköy. An der Straßenbahnhaltestelle in Richtung Beşiktaş blieben sie stehen. Jetzt konnte er sie von nahem betrachten. Sie war ungeschminkt. Beachtete sie ihn nur deshalb nicht, weil sie der Männerblicke überdrüssig war? Als die Straßenbahn kam, sah sie ihm doch noch in die Augen. Der Ausdruck des Desinteresses in ihrem Gesicht schien sich mit einem Mal zu verflüchtigen. Sie senkte kurz den Blick und schaute ihn dann verblüfft wieder an. ›Ich erinnere sie an jemanden.‹ Als die Straßenbahn stehen blieb, rief ein Mädchen von der hinteren Plattform: »Güler!«

Das Mädchen wandte sich um und winkte. ›Güler, die Fröhliche, heißt sie also!‹ Diesen Namen hatte er nicht erwartet. Aber er gefiel ihm. Beim Einsteigen beugte er sich unbemerkt zu ihren Haaren, um daran zu riechen. Gut: Sie hatte kein Spray verwendet.

Das Abteil war gedrängt voll. Er hatte sich absichtlich nicht in ihre Nähe gestellt und beobachtete sie nun durch eine Lücke zwischen den Köpfen der Leute. Sie sprach mit ihrer Freundin. Einmal kreuzten sich ihre Blicke genau in dieser Lücke: Güler hatte sich umgesehen, als ob sie ihn suchte, und sich sofort wieder weggedreht, sowie sie ihn bemerkt hatte. In der Lücke, die durch das Schütteln der Straßenbahn mal kleiner wurde, mal größer, sah er nun nur noch ihre Haare. Er fragte sich, welche Augenfarbe sie wohl hatte. Dunkelblau? Oder grün? Er musste sie von nahem sehen, um das herauszufinden.

Die meisten, die in Fındıklı ausstiegen, waren Studenten. Er setzte sich auf einen der frei werdenden Plätze. Als die Straßenbahn weiterfuhr, ging Güler gerade im Pulk durch das Haupttor der Fakultät. Sieben Jahre zuvor war er durch dieses Tor gegangen. Damals musste er ein völlig anderer Mensch gewesen sein als heute. Um sich hier einschreiben zu können, hatte er ein Führungszeugnis und ein Gesundheitsattest vorgelegt und sich gegen Pocken impfen lassen. Vier Monate lang hatte er es ausgehalten und sich die ganze Zeit nur gelangweilt. Ob der alte Lehrer wohl noch lebte?

»Wer hat noch keinen Fahrschein?«, fragte der Schaffner.

Er stand auf und löste eine Fahrkarte. Bei der nächsten Haltestelle würde er aussteigen und irgendwo am Ufer des Bosporus in ein Lokal gehen.

Am Nachmittag saß er wieder beim selben Konditor wie am Vortag. Kaum hatte er sich hingesetzt, da sah er auch schon den Verkehrspolizisten mitten auf dem Platz. War es derselbe wie gestern? Vielleicht nicht, aber die beiden unterschieden sich überhaupt nicht. Unablässig vollführte er die gleichen Bewegungen. Wie viele Menschen nur in dieser Stadt lebten! Ob er wohl einen der Passanten früher schon einmal irgendwo gesehen hatte? Den mit dem schwarzen Mantel zum Beispiel? Eher nicht. ›Wie kann man denn bei diesem Wetter einen Mantel tragen! Ist er krank? Oder hat er sich bei der Arbeit plötzlich unwohl gefühlt und geht jetzt nach Hause? Was mag er von Beruf sein? Bankangestellter?‹ Seltsam, dass alle Leute Arbeit hatten. Noch seltsamer war, dass jeder immer nur ein Mal vor ihm vorbeiging, nie ein zweites Mal. Und Güler? Er sah zur Straßenecke. Schön, sie in Gedanken beim Namen zu nennen. Vielleicht würde er sie erspähen können, noch bevor sie an der Ecke ankam. Spätestens um halb sechs müsste sie dort sein. Er rief den Kellner und bezahlte seine kalte Milch. Nicht dass der wie gestern hinter ihm herriefe.

Als die Uhr der Konditorei halb sechs zeigte, wurde er unsicher. War sie einen anderen Weg gegangen? Die letzte Unterrichtsstunde ging um zehn vor fünf zu Ende. Selbst wenn sie ein bisschen mit ihren Freunden geschwatzt hatte, hätte sie inzwischen hier sein müssen. Und wenn sie eine Straßenbahn verpasst hatte? Eine Viertelstunde würde er noch warten. Es war viel Verkehr. Am meisten ärgerte er sich über die Straßenbahnen nach Bebek, weil sie die Straßenecke, die er beobachtete, so lange verdeckten. Als er eine Frau im hellbraunen Mantel sah, machte sein Herz einen Hüpfer, aber es war nicht die Erwartete: Diese Frau trug eine Mütze. Er stand auf. Beim Gang zur Tür fiel sein Blick auf den Kalender: 27. März, Samstag, stand darauf in rot-schwarzer Schrift. Erleichterung. Er hatte umsonst gewartet. Wenn es um die Gewohnheiten der Menschen ging, waren alle Details von Bedeutung. Selbst die Wochentage. Wäre ihm vorher eingefallen, dass heute Samstag war, dann hätte er es so einrichten können, dass er sie um ein Uhr traf.

Noch nie hatte er die Yüksekkaldırım-Gasse so voll gesehen. Er würde in jenem Café auf Güler warten. ›Warum will ich das eigentlich?‹ Vielleicht ging sie ja nach dem Essen mit der ganzen Familie ins Kino. Dann würde er sich irgendwo hinter die Gruppe setzen und sie beobachten. Hinter Kuledibi bog er in die kleine Straße ein. Sein Gefühl sagte ihm, dass alles genau so sein würde, wie er es sich wünschte. Und tatsächlich: Als er die kleine Straße verließ und auf das gegenüberliegende Café zuging, erblickte er sie. Er blieb am Rand des Bürgersteigs stehen. Vermutlich war sie aus der Straßenbahn ausgestiegen, die gerade abfuhr. Jetzt ging sie auf die Eingangstür ihres Wohnhauses zu.

Auf einmal hörte er ein Geräusch, das er für sich immer als »Großstadtquietschen« bezeichnete. Er verzog das Gesicht. Es lief immer dasselbe ab, wenn er dieses Geräusch hörte. Ein Automobil hält, und dahinter zappelt etwas – war es dieses Mal eine Katze? Er hatte den Blick auf Güler gerichtet, aber aus den Augenwinkeln konnte er sehen, wie Fußgänger zu der Stelle strömten. Güler hatte sich umgedreht, als es quietschte, und war dann zusammen mit den anderen Passanten hinter das Auto gelaufen. Jetzt gehörte sie auch zu ihnen.

Dort, am Rande des Bürgersteigs, hatte er zum ersten Mal Zweifel bekommen. War sie es vielleicht doch nicht? Wieso hatte sie nicht gleich das Haus betreten, nachdem sie nachgesehen hatte, was geschehen war? ›Wenn sie Tränen in den Augen hat, ist sie es nicht. Dann gehe ich sofort.‹ Er rannte auf die andere Straßenseite. Zuerst sah er die Geschwulst am Nacken des Mannes neben ihr, dann Güler.

»Sieht aus, als ob es absichtlich auf die Straße gerannt wäre, das arme Tier.«

»Das kommt davon, wenn man immer so schnell fährt!«

»Bin ich nicht, ehrlich! Ich bin gefahren wie immer. Auf einmal ist sie mir vor die Reifen gesprungen. Ich bin auf die Bremse getreten, aber ich habe sie trotzdem erwischt.«

Ihre Augen waren trocken. Streng schaute sie den Mann neben sich an. ›Hat der sich womöglich an sie herangemacht?‹

»Mutter, was liegt denn da hinter der Katze?«

»Das sind ihre Eingeweide, mein Kind. Guck bloß nicht hin!«

Jetzt zog sie sich zurück. ›Geht sie?‹ Mit der rechten Hand stützte sie sich auf das Heck des Wagens.

»Wenn du rechts und links geschaut hättest ...«

»Wie hätte ich denn das machen sollen, mein Herr! Wir müssen die Autos vor uns im Blick haben und nebenbei noch auf die Fußgänger Acht geben. Man sollte nicht versuchen, alles auf einmal zu sehen, sonst sieht man am Ende gar nichts mehr!«

Alle waren zufrieden, weil es dem Fahrer leidtat. Wenn er gesagt hätte: »Was habt ihr eigentlich, ist doch nur ein Tier«, dann wäre es vielleicht zu Handgreiflichkeiten gekommen, und die Polizei hätte dazwischengehen müssen. Schließlich wurde Güler auf ihn aufmerksam.

»Jetzt geht mal wieder, sonst gibts gleich einen Stau!«

Ihre Augen schienen sich erstaunt zu weiten. ›Sie hat mich erkannt und wundert sich über dieses Wiedersehen. Sind sie dunkelblau?‹ In der Dämmerung konnte er die Farbe nicht erkennen. Die Leute gingen einzeln oder zu zweit auseinander.

»Vorwärts, meine Herrschaften, gehen Sie bitte weiter. Die Katze ist überfahren worden, das haben Sie doch gesehen. Wenn Sie auch angefahren werden, sind Sie selber schuld.«

Der Mann ihm gegenüber fasste sich an die Brust. ›Er könnte endlich aufhören, sie anzustarren!‹ Wenn das nicht bald aufhörte, würde er eine Dummheit begehen. Er griff mit der linken Hand nach dem Kotflügel vor ihm. Güler machte kehrt und ging. Im Hauseingang blieb sie kurz stehen, wandte sich aber nicht nach ihm um.

»Die Stadt ist nichts für Tiere.«

»Es bringt Unglück, eine Katze umzubringen.«

Der Fahrer hatte den Kadaver in eine Zeitung gewickelt, öffnete nun den Kofferraum und legte das Paket hinein.

Er sprach den Fahrer an: »Bist du frei?«

»Ja.«

Sie stiegen ein.

Während er den Motor anließ, fragte der Fahrer: »Wohin solls gehen?«

»Fahr erst mal los.« ›Was soll ich ihm sagen? Weit weg muss es vor allem sein.‹ »Nach Mirgün«, sagte er schließlich.

Das Auto startete. Sie fuhren langsam. In Tepebaşı hörte er die Stimme des Fahrers. »Haben Sie es auch mitbekommen, mein Herr?«

»Was?«

»Na, das mit der Katze. Seit fünf Jahren fahre ich Taxi. Noch nie ist mir so was passiert. Meine Alte sagt immer: ›Klopf auf Holz.‹ Ich bin nicht abergläubisch. Aber eben hat auch der Mann mit dem Stiernacken gesagt, dass es Unglück bringt, eine Katze zu überfahren. Was meinen Sie?«

»Keine Ahnung.«

Bis Mirgün würde er sich das Geschwafel dieses Mannes anhören müssen. Unerträglich. ›Wieso zum Teufel bin ich ausgerechnet bei dem eingestiegen?‹ In Osmanbey hieß er ihn anhalten und stieg aus.

Am Sonntag blieb Güler verschwunden. Eine Stunde lang wartete er in der Hoffnung, sie werde ins Kino gehen. Umsonst. Am Montagmorgen sah er sie das Haus verlassen. Hätte sie ins Café hineingeschaut, hätte sie ihn bemerkt. Aber sie sah geradeaus. Er stand nicht auf. Am Nachmittag würde er sie vor der Fakultät abpassen. Jetzt wollte er sich die Haare schneiden und rasieren lassen. Später würde er sich waschen.

Er suchte einen Barbier, bei dem er an die Reihe kam, ohne lang warten zu müssen. In Tepebaşı fand er einen. Kaum hatte er sich gesetzt, betrachtete er sich im Spiegel. Das war das Gesicht, das Güler gesehen hatte. Die undeutliche Narbe auf seiner Nase – ein Relikt aus dem Boxtraining an der Oberschule – kam ihm heute noch röter vor.

Der Barbier legte ihm Watte um den Hals und fragte ihn: »Wo lassen Sie sich sonst rasieren, mein Herr?«

Alle machten sie es auf dieselbe Tour. Kein Barbier konnte seinen Vorgänger leiden. Einmal hatte er sogar irgendetwas auf Englisch gebrabbelt, nur um sich das Geschwätz nicht anhören zu müssen; der Kerl war ihm halb auf Türkisch, halb in Zeichensprache um den Bart gegangen und hatte ihm schließlich zweieinhalb Lira zu viel abgenommen.

Er zog eine Lira aus der Hosentasche und legte sie auf den Tisch. »Wenn du bis zum Ende der Rasur den Mund hältst, gehört diese Lira dir. Wenn du den Mund aufmachst, nehme ich sie mir wieder.«

Der Kunde auf dem benachbarten Sessel lachte laut los; der Barbier ärgerte sich, aber er selbst war zufrieden. Nach der Rasur ging er nach Hause und wusch sich. Wenn er sich nicht wusch, würde er sich ständig kratzen.

Als er sich gegen Abend in Fındıklı in der spiegelnden Schaufensterscheibe eines Schuhladens sah, herausgeputzt, wie er war, erschrak er. Hatte er all diesen Aufwand – rasieren, sich waschen, die Haare glatt striegeln – nur betrieben, weil er heute mit ihr sprechen wollte? Steckte dahinter der unbewusste Wunsch, anders zu wirken, als er war? Er hatte etwas getan, was er bei anderen zutiefst verabscheute. Mit der Hand fuhr er sich übers Gesicht und kratzte sich dann am Ohr. Vielleicht hatte er auch das von seinem Vater? Es gab kein Entkommen, denn vieles tat man unbewusst. Ein paar Studenten verließen gerade die Fakultät. Er lief zur Haltestelle. ›Und wenn ich weggehe, ohne sie zu treffen?‹ Das wäre noch schlimmer. Er lehnte sich gegen die Betonmauer und zündete sich eine Zigarette an. Immer mehr Menschen drängten sich an der Haltestelle. Die Straßenbahn nach Eminönü nahm zwar die meisten mit, aber neue kamen nach. Auf einmal bemerkte er Güler, die ihn von der Mitte der Straße her beobachtete. Sie stand zwischen einem Mädchen und einem Jungen mit Brille und einem Zweitagebart, um den er ihn beneidete.

»Am schönsten war das Sonett heute. Was soll ich machen, ich mag *König Lear* einfach nicht.«

»Ich verstehe nicht, wie ...«

»Da kommt sie. Welche Straßenbahn ist das wohl?«

»Aksaray.«

»Na, wenigstens mussten wir nicht warten.«

Er stieg hinter den dreien in die Straßenbahn. Gülers Blick suchte und fand ihn. ›Du brauchst mich gar nicht so anzusehen, mein Mädchen. Du siehst doch, ich bin ein Geck. Von mir hast du nichts zu erwarten. Kümmere dich lieber um den Brillenträger neben dir.‹ Güler wollte ihm dagegen zu verstehen geben, dass der sie nicht interessierte. Als der Junge auch für die Mädchen Fahrscheine lösen wollte, runzelte Güler die Stirn. Der Bebrillte ließ den Kopf hängen. ›Der grämt sich jetzt. Ist gekränkt. Im Unterricht versucht er, neben ihr zu sitzen. Schaut sie unentwegt traurig an. Er hat ein Taschenmesser in der Hosentasche und bietet sich an, ihr den Bleistift zu spitzen. Wie hieß nochmal das Mädchen damals? Aysel? Ayfer? Einmal ist sie doch tatsächlich mit ihrem fürchterlichen Watschelgang zu mir gekommen und hat mir ihren Bleistift hingestreckt. Spitzen hätte ich den sollen. Verschwinde, hab ich nur gesagt. Was war die verdattert! Die Mädchen fürchteten sich immer vor mir. Dabei hatte ich in dem Jahr in Benehmen eine gute Note. Mich interessierte damals das Mädchen mit dem runden Gesicht. Die würdigte mich aber keines Blickes. Sie war immer mit dem dünnen, langen Jungen zusammen. Die genügten einander. Die Umwelt existierte für die beiden nicht. Ob sie wohl immer noch so sind? Warum eigentlich nicht? Womöglich gehört Güler auch zu denen, die sich von anderen den Bleistift spitzen lassen? Glaube ich aber nicht. Die ist ungeschminkt und trägt flache Schuhe.‹

In Karaköy stiegen sie aus. An der Ecke wandte sich Güler ein wenig um und sah ihn an. Gleich, wenn sie in jener Straße waren, würde er sie ansprechen. Aber daraus wurde nichts. Güler ging weiter, ohne in die Straße einzubiegen. Er wunderte sich. Musste sie irgendwohin? Neugier packte ihn. Sie gingen am Tünel vorbei und ließen die Menschenmenge und den Lärm hinter sich. Die menschenleere Straße erweckte den Eindruck, als ob man sie zuerst mit viel Liebe zum Detail gebaut, dann aber links liegen gelassen hätte. Güler hatte ihn angesehen und ihren Schritt verlangsamt. Er verstand: Hier wollte sie also mit ihm sprechen. Ihr erstes Gespräch sollte in einer Straße stattfinden, die sie ausgesucht hatte. Sie liefen von Tepebaşı zur Tozkoparan-Straße hinauf. Jetzt ging sie sehr schnell. Als sie ihren Apartmentblock betrat, sah sie sich nach ihm um.

Auch am folgenden Tag sprach sie ihn nicht an. Sie liefen denselben Weg wie am Tag zuvor. Als Güler am Mittwoch – jetzt merkte er sich die Wochentage – von der Yüksekkaldırım aus wieder nicht in diese Straße einbog, erfasste ihn so etwas wie Freude. ›Habe ich Angst, dass es zu Ende geht?‹ Für ihn gab es keinen Grund zur Eile. Er freute sich, dass die Tage so ausgefüllt waren. Seit zwei Tagen beobachtete er sie morgens, vom Café aus, auf ihrem Weg zur Uni, und am späten Nachmittag traf er sie an der Haltestelle vor der Fakultät wieder. Von Karaköy aus begann dann dieser Spaziergang. Heute Abend würde er wohl länger dauern. Güler war rechts in eine Straße eingebogen und führte ihn durch eine Gegend, in die sie noch nie gekommen waren. An einem ruhigen Ort blieb sie stehen. Er auch. ›Ich stelle ihre Geduld auf eine harte Probe. Morgen werde ich mir etwas überlegen, damit sie dorthin zurückkehrt.‹ Auf vielen

Umwegen kamen sie schließlich zum Tünel. Güler sprang flink die Treppen hinunter, die zum Rathaus von Beyoğlu führten. Er blieb oben stehen. ›Mein Mädchen, wirst du denn nie müde?‹ Am ersten Treppenabsatz hielt sie inne und schaute zu ihm hinauf. Zwischen ihnen lagen zwanzig, dreißig Treppenstufen. Kein Mensch weit und breit. Nur ein Ehepaar kam herauf, auf jeder Stufe legten die beiden eine Pause ein. Er würde nicht widerstehen können. Er wollte sich vorstellen, wie sich ihr Gesicht verzog, während sie sich die Achselhaare entfernte. Aber es klappte nicht. Er konnte das Bild, das er von ihr hatte, nicht zerstören. Auf einmal rief er: »Morgen! Morgen!«

2

Liebe B.,

als ich heute nach Hause kam, habe ich deinen Brief erhalten. Du glaubst gar nicht, wie sehr ich mich gefreut habe. Ich antworte dir gleich. Wenn ich deine Adresse gewusst hätte, hätte ich dir schon vor zwei Tagen geschrieben. Seit du weg bist, sind mir einige Sachen passiert, über die ich mit niemandem reden kann. Wie schön wäre es, wenn du hier wärst! Wie du siehst, bin ich egoistisch. Ich weiß sehr wohl, dass ich dich an Dinge erinnere, die du vergessen möchtest, dennoch werde ich weiterschreiben.

Ich frage mich, wie die Stadt ist, in die du gezogen bist. Vor allem frage ich mich, was du dort vorhast. Du schreibst, dass du seit zwei Tagen durch den Lärm von Autoreifen aufwachst und dass dann diese große Stille eintritt. Du wirst dich daran gewöhnen. Eines Morgens wirst du den Autolärm gar nicht mehr hören. Als wir hierher gezogen sind, ging es mir genauso. Heute Abend bin ich durch unsere alte Straße gegangen und habe vor dem Haus Halt gemacht. Er ist in einiger Entfernung stehen geblieben und hat wieder nichts gesagt. Ich hatte gedacht, wir würden dort, in der Straße meiner Kindheit, miteinander reden. Seit drei Tagen folgt er mir, von der Fakultät bis nach Hause. Ich weiß nicht, warum er mich nicht anspricht. Du wirst dich fragen, von wem ich überhaupt rede. Ich sage es dir.

Zum ersten Mal habe ich ihn am Samstagmorgen gesehen, als ich in Karaköy auf die Straßenbahn gewartet habe. Verzeih mir, dass ich hier den Namen hinschreibe, den du nicht hören willst: Er ähnelt Erhan. Aber er sieht älter aus. Wenn sie sich nicht so ähnlich wären, hätte ich vielleicht vergessen, wie er aussieht, und mich nicht so sehr gewundert, ihn am selben Abend vor unserem Haus wiederzutreffen. Dort hatte sich eine Menschenmenge versammelt und starrte auf eine Katze, die ein Taxifahrer überfahren hatte. Ich hatte mich aus der Menge zurückgezogen, weil der Mann neben mir so grässlich stank, und dabei merkte ich, dass er mich beobachtete. Er sah angespannt aus. Nachdem ich das Haus betreten hatte, war mein erster Gedanke, dass er nun weiß, wo ich wohne.

Am Montagabend stand er an der Haltestelle gegenüber der Fakultät. Ein Zufall konnte das nicht sein. Ich dachte, er studiert an der Kunsthochschule. Wie kam es nur, dass ich ihn noch nie zuvor gesehen hatte? Ich war mit Nihat und Meliha zusammen. Wir stiegen zusammen in die Straßenbahn. Warum starren die Männer uns nur immer so an? Du kennst doch Nihat. Noch nie hatten mich seine Blicke so gestört wie dort. Und dann wollte er noch dazu für uns alle Fahrkarten lösen. Na, wie auch immer, jedenfalls ist er direkt hinter mir ausgestiegen. Ich dachte, er würde mit mir reden. Bin absichtlich durch menschenleere Straßen gegangen. Aber er sagte nichts. Gestern auch nicht. Und heute wieder nicht. Du weißt doch, am Dienstag ist der Unterricht immer um drei zu Ende, der Mittwochnachmittag ist endlos. Ich saß im Seminarraum und tat so, als würde ich in meinem Buch lesen; dabei behielt ich die Haltestelle gegenüber im Auge. Etwa um halb fünf kam er. Ich habe mich gefreut. ›Heute‹, habe ich gedacht. Wieder nichts. Ich war traurig. Und Gülfer hat gestern Abend doch tatsächlich gesagt: »Ach, dass du auch mal wegen jemandem traurig bist!« Ich bin vielleicht wütend geworden. Ich mag sie nicht. Sag ich ganz klar. Sie ist meine Schwester. Und wenn schon! Ständig geht sie tanzen. Aber niemand redet ihr rein. Am meisten wundere ich mich über Papa. Wie kann der sie einfach so gehen lassen! Im letzten Jahr hat er sich verändert. Meine Mutter ist wie immer, die interessiert das nicht, die kümmert sich nur um meinen Vater. Ob sich mein Vater wegen dieser einengenden, egoistischen Liebe so verändert hat?

Ach ja, wie du siehst, geht es mir immer nur um mich selbst und was um mich herum passiert! Und du, B., was machst du dort? Erzähl mir mal von deinem Onkel und deiner Tante. Haben sie Kinder? Ich kann dich mir in der Kleinstadt dort gar nicht vorstellen! Wenn du hier wärst, hätten mich die Ereignisse der letzten drei, vier Tage wohl nicht so durcheinander gebracht. Als ich eben die Treppen vom Tünel zum Rathaus hinunterging, blieb ich zwischendurch stehen und sah ihn an. Da rief er: »Morgen!« Was wird morgen wohl passieren? Ist dieses Aufgewühltsein und diese Sehnsucht vielleicht Liebe? Mit Nazım wäre es nie so abgelaufen, da hätte ich die Initiative ergriffen. Ich bin traurig. Komm, streck deine Hände aus und kneif mich in die Backen – wie immer, wenn ich trübsinnig gucke, damit ich wieder lachen muss.

G. T.

3

An jenem Morgen brachte ihm der Kellner unaufgefordert seinen Tee. Sechs Tage reichten also aus, um als Stammgast zu gelten. Er wunderte sich immer, wenn in den Restaurants der Kellner in die Küche rief: »Ali Beys Suppe!« oder »Das İmambayıldı für Ahmet Bey!« Was brachte die Leute nur dazu, immer dieselben Orte aufzusuchen? Das Verhalten des Kellners ärgerte ihn. Sah er vielleicht aus wie ein Stammgast? Hier würde er nicht mehr herkommen.

Draußen regnete es. Während er sich gerade eine Zigarette anzündete, sah er sie an der Tür ihres Hauses. Sie blieb kurz stehen, zupfte ihr Kopftuch zurecht und bog dann in die Straße ein, an der sie normalerweise vorbeiging. ›Wieso läuft sie nicht zur Haltestelle? Sie wird nasse Füße bekommen. Ist denn in keinem dieser verdammten Autobusse und Straßenbahnen ein Platz für sie?‹ Er war schon drauf und dran, aufzustehen und sie mit einem Taxi zur Fakultät zu bringen, da fiel ihm ein, dass er kein Geld bei sich hatte. Als er gestern Abend im Restaurant sein Essen bezahlt hatte, war ihm aufgefallen, dass nur noch zweieinhalb Lira in seinem Portemonnaie waren. Gerade wenn er es am dringendsten brauchte, hatte er kein Silbergeld dabei. Sie würde nasse Füße bekommen. Er drückte seinen Zigarettenstummel im Aschenbecher aus und zündete sich noch eine an. Eine lange Schlange Fahrzeuge rollte auf der regennassen Straße. Die Menschen, die sich darin drängten, sahen mürrisch und verschlossen aus. Als führen sie in tiefe, dunkle Bergwerke ein oder in Fabriken, in denen metallisches Gerassel die menschlichen Stimmen übertönte. Jetzt könnte mal die Sonne herauskommen, damit die nassen Pflastersteine schimmerten. Oder würde es womöglich auch am Abend noch immer regnen?

Als er die Hand sah, die sich nach dem leeren Glas vor ihm auf dem Tisch ausstreckte, war er verblüfft: Sie hatte sechs Finger. Am Daumen saß noch ein weiterer, ein kleiner, unnützer Finger. Irgendwann würde er die Geschichte dieses sechsten Fingers schreiben.

Er hörte die Stimme des Kellners: »Sie sind bestimmt neu, mein Herr.«

»Ja«, antwortete er, ohne nachzudenken.

»In welcher arbeiten Sie?«

Was meinte der Mann? ›Was muss ich jetzt antworten?‹

»In der nächstgelegenen«, antwortete er.

Der Kellner dachte kurz nach und nickte: »Das ist sowieso die beste.« Dann kehrte er zur Teeküche zurück. Er würde nie erfahren, was »die beste« war. Es interessierte ihn auch gar nicht. Sowie der Regen nachließ, würde er das Café verlassen und zur Bank gehen.

Kurz darauf kam der Kellner zu seinem Tisch: »Es ist neun Uhr, mein Herr.«

Er wandte sich zu ihm. »Ja und, was soll sein, wenn es neun ist?« Erst dann begriff er und stand auf. Der Mann schickte ihn zur Arbeit. Lag es nur an dem sechsten Finger, dass er nicht wütend auf ihn wurde? Das vermochte er nicht zu sagen.

Drei, vier Mal im Jahr kam es vor, dass er einen Ort sehr ungern aufsuchte. Heute regnete es noch dazu. Er ging unter den Vordächern der Geschäfte entlang. Als er schon fast bei der Bank angelangt war, ließ der Regen nach. Rührte seine Gereiztheit daher, dass er gleich wieder Schlange stehen, Unterschriften leisten und sich Höflichkeitsfloskeln würde anhören müssen? Oder lag es an dem Gefühl der Scham, das ihn dort immer ergriff und das zunahm, wenn er die Hand nach dem Geld ausstreckte? Sein Ohr juckte. Von einem Vordach fiel ein Regentropfen in seinen Nacken. Er sprang die Steinstufen hinauf, stieß die Tür auf und betrat die Bank.

Als Erstes hörte er immer dieses schreckliche Schreibmaschinenrattern. Es klang, als würden Eisenteile gegeneinander geschlagen. Nach einer Weile konnte er auch andere Geräusche ausmachen: das Rascheln von Papier, Gesprächsfetzen, das Knarren von Stühlen. Er betrachtete die Angestellten, die in der großen Halle mit den dicken Säulen arbeiteten. Waren die denn alle taub? Als er sich vor einen der Schalter stellte, ging es wieder los mit dem altbekannten »Hierher, wenn ich bitten darf«. Innerlich redete er sich unaufhörlich gut zu: ›Ist ja gleich vorbei.‹ Auf der anderen Seite der Schalterluke saß wieder der bebrillte Mann unbestimmten Alters, von dem er jedes Mal dachte, er sehe ihn zum letzten Mal, und zählte Geld.

»Welt, du hast mich wieder!« Während er in der Bank seinen Geschäften nachging, war draußen die Sonne herausgekommen. Ein Werbeplakat auf der gegenüberliegenden Mauer verkündete *WOLLN SIE KEINE SCHMERZEN MEHR, MUSS NE KRAFT-TABLETTE HER.* Die Hälfte des Frauengesichts auf dem Bild fehlte. »Ich habe keine Kraft mehr, geh runter von meinem Arm und lauf ein bisschen«, hatte sie gesagt. »Wer ...«

»Haben Sie Feuer, Abi?«

Ein schwarzhaariger Junge. Er riss ein Streichholz an und reichte es ihm. Der Junge beugte sich zu seinen Händen und zündete die Zigarette an. Ob der die Schule schwänzte? Gerade als er ihn fragen wollte, sagte der Junge: »Na, bis dann« und ging.

Auf einmal fiel ihm Güler ein. Er hatte schon lange nicht mehr an sie gedacht, jedenfalls kam es ihm so vor. Er ging auf die Treppen zu, die zum Tünel hinaufführten, und blieb an der Stelle stehen, an der sie gestern Abend zu ihm hinaufgeblickt hatte. ›Ich stand dort oben. Wie habe ich wohl in ihren Augen ausgesehen? Morgen, habe ich ihr zugerufen. Heute werde ich es erfahren.‹ Beim Hinaufgehen zählte er die Stufen: zweiundzwanzig. Er würde zu Hachette gehen und sich dort Bücher ansehen.

In einem Restaurant in Tepebaşı aß er zu Mittag und machte sich dann auf den Weg zur Straßenbahnhaltestelle. Kaum angekommen, hörte er die Sirene eines Fährschiffs, und da fiel ihm das Café unter der Galata-Brücke ein, von dem aus man einen schönen Blick aufs Goldene Horn hatte: Dort hörte sich das Pfeifen bestimmt noch trauriger an. Er wechselte zur Haltestelle gegenüber und nahm die nächste Straßenbahn. In der Westentasche hatte er Dylan Thomas' Erzählungen. Die konnte er genauso gut dort lesen. Er war schon gespannt darauf.

An der Anlegestelle der Schiffe nach Kadıköy stieg er aus. Unter der Brücke stand ein schmächtiger Angler. Rechts lag das Café. Beide Tische waren frei. Er setzte sich auf einen ungestrichenen Holzstuhl. In dem winzigen Raum herrschte ein ständiges Kommen und Gehen von Hafenarbeitern, Lastenträgern und Bootsleuten. War dies nicht der Tisch, an dem er letztes Jahr mit Laura gesessen hatte? Sie hatte sich vor den Blicken der Bootsleute gefürchtet.

»Sie wünschen?«

»Einen Kaffee. Mittelsüß.«

Er zog sein Buch heraus. Vermutlich war Laura inzwischen wieder in Amerika. Vielleicht ging sie ja in diesem Moment an dem See spazieren, über den sie ständig geredet hatte. »Ooo my Erie!« Aber dort ist es jetzt noch früh am Morgen. Aus Cleveland stammte sie. Der Wirt stellte die Kaffeetasse auf den Tisch. ›Voll im Fleisch. Hold me, honey. Breite Hüften.‹ Er trank einen Schluck Kaffee. ›Kaum Haare an den Beinen. Einmal habe ich ihr die Haare ausgezupft. Oooy, are you crazy? Warum fragen mich die Frauen nur immer, ob ich verrückt bin?‹ Er lachte und zündete sich eine Zigarette an. Dann las er die Titel der Erzählungen von Dylan Thomas. Hier war der lauteste Ort der Stadt; selbst auf dem Meer herrschte Betrieb. Aber nachdem er zu lesen begonnen hatte, hörte er davon nichts mehr.

Dennoch schien es, als wohnte tief in seinem Inneren noch ein anderer, ein unordentlicher und unaufmerksamer Mensch, der sich um den Leser nicht scherte. Dieser andere sah dem

Sonnenstrahl hinterher, der unaufhaltsam über den Tisch wanderte, beobachtete aus den Augenwinkeln das Kommen und Gehen am Nachbartisch und nahm die vorbeiziehenden Boote wahr; vor allem aber hörte er von oben das Track Track der Autos beim Befahren und Verlassen der Brücke (früher konnte er anhand der Zeit, die zwischen dem ersten und dem zweiten Track verstrich, die Geschwindigkeit des Autos feststellen) – und dieses Geräusch war es, das den Leser daran hinderte, die Zeit völlig zu vergessen. Wenn ein Spätaufsteher sich eines Abends beim Zubettgehen vornimmt, am nächsten Morgen früh aufzustehen, dann wundert er sich, wenn er tatsächlich um die geplante Zeit aufwacht. Genauso erstaunt war er nun, als er auf die Uhr sah: fünf vor vier.

Um fünf vor fünf – die Uhrzeit hatte er an der Armbanduhr der jungen Frau vor ihm abgelesen, die ständig an ihren Haaren zupfte – saß er mit Güler in derselben Straßenbahn. Ihre Freundin erzählte ihr etwas, aber er wusste, dass sie nicht zuhörte. ›Wieso sieht sie mich so mutlos an? Habe ich gestern Abend womöglich nur innerlich gerufen?‹ Er drängte sich an drei Leuten vorbei in ihre Nähe. Mit einer Hand hielt sich Güler am Riemen, der von oben herabhing, mit der anderen presste sie ihre Tasche an die Hüfte. Er zog das Stück Papier, das er gestern Abend viermal gefaltet hatte, aus seiner Tasche und klemmte es schnell in den kleinen Spalt zwischen ihrer Handfläche und dem Leder der Tasche. Dann zog er sich von dem Arm zurück, der seine Brust berührte, und hätte nun gern gesehen, was die Hand tat, aber das gelang ihm nicht. Sie hatte die Tasche nach vorne genommen, verabschiedete sich nun von ihrer Freundin und ging zur Vordertür.

Als sie kurz darauf den Hügel hinaufgingen, wunderte er sich über seine eigene Torheit. Er hatte geglaubt, sie werde den Zettel gleich auf der Stelle lesen. ›Sie liest ihn nicht. Könnte sie nicht von selber in die Straße einbiegen? Nein. Sie geht daran vorbei.‹ Er lief auf einmal schneller, holte sie ein und berührte ihren Arm. Sie blieb stehen. Dunkelblau waren sie.

»Wieso gehen Sie … Wieso biegen Sie nicht in diese Straße ein?« Seltsam, dass seine Stimme so belegt klang. Vielleicht weil er seit »Einen Kaffee. Mittelsüß« den Mund nicht mehr aufgetan hatte?

»Ich weiß nicht …«

»Kommen Sie, gehen wir da entlang.«

Es war das erste Mal, dass sie nebeneinander herliefen. Sie ließen den Galata-Turm hinter sich. Er musste jetzt etwas sagen. Er hustete. Im Kopf hatte er den Satz gebildet: ›Wie schön das Wetter jetzt ist, nach dem Regen heute Morgen, nicht wahr?‹ Musste er denn unbedingt über das Wetter reden? So konnte er nicht anfangen, aber sein Kopf war wie blockiert, gerade so, als ob ihm nichts anderes einfallen würde, solange dieser Satz nicht heraus war. Mutlosigkeit breitete sich in ihm aus. Sein Blick fiel auf die Schuhe des Mädchens neben ihm. Braune Schuhe. Auf einmal hellte sich sein Gesicht auf.

»Heute Morgen haben Sie nasse Füße bekommen«, sagte er.

»Nasse Füße? Habe ich gar nicht gemerkt. Ich laufe gern bei Regen herum.« Sie blieb kurz stehen. »Wo haben Sie das gesehen?«

»Ich habe es eben gesehen. Seit vier Tagen sehe ich Sie auch morgens, wenn Sie aus dem Haus gehen.« Jetzt war es einfach. Seine Stimme passte genau zu seinen Worten. Er sah sie von der Seite an. Güler wandte sich ihm zu. »Ich weiß, Sie wundern sich, weil ich Sie nicht schon früher angesprochen habe. Ich wollte, dass es hier passiert. Sie fragen, was es hier Besonderes gibt? Nichts, aber ich fand, es sollte besser hier geschehen. Jedenfalls stellte ich mir das so vor, als ich neulich in dieser Straße hinter Ihnen herging.«

Am Ende der Straße blieben sie beide stehen, als ob sie sagen wollten: »Ja, und jetzt?« ›Ich sollte sie jetzt wohl fragen, wann wir uns wiedersehen.‹ Er betrachtete ihre Nase. Noch nie war er auf die Idee gekommen, dass auch eine menschliche Nase schön sein könnte.

»Das Schwierigste haben wir hinter uns«, sagte er.

»Ich verstehe nicht.«

»Das erste Gespräch, meine ich.« Seine Stimme wurde schneller. »Sie wollen jetzt nach Hause, oder? Warten Sie doch noch ein bisschen, wir könnten das ein wenig ausdehnen. Es ist doch noch früh. Wir könnten uns auf eine Bank an der Straße setzen. Einverstanden?«

»Einverstanden«, sagte sie lachend.

Sie überquerten schnell die Straße und gingen kurz darauf den Rand des Steilhangs entlang, der nach Kasımpaşa hin abfällt. Er schaute immer wieder zum Goldenen Horn.

»Wenn die Lichter angehen, ist es noch schöner«, sagte Güler.

»Mögen Sie diesen Weg?«

»Sehr. Manchmal setze ich mich mit einem Buch in der Hand auf eine Bank. Aber ich werde nie in Ruhe gelassen. Sie können sich gar nicht vorstellen, wie viele junge Männer hier herumlaufen, die dumme Bemerkungen machen. Das Schlimmste auf der Welt ist offenbar, als Frau geboren zu werden.«

Sie setzten sich auf eine freie Bank. Gülers Tasche lag zwischen ihnen.

»Das Schlimmste ist, mit einer schönen Nase geboren zu werden. Sie heißen Güler, nicht?«

»Ich weiß noch nicht, wie Sie heißen.«

»Das werden Sie schon noch erfahren. Ich finde, der Name hat mit einem Menschen herzlich wenig zu tun. Den verpassen ihm andere, kaum dass er geboren ist. Und trotzdem bleibt der

Name an ihm hängen, denn ohne Namen geht es nicht.« Er schwieg und zündete sich eine Zigarette an. »Sehen Sie, jetzt wissen Sie etwas Wichtigeres als meinen Namen: dass ich rauche. Und noch etwas: Ich sieze nicht gerne. Es kommt mir gekünstelt und überflüssig vor. Wenn ich jemanden beim zweiten Gespräch nicht duzen darf, rede ich nicht mehr mit ihm. Was meinen Sie oder was meinst du?«

»Ich verstehe Sie, glaube ich.«

»Du irrst dich. Ein ›Sie‹ kann man nicht verstehen, nur ein ›du‹. Ich finde es lächerlich, wenn in manchen Büchern steht: ›Ich liebe Sie.‹ Als ob man ›Sie‹ lieben könnte! Man kann nur ›du‹ lieben, oder?«

»Ich verstehe dich.« Sie wurde rot.

Sie hatte es also schon beim ersten Gespräch herausgebracht. ›Aber schließlich habe ich sie so lange bedrängt, bis sie es gesagt hat! Und wenn schon. Sie hat es gesagt!‹ Ayşe hatte drei Tage lang widerstanden. Woher kam nur diese helle Freude in ihm? Nie hätte er erwartet, dass die, die er gesucht hatte, so schön sein würde. Wie verliebt sie sich ansahen! Selbst die Lichter am Goldenen Horn existierten nicht mehr für sie. Er warf die Zigarette weg, die in seiner Hand heruntergebrannt war.

»Ich habe mich immer gefragt, welche Augenfarbe du hast«, sagte er.

»Weißt du es jetzt?«

»Ja. Dunkelblau.«

»Schau noch mal hin.«

Sie schüttelte ihre Haare zurück und näherte ihr Gesicht dem seinen. Trockene Piniennadeln bohrten sich in seine Hände. Im Garten der Grundschule hatte er immer Piniennadeln aufgesammelt und sie sich in die Hände gebohrt, aber so, dass es nicht wehtat. Er wünschte sich, ihre Haare zu berühren. Seine Hand schien ihm nicht mehr zu gehorchen. Als ob sie frei wäre und eigensinnig. Ein kleines Kind bückte sich neben ihren Beinen und holte seinen Ball. Ihr Gesicht zog sich zurück.

»Ach, schau, die Lichter sind angegangen!«

Er blickte den Hügel hinunter. Ein diesiger Abend am Goldenen Horn. Auch die, die dort unten im Dunst lebten, waren glücklich. Wenn sie jetzt an der Brüstung der Atatürk-Brücke lehnen würden, würde er ihre Haare streicheln. Seine Finger kribbelten nicht mehr. Seine Hand gehorchte ihm wieder. Von der Straße drang das Brummen der Automobile. Sie wandten sich einander zu. Jetzt waren sie sich wieder nahe.

»Du studierst an der Akademie, oder?«

»Nein.« Er lachte. »Ich irre mich auch immer. Nur bei dir habe ich mich nicht getäuscht. Gleich am ersten Tag wusste ich, dass du Studentin bist.« Er deutete auf die Tasche zwischen ihnen. »Vielleicht deshalb. Du hieltest sie in der linken Hand. Gegen deine Hüften gepresst. Was ich mache, errätst du nicht. Ich ...«

»Schweigen Sie.« Das war ihr so herausgerutscht. Am Anfang kam das immer mal vor. »Sag es noch nicht. Erst beim nächsten Treffen.«

»Morgen also. Könntest du morgen Nachmittag nicht den Unterricht schwänzen?«

Ein durchdringendes Bremsenquietschen hinter ihnen ließ sie hochschrecken. Er verzog ärgerlich das Gesicht und drehte sich in die Richtung, aus der der Lärm kam. Das Kind von eben bückte sich neben dem Auto und angelte seinen Ball zwischen den Reifen heraus. Ein Gesicht ragte aus dem Seitenfenster und brüllte: »Hier wird man noch zum Mörder! Hat dieser Bastard denn keine Mutter!« Der Mann trug einen Schnurrbart. Das Gesicht kam ihm bekannt vor. Ein paar Leute liefen herbei. Eine Frau schlug den Jungen. Durch Prügel würde er lernen, in dieser Stadt zu überleben. Er würde immer auf der Hut sein müssen. Unaufmerksamkeit war verboten. Sowie er mal vor sich hin träumte, würde der Großstadtbewohner ihn mit Hupen, Empörung, Flüchen, Reifenquietschen und Notbremsungen wieder in die Wirklichkeit zurückzwingen. Er sah Güler an. Waren auch sie unaufmerksam gewesen? Würde diese Stadt auch sie wieder dazu zwingen, präsent zu sein?

»Morgen geht nicht. Aber wir könnten uns am Samstag um zwei unter der Uhr am Taksim-Platz treffen«, schlug Güler vor.

»Gut.«

»Es ist schon spät. Ich muss jetzt gehen.«

Sie nahm ihre Tasche und trat hinter die Bank. Von dort streckte sie eine Hand aus und berührte sein Gesicht. ›Mein Bart ist einen Tag alt.‹ Er hätte gerne ihre Finger geküsst, aber er tat es nicht. Die Hand zog sich zurück.

»Also, bis dann.«

»Ja, bis dann.«

»Bis Samstag.«

»Ja.«

Sie ging, ohne sich noch einmal umzudrehen. ›Gleich kommt sie zurück und sagt: Morgen, wir sollten uns morgen Nachmittag treffen. Sahen ihre Lippen vor dem Reifenquietschen nicht aus, als wollten sie sagen: Ja, ich werde schwänzen?‹

»Darf ich mich setzen?«

Er wandte sich um. Sein Herz klopfte auf einmal bis zum Hals. Aber es war nicht sie, sondern eine stark geschminkte Frau.

»Die Bank gehört der Gemeinde«, sagte er.

Die Frau kicherte. Auf einmal fiel ihm wieder ein, wo er das Gesicht des Fahrers von eben schon einmal gesehen hatte: Es war einer der Schneider, die ihn an jenem Abend verprügelt hatten.

Er stand auf, blieb vor der Frau stehen und sagte: »Würden Sie heute Abend mit mir essen gehen?«

»Also nein, für wen halten Sie mich? Ich habe einen Sohn in Ihrem Alter.«

Er fühlte ein unwiderstehliches, furchtbares Lachen in sich hochsteigen. Mit Mühe bezwang er sich. »Oh, ich bitte vielmals um Vergebung!«, sagte er.

In jener Nacht schlief er nicht zu Hause. Gegen Morgen stieg er aus einem Taxi aus, betrat seine Wohnung und verriegelte die Tür hinter sich. In der Nacht war er viel gelaufen und nun zum Umfallen müde. Die Fußsohlen taten ihm weh. Er zog sich aus und legte sich ins Bett. ›Die trockenen Piniennadeln ... Ich habe sie dem Mädchen mit den langen Zöpfen in die Hand gestochen. Der Lehrer schimpfte damals: Du Nichtsnutz! Warum habe ich ihre Haare nicht berührt? Bis Samstag, hat sie gesagt. Sie wird nasse Füße bekommen. Meine Füße ... Was hatte ich bloß in Alemdar zu suchen? Taxi! Quietsch! Was war mir kalt! *WOLLN SIE KEINE SCHMERZEN MEHR, MUSS NE KRAFT-TABLETTE HER*. Eine halbe Frau, sind die denn alle taub? Immer stehen wir auf dieser engen Brücke ohne Brüstung. Morgen unter der Uhr. Wir stehen auf der Brücke ohne Schutzgeländer. Schutzgeländ... Schutz...‹ Er schlief ein.

Am Samstag lag er auf dem Diwan und las ein Buch, da kam Eleni herein. Der Anwalt habe angerufen, er wolle ihn dringend sprechen. Er fuhr mit der Straßenbahn zu ihm. Das Büro hatte sich in eineinhalb Jahren nicht verändert: derselbe glänzende Schreibtisch aus Nussholz, dieselben Ledersessel, derselbe Anwalt. Er setzte sich in einen Sessel, nahm sich eine Zigarette aus der Zigarettendose, die ihm gereicht wurde, und zündete sie an.

»Möchten Sie einen Tee?«

»Nein.«

»Eben war er hier.«

»Wer?«

»Dieser Cousin von Ihnen ...«

»Sie haben ihm doch wohl nichts gegeben?«

»Nein, Sie hatten ja gesagt, ich solle es nicht. Aber er tut mir leid. ›Ich habe doch Frau und Kind‹, sagt er. Wissen Sie, er hat mich durch den Ladeninhaber ausfindig gemacht. ›Wenn ich nur mit dem Hausbau nicht begonnen hätte‹, sagt er. Er meint, wenn er Sie nur mal sprechen könnte, würden Sie ihm sicherlich helfen.«

»Nichts dergleichen. Ich will ihn auch nicht sehen. Ich bin kein Familienunternehmen.«

Der Anwalt warf ihm einen seltsamen Blick zu. Das letzte Mal hatte er gesagt: »Sie, Sie würden doch am liebsten mit Geld gar nichts zu tun haben!« ›Er versteht das sowieso nicht. Schließlich ist er auch einer von denen, die sich genötigt fühlen, die ganze Verwandtschaft zu unterstützen. Uff, ist es hier heiß.‹ Er stand auf.

Während er die Treppen des Bürohauses hinabstieg, ging er auf einmal immer schneller. Was ihm wohl gerade eingefallen war? Die Steinstufen schienen kein Ende zu nehmen. Draußen schlug er den Weg in Richtung Galata-Brücke ein. Er schritt weit aus. An der Anlegestelle nach Kadıköy kaufte er sich eine Zeitung und lief dann ein bisschen weiter, bis unter die Brücke. Der Mann war da. Stand am selben Fleck wie neulich und angelte. Er ging unter der Brücke durch. An der Ecke, die aufs Goldene Horn hinausging, blieb er stehen, lehnte sich gegen das eiserne Geländer und zündete sich eine Zigarette an. Der Mann war ziemlich schmächtig. Er erinnerte ihn an ein Porträt von Modigliani. Im kleinen, flachen Korb neben ihm zappelten Fische. Er steckte den Hundert-Lira-Schein, den er aus der Innentasche seiner Weste gezogen hatte, in seine Hosentasche. Zog noch einmal an seiner Zigarette und warf sie ins Meer. Dann ging er zu dem Angler.

»Mensch, Alter, hast du ihn doch noch gefangen!« Er bückte

sich über den Korb, ergriff einen der Fische beim Schwanz und hob ihn hoch. »Ist das ein Blaubarsch oder was? Keine Sorge, ich will dich nicht bescheißen. Du bist ja schließlich kein Anfänger mehr. Du kennst dich aus.« Noch während er sprach, wickelte er den Fisch in die soeben gekaufte Zeitung. »Das ist ein Huza-Fisch. Hab ich schon ewig nicht mehr gegessen. Reichen hundert Lira? Nein, schweig, mehr darfst du von mir nicht verlangen. Ich habe nicht viel Geld.«

Er drückte dem Mann den Hundert-Lira-Schein in die Hand und entfernte sich hastig über die Treppe. Als er auf die Brücke trat, hörte der Lärm um ihn herum auf.

»Er hat vom Armen geklaut und Gott gegeben!«

»Nein, nicht Gott, das weißt du doch. Außerdem habe ich nicht geklaut.«

»Aber das Geld, das du ihm gegeben hast, ist gestohlen.«

»Was soll ich denn tun? Mich ins Meer stürzen? So geht es eben zu auf dieser Welt!«

»Nein. Es gibt die, die ihr Geld im Schweiße ihres Angesichts ...«

»Ach, sei doch still, die kenne ich auch. Die schwitzen, weil sie nicht wissen, wie man klaut und wie man sich arrangiert. Der Fischer eben – hat er die hundert Lira etwa nicht genommen?«

»Der Fischer hat verstanden, warum du ihm das gegeben hast. Als du ›Huza-Fisch‹ gesagt hast ...«

»Schweig, schweig endlich!«

Zuerst hörte er seine eigene Stimme und dann den Lärm um ihn herum. Eine Frau stieg die Stufen hinunter; sie hielt mit der Hand ihren Rock fest, damit der Wind ihn nicht hochwirbelte. Ein Passant war stehen geblieben und sah ihn an. »Geht es Ihnen nicht gut, Bruder?«

»Es ist nichts. Nur ein bisschen schwindlig.«

»Kann ich Ihnen helfen?«

»Nein, es ist vorbei. Vielen Dank.«

Er ging weiter. So war es immer: Sie wollten, dass er zu ihresgleichen wurde: mit der Straßenbahn fuhr, Medikamente nahm, pisste und aß. Er warf die Zeitung in einen Abfalleimer, der an einem Laternenmast befestigt war. Aber diese Anbiederei hielt nicht lange an. Wenn sie ihn erst kennen gelernt hatten, wollten sie, dass er ging, wollten ihn weghaben. Auf einmal fiel ihm ein, dass er heute um zwei etwas vorhatte. Er schaute auf die Uhr, ohne sie abzulesen.

Um Viertel vor zwei saß er im Obergeschoss des Eckcafés am Taksim-Platz und sah hinaus. Er hatte sein Essen lustlos hinuntergeschlungen, wie eine Pflichtübung, und war danach hierher gekommen. Hinter sich hörte er Gesprächsfetzen und das Klicken von Backgammonsteinen. Auf dem Platz konnte er die Uhr sehen, unter der sie sich treffen wollten. Der Minutenzeiger rang sich zu einer kleinen Bewegung durch und zeigte nun zehn vor zwei an. Er würde nicht hingehen. Er würde sie von hier aus beobachten. Wie lange würde sie wohl warten? Die Straßenbahnen kamen an und fuhren wieder ab, aber trotzdem standen immer Leute an der Haltestelle. Kaum hatte er sie entdeckt – sie war anders angezogen als sonst, fast hätte er sie nicht erkannt –, sah er auf die Uhr, unter der sie stand: sieben nach zwei. Er wurde wütend über ihre Verspätung. Ein Glück, dass er nicht hingegangen war. Hatte sie sich womöglich auch die Lippen angemalt? Das konnte er nicht sehen, dafür stand sie zu weit weg. Sie sah sich um. Dann lief sie ein paar Schritte auf und ab. Sein Magen verkrampfte sich. Das war es wohl, was man mit »den Magen herumdrehen« meinte. ›Könnte es nicht sein, dass ihre Straßenbahn in einen Stau geraten war?‹ Sie lehnte sich an den Stützpfeiler der Uhr. ›Im schlimmsten Fall hat sie sich mit dem Zuspätkommen sieben Minuten lang wichtig gemacht. Und was tue ich gerade? Ich benehme mich wie ein Flegel!‹ Güler beugte das linke Bein und berührte ihre Ferse; sie schaute sich nach beiden Seiten um und wartete dann mit leicht gesenktem Kopf. Da bemerkte er widerstrebend, wie ihn eine bitter-süße, männliche Sanftheit erfasste. ›Sie wartet auf mich! Und ich …‹ Er sprang auf, sein Stuhl fiel um. Dann rannte er die Stufen hinunter und über den Platz zur Uhr. Güler strahlte, als sie ihn sah. Er hielt ihr sein Gesicht hin und sagte: »Komm, schlag zu, schlag!«

Gülers Mund hatte sich gerade geöffnet, um ihn zu fragen, wo er geblieben war. Nun schloss er sich wieder, ihre Augen weiteten sich. Die Leute in der Nähe drehten sich nach ihnen um.

»Was ist los mit dir? Lass das!«

»Erst schlag mich! Ich bin ein Flegel!«

»Lass das, wir machen uns lächerlich.«

Als er die feixenden Gesichter der Umstehenden sah – zwei davon waren Frauen –, fasste er sie am Arm und rannte mit ihr auf die andere Straßenseite. (An jenem Abend würde Güler schreiben: »Gott sei Dank war kein Bekannter in der Nähe.«) Sie stiegen in eins der Taxis, die in der Sıraselviler-Straße warteten. Zum Fahrer sagte er: »Karaköy.«

Er sah Güler an und stellte fest, dass sie ihre Lippen ein klein wenig angemalt hatte. Aber in diesem Moment war auch das nicht von Bedeutung. Er nahm ihre Hand. »Alles nur, weil du gestern Nachmittag den Unterricht nicht geschwänzt hast … Ich habe dich vom Café aus beobachtet. Du standest an der Haltestelle. Eine Weile bist du auf und ab spaziert. Ich wollte nicht zu dir gehen, weil du sieben Minuten zu spät gekommen bist. Dann hast du dein Knie gebeugt und deine Ferse berührt. Tut sie weh, trägst du neue Schuhe? Warum konnten wir uns gestern Nachmittag nicht sehen? Bloß wegen dieses blöden Bremsenquietschens?«

»Ach, ich habe es ja so bereut! Ich habe gedacht, du würdest am Nachmittag zur Haltestelle kommen, um mich zu treffen. Aber du bist nicht gekommen. Wir hätten zusammen nach Hause fahren können. Diesmal nebeneinander, hatte ich mir überlegt. Drei Straßenbahnen habe ich vorbeifahren lassen. Warum bist du nicht gekommen?«

»Ich habe geschmollt.«

Güler hatte bemerkt, dass der Taxifahrer ihnen zuhörte, und schwieg nun. Kurz danach hielt das Auto an. Er bezahlte, sie stiegen aus.

»Weißt du, wohin wir gehen?«

»Nein.«

»Dorthin, wo ich dich zum ersten Mal gesehen habe.«

Als sie die Konditorei betraten, stellte er fest, dass gerade zwei Männer von dem Tisch aufstanden, an dem er an jenem Tag gesessen hatte. Als ob alles nur auf sie gewartet hätte. Sie setzten sich.

(Ein Mann, der hinter ihnen im schwach erleuchteten Teil des Cafés saß, beobachtete sie seit geraumer Zeit. Wenn das Mädchen nicht so hübsch gewesen wäre, hätte es wohl seine Aufmerksamkeit nicht geweckt. Der Typ, na ja, war auch nicht übel. Aber er würde vor so einem Mädchen nicht mit einem Eintagebart erscheinen. Wusste der Dreckskerl das nicht? Und worüber die wohl jetzt schon seit einer Stunde sprachen? Wie nett und nah sie einander waren. Ab und zu brauchte man mal einen kleinen Seitensprung. Die Frauen auf der Straße sahen immer stur geradeaus. Man musste sich kümmern, aber dazu war keine Zeit. »Wo hast du dich wieder herumgetrieben?« Mit bösem Gesicht. Vor fünf Jahren war Selma noch seine Geliebte. Jetzt war sie seine Frau. Und er? »Mein Alter«. Selbst Seitensprünge gab es nicht. »Schnapp dir eines Tages mal dieses Mädchen und schließ dich mit ihr ein. Umarme zuerst ihre Knie. Wenn du dann ganz langsam aufstehst, hebst du ihren Rock mit hoch. Ihre Beine siehst du nicht mit deinen Augen, sondern mit deinen Händen. Sie trägt eine hellrosa Unterhose. Das ist erregender als gar nichts. Verweile auf ihren Lippen, beiß zu, dass sie stöhnt.« Er schüttelte die Gedanken ab und stand auf. Es war schon spät. Er musste nach Hause. Als er an ihnen vorbeiging, sagte das Mädchen gerade: »Wir hatten ihr eine Sonnenbrille gekauft.« Er zog die Tür auf und ging.)

4

Liebe B.,
ich weiß gar nicht, wo ich anfangen soll. Dies ist nun schon der zweite Brief an dich innerhalb von drei Tagen – aber es kommt mir vor, als ob dir zwei unterschiedliche Gülers geschrieben hätten. Die vom letzten Brief war voller innerer Unruhe, die von heute ist eine fröhliche und glückliche Güler. Ich habe ihn kennen gelernt! Am besten fange ich bei der Kreuzung an. Du erinnerst dich doch an die Kreuzung, an der wir stehen geblieben sind, nachdem wir den Brillenladen in Karaköy verlassen hatten? Du wolltest dich unbedingt dort von mir verabschieden. Wir haben uns auf die Wangen geküsst. Wenn das nicht passiert wäre, hätte ich ihn wohl nie kennen gelernt. Heute waren wir beide in der Konditorei, von der aus er uns beobachtet hat. Er glaubt, dass die Leute in der Öffentlichkeit mechanisch immer dasselbe tun. Als wir uns damals verabschiedeten, hat er uns angeblich im Stillen zugerufen: »Gebt euch die Hand!« Aber wir hätten uns stattdessen auf die Wangen geküsst. Dann ist er zur Kreuzung gerannt, hat uns beide dort noch gesehen und sich dann entschlossen, mir zu folgen.

Nimm es mir nicht übel, dass ich froh darüber bin. Er hatte erwartet, dass an dieser Straßenecke an jenem Tag etwas passieren würde. Wenn er hinter dir hergegangen wäre, hätte er zwar erfahren, wo du wohnst, aber er hätte dich nie wiedergesehen. Und dann wäre er traurig gewesen und hätte gedacht, diese Ecke habe ihn betrogen. Es gibt außerdem eine Straße, von der er sich Besonderes erwartet. Wahrscheinlich sind alle Menschen so, meinst du nicht? Er wollte mich in der Straße ansprechen, die ich jeden Tag entlanggehe. Das hat er mir erzählt, nachdem er mich schließlich gebeten hatte, dort einzubiegen. Ich hatte ihn stattdessen in meiner Ratlosigkeit immer durch menschenleere Straßen geführt, weil ich glaubte, er geniere sich. Später schlug er vor, dass wir uns auf eine der Bänke in Tozkoparan setzen. Dann hat er so süß gefragt: »Einverstanden?« Und ich habe geantwortet: »Einverstanden.«

Ach, ich erzähle einfach so drauflos. Muss dir ziemlich durcheinander vorkommen. Das Ganze ist am Donnerstag passiert, nach der Vorlesung. In der Straßenbahn hat er sich neben mich gestellt und mir einen Zettel zugesteckt. Ich habe den Zettel in meine Tasche gelegt und dauernd daran gedacht, aber als wir uns auf die Bank setzten, habe ich ihn vergessen. Auf der Bank hat er mir erzählt, dass er raucht und dass er zu niemandem »Sie« sagen kann. Stell dir vor, gleich bei unserem ersten Gespräch war ich fähig, ihn zu duzen. Als er mir sagen wollte, was er macht, habe ich ihn unterbrochen. »Erst beim nächsten Treffen«, habe ich gesagt. Aber heute habe ich immer noch nicht erfahren, welchen Beruf er hat. Es gibt so viel zu bereden!

Gestern haben wir uns nicht gesehen. Vor dem Beinahe-Unfall hatte er mich gefragt: »Könntest du morgen Nachmittag nicht den Unterricht schwänzen?« In dem Augenblick wurde hinter uns fast ein Kind überfahren. Ich dachte daran, was der Lehrer sagen würde: »Güler Hanım, Sie haben uns am Freitag nicht beehrt.« Wir haben uns also für Samstag verabredet. Dann bin ich aufgestanden – er saß noch – und habe sein Gesicht berührt.

Zu Hause habe ich meine Mutter gefragt, was es zum Abendessen gibt. »Gedünstetes Zwiebelfleisch mit Kartoffeln«, hat sie geantwortet, und ich habe sie umarmt und geküsst und gerufen: »Ach, mein liebes Mütterchen!« »Was ist denn mit dir los, verrücktes Huhn?« Ich bin in mein Zimmer gelaufen und habe den Zettel gelesen. »Biegen Sie in die Straße hinter Kuledibi ein«, stand darauf. Da habe ich gelacht. Das war genau die Straße.

Heute habe ich unter der Uhr am Taksim-Platz lange auf ihn warten müssen. Er war gekränkt, weil ich gestern den Unterricht nicht geschwänzt habe, und wollte deswegen eigentlich gar nicht kommen. Er hat mich beobachtet. Irgendwann habe ich wohl das Knie gebeugt und meine Ferse angefasst, und da ist er doch zu mir gelaufen. Wie du siehst, kann sich das Leben eines Menschen manchmal aufgrund einer winzigen, unbewussten Bewegung verändern. Er ist vor mir stehen geblieben, hat mir sein Gesicht hingestreckt und gerufen: »Los, schlag mich!« Was glaubst du, wie verdattert ich war. Die Leute an der Haltestelle haben blöd gegrinst. »Lass das«, habe ich gesagt, »wir machen uns lächerlich.« Da hat er mich am Arm gepackt und ist mit mir auf die andere Straßenseite gerannt. Gott sei Dank war kein Bekannter in der Nähe. Wir sind in eins der wartenden Taxis eingestiegen und nach Karaköy gefahren, zu der Konditorei. Im Auto hat er mich geküsst. (Wir wissen, dass das gelogen ist. Warum sie das wohl geschrieben hat?)

Bislang habe ich es niemandem zu Hause erzählt. Aber irgendetwas spüren sie. Heute Abend hat mein Vater gefragt: »Na, Mädchen, wieso so fröhlich?« Und Gülfer hat gesagt: »Zurzeit geht es dauernd auf und ab mit ihr.« Ich habe sie angefahren: »Du halt den Mund!« »Wieso soll ich den Mund halten? Habe ich etwa nicht das Recht, zu reden?« »Hast du, aber nicht über mich«, habe ich ihr geantwortet. Sie hat mir die Zunge herausgestreckt. Abfallen soll sie ihr. Meine Mutter ermahnte uns: »Ruhe, ihr Mädchen!«

Ich sage es ihnen besser nicht, oder was meinst du? Ach, liebe B., warum bist du bloß nicht hier? Morgen werden wir uns wiedersehen. Zu Hause werde ich sagen, ich bin zu Meliha gegangen. Ich kenne ihn noch nicht besonders gut, aber mir gefällt es zu sagen: »Ich liebe ihn.«

Und du, was machst du? Schreib mir. Ich küsse dich auf die Augen.

G. T.

5

Wenn die Uhr an der Wand richtig ging, müsste sie in spätestens einundzwanzig Minuten da sein. Aber vermutlich kam sie auch heute vor der Zeit. In den letzten zehn Tagen hatten sie sich fünfmal in dieser großen, unpersönlichen Konditorei mit diesen vielen Tischen getroffen, und immer war sie zu früh gekommen. Wenn sie nachmittags Vorlesungen hatte, wartete er in einem kleinen Café in Fındıklı auf sie. Irgendwann kam sie und blieb vor dem Fenster stehen. Dann stand er auf, und gemeinsam schlugen sie dieselbe Gasse ein wie er damals vor sieben Jahren, wenn er den Unterricht schwänzte, und liefen bis zum Taksim-Platz. Gülers Heimweg hatte sich verändert. Es gab keine Straßenbahn und keine Gasse am Galata-Turm mehr. Was hatte sich außerdem verändert? Er wusste es nicht.

Am vergangenen Montag waren sie auf jener steil ansteigenden Straße vor dem ausgetrockneten Brunnen stehen geblieben. Er hatte ihr von dem Tag erzählt, an dem er die osmanische Inschrift »Dem Wohltäter Mehmet Ağa aus Fındıklı« auf dem Brunnen entziffert hatte, und dann hatten sie das wichtigste Gespräch ihres bisherigen gemeinsamen Lebens geführt. Ein kurzes Gespräch: »Du hast es also nur vier Monate lang ausgehalten. Und, was machst du jetzt? Seit drei Tagen komme ich nicht dazu, dich nach deinem Beruf zu fragen. Ich habe keine

Ahnung …« »Woher auch. Ich bin nämlich ein Müßiggänger.« Er hatte es einfach so gesagt, ohne Vorwarnung, und sie dann angesehen. »Ach so, dann fällt es dir ja leicht, dich durchzuschlagen«, hatte sie gesagt und gelacht. Natürlich war sie verblüfft. Aber anders, als er befürchtet hatte, wirkte sie weder verärgert noch herablassend. Als sie Hand in Hand weitergingen, hatte er sie gefragt: »Hast du die Geschichte von Mehmet Ağa aus Fındıklı gelesen?« »Nein.« »Ich auch nicht. Aber jetzt möchte ich sie irgendwo aufstöbern.«

In einem Zug trank er den Orangensaft aus, den der Kellner auf den Tisch gestellt hatte. Er war durstig. Vermutlich wegen des Rühreis mit Wurst, das er kurz zuvor gegessen hatte. Als er im Restaurant Rührei mit Wurst bestellt hatte, war die Antwort des Kellners gewesen: »Unser Pastırma ist ausgezeichnet. Möchten Sie das Rührei vielleicht mit Pastırma, mein Herr?« In scharfem Ton hatte er dem Mann geantwortet: »Ich will es mit Wurst.« Der Kellner in diesem Café war anders. Er maßte sich nicht an, den Mund aufzutun. Wenn sie gingen, steckte er das Trinkgeld ein, das er auf dem Tisch hinterlassen hatte, und sagte nicht einmal auf Wiedersehen. Das war der Grund, weshalb er sich mit Güler fünfmal hier getroffen hatte und nicht in irgendeiner anderen, ebenso betriebsamen Konditorei. Jedes Mal, wenn er hierher kam, wunderte er sich, dass man den Mann noch nicht hinausgeworfen hatte. Eigentlich wünschte er sich, dass ihm gekündigt würde und an seiner Stelle ein glatter und aufdringlicher, ein echter Kellner kam, damit er sich mit Güler nicht immer an diesem Tisch treffen musste. Er fürchtete sich vor der Gewöhnung. Wenn es so weiterging, würde sich dieser Tisch in den heiligen Ort ihrer Liebe verwandeln. Es war nicht gut, dass sie einen eigenen Ort hatten. Irgendwann fing man dann an, so zu leben, wie der Ort es verlangte, und nicht, wie man selbst es wollte. Etwas in ihm genoss es allerdings auch, mit ihr hier zu sitzen, unter dem Tisch ihre Knie zwischen die seinen zu nehmen und sich in die Unterhaltung zu versenken, ohne dass sich jemand daran störte. Als Güler neulich erklärt hatte: »Ich erwarte nicht viel vom Leben. Drei Zimmer mit Küche, einen Mann, den ich liebe, und zwei Kinder, einen Sohn und eine Tochter«, hatte er eine Gänsehaut bekommen, sich aber damit begnügt zu antworten: »Damit der gelangweilte Mann die Flucht ergreift und die Kinder Diphtherie bekommen?« Wenn er diesen Spruch woanders gehört hätte, wäre er entsetzt gewesen und hätte gedacht: ›Dieses Mädchen möchte mich zu einem dieser Einkaufstütenträger machen. Für solche Leute ist sie wie geschaffen. Aber nicht für mich‹, und wäre vielleicht sofort aufgestanden und gegangen. Güler – wie schön ihre Hand war – hatte ihn sehr verletzt angesehen. »Ach, ich weiß, eines Tages wird das so sein.« Was würde so sein? Das, was sie erwartete, oder dass der gelangweilte Mann die Flucht ergriff?

Der Kellner räumte das leere Saftglas ab und ließ dabei eine Zeitung auf dem Tisch liegen. Es war schon das vierte Mal, dass er diese Zeitung auf den Tisch legte, bevor Güler kam, wohl wissend, dass sie dort ungelesen liegen bleiben würde. Er hatte schon beim ersten Mal verstanden. Hatte mit geballten Fäusten darauf gewartet, dass der Kellner etwas sagte, aber der war stumm geblieben. Dem Mann war am Vortag aufgefallen, was sich zwischen ihnen abspielte. An diesem Tag – es war ihr zweites Treffen hier – hatte Güler irgendwann über ihre Schwester gesprochen. ›Hier haben wir endlich mal ein Mädchen, das zugibt, ihre Schwester nicht zu mögen. Das ist doch schon was!‹, hatte er gedacht und dabei ihre Hand betrachtet, die mit dem Aschenbecher spielte. Er hörte ihre Stimme, aber er verstand nicht, was sie sagte. Seine Hände und seine Lippen wurden wieder von den trockenen Piniennadeln gestochen. Als ob sie spürte, dass gleich etwas passieren würde, hatte die mit dem Aschenbecher spielende Hand auf einmal ein wenig gezittert und sich dann zurückgezogen. »Zieh deine Hand nicht weg. Tu irgendwas. Ich möchte sie küssen. Jetzt.« Ungläubig hatte sie da gelacht. »Wie stellst du dir das vor? Bist du verrückt?« »Lass dir was einfallen, habe ich gesagt. Sonst setze ich mich neben dich und küsse sie.« Wie schön es aussah, wenn sich ihre Augen so weiteten! Als er sich aufrichtete, hatte sie gesagt: »Warte. Ich strecke meine Hand aus und nehme die Tabakkrümel von deiner Wange.« Sie hatte ihre Hand ausgestreckt und schnell wieder zurückgezogen, kaum dass seine Lippen sie berührt hatten. Freute es sie bei all ihrer Scheu und ihrem Erröten nicht trotzdem, so begehrt zu werden? Wie ihre Augen strahlten! Sie dachten, niemand hätte das mitbekommen. Aber er wusste, dass der Kellner sie beobachtete. Und er brachte die Zeitung, damit die anderen es nicht sahen, falls er nochmals Anstalten machen sollte, die Hand zu küssen. Doch es war nicht noch einmal vorgekommen. Und solange auf dem Tisch diese vierfach gefaltete Zeitung lag, würde es auch nicht nochmal vorkommen. An jenem Tag hatte er sie in der Dämmerung einer menschenleeren Straße in der Nähe ihres Elternhauses geküsst.

Güler hatte gezittert. »Mein Schatz«, hatte sie gesagt. »Mein verrückter Geliebter.«

Er zündete sich eine Zigarette an. ›Ihr verrückter Geliebter. Genau das bin ich.‹

»Hallo!«

Er hob den Kopf. Sie stand vor ihm. ›Ihr verrückter Geliebter! Und warum bist du so vernünftig? Gut, dass du heute keine Handtasche dabei hast. Diese widerlichen Frauenhandtaschen! Auf der Straße hattest du zumindest keine in den Händen.‹

»Hallo. Setz dich doch!«

Sie setzte sich. »Bist du schon lange hier?«

»Ich weiß nicht.« Er sah auf die Uhr an der Wand. »Seit achtzehn Minuten.«

»Heute wollte ich eine halbe Stunde früher kommen. Und dann habe ich mir gesagt: Was ist, wenn er noch nicht da ist? Dann muss ich warten, und alle werden mich anstarren.«

Er hörte nicht zu. Ohne hinzusehen, wusste er, dass der Kellner gekommen war.

Güler sagte: »Einen Orangensaft. Möchtest du auch einen?«

»Ja.«

»Dann zwei!«

Nachdem der Kellner gegangen war, fanden sich ihre Knie unter dem Tisch. Sie rückten ein wenig hin und her, bis sie ihre übliche Position gefunden hatten. ›Eine bewährte Position. Gibt es denn keine andere? Warum versuchen die Frauen nie etwas Neues? Warum nimmt sie nicht mal meine Knie zwischen die ihren? Und selbst wenn es ein Problem von Rock und Hose wäre – könnte sie mir nicht wenigstens auf den Fuß treten?‹ Der Kellner stellte die Gläser auf den Tisch und ging.

Güler sagte: »Das ist aber ein schweigsamer Kellner. Der hat wahrscheinlich gar keine Zunge.«

»Vielleicht. Darauf bin ich noch gar nicht gekommen.«

Sie lachten. Wenn man gemeinsam lachte, entspannte man sich.

»Wie gehts in der Uni?«, fragte er.

»Ach, ich kann dir sagen! Ich habe die Gedichte bis hier.« Sie legte die Hand an ihren Hals. »Und was für Gedichte wir da lesen müssen! Drei Stunden hintereinander Milton. Dieser ständige Krieg am Firmament. Mit Blitz und Donner ... Am Nachmittag war ich völlig fertig. Und was hast du gemacht?«

»Ich habe mich hingelegt und gelesen.«

»Oh, wie schön. Ich beneide dich um dein Leben. Gott sei Dank wird mir wenigstens ab und zu innerlich warm, wenn ich an dich denke. Was liest du?«

»*The Naked and the Death.*«

»Davon habe ich noch nie gehört.«

»Ich gebe es dir, wenn ich fertig bin. Darin ist auch von einem Krieg die Rede, von einem Weltkrieg ... Du denkst also ab und zu an mich?«

»Ja.«

»Ich möchte nicht, dass du zu sehr an mich denkst.«

»Wieso das denn? Ich muss an dich denken, das weißt du doch, ich liebe dich.«

Er drückte seine Zigarette im Aschenbecher aus. ›Wie leicht ihr das über die Lippen geht. Liebe! Für jeden Menschen haben Worte offenbar eine persönliche Bedeutung, einen ganz eigenen Wert. Aber wenn ein Wort nie dasselbe bedeutet, ist das dann nicht so, als ob man unterschiedliche Sprachen spräche?‹ Trotzdem freute er sich.

Güler trommelte mit zwei Fingern ihrer linken Hand auf die Zeitung. »Du kümmerst dich überhaupt nicht um mich«, sagte sie und lächelte. »Ich habe mein Glas mit Absicht nicht zu mir herangezogen. Einem richtigen Mann macht es Spaß, seine Freundin zu umsorgen. Oder bin ich vielleicht nicht deine Freundin?« Ihre Knie bewegten sich.

»Meine Kleine« (aus den Augenwinkeln sah er ihre Finger auf der Zeitung), »wenn du willst, setze ich mich neben dich« (die Finger schlossen sich), »lege deinen Kopf auf meine Schulter« (ihre Hand trat fast unmerklich den Rückweg an) »und flöße dir deinen Orangensaft ein.« (Am Tischrand gesellte sich die Hand zu der anderen und wanderte in ihren Schoß.) »Du brauchst deine Hände nicht zu verstecken! Ich bin heute vernünftig.«

»Oh, woher weißt du denn das? Das ist ja schrecklich!«

»Ich beobachte dich genau. Während du mir zugehört hast, hast du gedacht: ›Er tut bestimmt nicht, was er sagt, aber wenn er wieder meine Hand küssen will?‹ Schau, du hast dir die Lippen ein bisschen angemalt. Ich weiß, was du gedacht hast, als du dich geschminkt hast. Du hast in den Spiegel geguckt, und sie sind dir bleich vorgekommen. ›Das gefällt ihm zwar nicht, aber ich tu trotzdem ein bisschen drauf, das macht nichts‹, hast du dir gesagt. Du wusstest, dass wir uns küssen würden. Deshalb wolltest du, dass deine Lippen noch anziehender sind. Dabei hast du immer daran gedacht, dass wir uns heute küssen würden. Woher ich das weiß? Weil ich … dich küssen möchte.«

Güler wurde rot. »Das ist schrecklich. Du siehst doch, es ist mir peinlich«, sagte sie.

»Was ist denn daran schrecklich? Jeder hat solche Gedanken, aber die meisten sprechen sie nicht aus. Findest du es nicht beruhigend, dass wir keine Geheimnisse voreinander haben?«

»Beruhigend? Sich vor jemandem …«

»Schweig!« Er presste ihre Knie heftig zusammen. »Rede nicht weiter. Komm, lass uns austrinken und gehen.«

Sie tranken ihre Gläser leer. Er hatte befürchtet, sie würde sagen: »Sich vor jemandem auszuziehen, soll beruhigend sein?« War ihr nicht klar, dass sie sich selbst widersprach? Oder wollte er nur, dass sie seine eigenen Wünsche offen aussprach?

Er fuhr sich mit der Hand über die Stirn. »Sollen wir uns hier darüber unterhalten, wo wir jetzt gleich hingehen, oder sollen wir draußen darüber reden?«, fragte er.

»Lass uns hier darüber reden.«

»Dann sag, wohin du willst. Ins Kino?«

»Ich weiß nicht. Du hast letzte Woche … Ich gehe, wohin du willst.«

Er verstand. Letzte Woche, an dem Tag, an dem er hier ihre Hand geküsst hatte, hatte er sie hinterher mit zu sich nach Hause nehmen wollen. »Jetzt noch nicht«, hatte sie geantwortet. »Es ist mir unangenehm. Ich habe Angst, dass du etwas an mir siehst, das nicht dorthin passt, und mich dann nicht mehr magst.« Obwohl die anderen – selbst Ayşe – immer zu ihm hatten nach Hause gehen wollen, war ihm die Zurückhaltung dieses Mädchens nicht seltsam vorgekommen. Komischerweise kam es ihm nicht seltsam vor, dass diesmal sie zu ihm nach Hause gehen wollte. Aber heute würde er sie nicht mit dorthin nehmen.

»Am besten gehen wir ins Kino. Wenn man sich entschieden hat und ganz bewusst dorthin geht, schämt man sich auch nicht«, sagte er.

Dass sie nicht Arm in Arm gingen, war das Einzige, was sie von den anderen Paaren in der Menge draußen unterschied. Nachdem sie den Kinosaal betreten und sich in die letzte Reihe gesetzt hatten, verschwand auch dieser Unterschied. Sie waren nur mehr eins von vielen Paaren in der hintersten Reihe. Als ob sie es abgepasst hätten, waren die Lichter angegangen und die Türen zum Kinosaal geöffnet worden, kaum dass sie das Kino betreten hatten. Das freute ihn. Sie hätten sonst draußen im Vorraum warten müssen. Und er hasste es, sich in der Dunkelheit zu den leeren Plätzen vortasten zu müssen. Er schaute sich um. Sehr voll war es nicht.

Er hörte Gülers Stimme: »Woran denkst du?«

»Ich dachte, dass die Leute, die ins Kino gehen, ein gemeinsames Gefühl verbindet. Jedenfalls diejenigen, die einen Film sehen möchten. Denn dieser Kinosaal wird ja auch zu anderen Zwecken genutzt. Die meisten kommen, um hier zu warten, bis der Regen nachlässt, um sich aufzuwärmen, zu schlafen oder den Arm einer unbekannten Frau oder eines unbekannten Mannes zu berühren. Es gibt die Logen, die sind wie Zimmer in billigen Stundenhotels. Manche kommen nur her, um sich in der letzten Sitzreihe zu küssen. Diejenigen, die bloß den Film sehen wollen, hätten es am liebsten, wenn der Kinosaal leer wäre. Sie ärgern sich, wenn jemand sie fragt, ob der Sitz neben ihnen frei ist. Sie wollen, dass es ruhig ist, sie wollen kein Husten, Schnupfen, Sprechen oder Lachen hören. Das ist für mich der beste Beweis dafür, dass das Kino zu den Künsten gehört. Aber es ist auch ein Beweis fürs Gegenteil. Denn es ist immer Lachen, Husten und Schnupfen zu hören.«

»Weißt du was, ich habe vergessen, ein Taschentuch einzustecken. Und wenn mir die Nase läuft?«

Die Lampen waren erloschen. Wie lange hatten sie auf diesen Moment gewartet! Und jetzt rückte Güler offenbar unbesorgt näher. Er legte seinen linken Arm um ihre Schulter. Seine Lippen fanden die ihren. Sie würden nun nicht mehr sprechen. ›Nein, nur unser Fleisch wird sprechen. Die Lippen ersticken die Stimmen. Ist das Gehirn nicht der einzige Teil des Menschen, der nicht aus Fleisch ist? Ein Mensch mit einem Gehirn aus Fleisch. Schlimmer kann man jemanden nicht beleidigen! Ein Mensch mit einem Gehirn aus Fleisch. Aber was steuert die Lippen, die sich gegeneinander pressen, und diese schmerzhaft gedrückten Hände? Ist es das Rückenmark? Sagt man deshalb, jemandem auf den Leib rücken? Wie können sich zwei Körper so unmittelbar und problemlos verstehen? Schrecklich, hat sie gesagt. Ist das Schrecklichste nicht diese Unersättlichkeit, diese Gier?‹ Er löste seinen Mund von ihrem. Als sich Gülers Lider hoben, beugte er sich wieder zu ihr. Dieses Mal küsste er sie aber wohl nur, damit sie im Halbdunkel sein aufgequollenes Gesicht nicht sah, das ihm selbst so fremd vorkam. Denn während des Küssens hielt Güler die Augen stets geschlossen. ›Mach deine Augen besser nicht auf. Wenn du sie öffnest, siehst du vielleicht nur eine dicke Nase und ein Paar Augen, die dich anstarren. Oder macht dir das nichts aus? Haben dich vielleicht zuvor andere geküsst, die genauso aussahen?‹ Er presste die Hand, die sich in der seinen bewegte, mit aller Kraft zusammen.

Güler schien in sich zusammenzusinken und wimmerte in seinen Mund. Ihre Köpfe rückten auseinander. Der Mann auf der Leinwand küsste gerade eine Frau. Überall spielte sich offenbar das Gleiche ab.

Auf einmal hörte er tief in seinem Ohr eine Stimme wispern: »Schau mal, du tust ihr weh.«

Er nahm die Hand, die sich nach ihm ausstreckte, und ließ sie lange nicht mehr los. Sie war warm und trocken. Seine Nase, Wangen und Lippen, die während des Kusses beständig größer zu werden schienen, begannen wieder zu schrumpfen. Die junge Frau neben ihm, die den Kopf an seine Schulter gelehnt hielt, liebte er fast noch mehr, weil sie nicht sprach und keine Anstalten machte, ihr Gesicht dem seinen entgegenzustrecken. Ihre Haare lagen in seinem Nacken. Sein Ohr juckte. Wenn sie nochmal herkamen, würde er sie rechts von sich sitzen lassen. Im blassen Taschenlampenlicht der Platzanweiserin drückte sich ein Pärchen an ihnen vorbei und berührte ihre Knie. Kaum hatten sich die beiden neben sie gesetzt, umarmten sie sich auch schon. Sie zogen ihre Beine nicht zurück, die sie aneinander gelegt hatten, um Platz für die beiden zu machen. Mit dem Arm richtete er Gülers Kopf auf und beugte sich zu ihrem Ohr. Zuerst küsste er dieses Ohr, dann fragte er: »Gehen wir?«

»In Ordnung.«

Sie standen auf. Er sah sich nach den Sitznachbarn um. Der Mann streichelte die Beine der Frau unter ihrem Rock. Auf einmal überfielen ihn widersprüchliche Gefühle: die Freude darüber, dass sie gingen, der Wunsch, dem Mann ein paar Fußtritte zu verpassen, und das Bedauern, dass sie gingen. Er kratzte sich am Ohr. Hatte er vielleicht nur gehen wollen, um sich kratzen zu können?

Draußen in der Menschenmenge schien es ihm, als ob sie sich

voreinander schämten. Sie kamen am Galatasaray-Gymnasium vorbei. ›Wie sie sie anstarren! Was sie wohl denkt? War es diese Hand? Nein, die andere.‹

Güler packte ihn am Arm und fragte: »Gehen wir an unserem alten Haus vorbei?«

»Gut.«

Er entspannte sich. Das war es also, woran sie gedacht hatte. Ihr Elternhaus! Den Gesprächen der letzten zehn Tage hatte er entnommen, dass es ihr schon ganz allein gelungen war, die Beziehung zu ihrer Schwester und ein bisschen auch zu ihrer Mutter zu zerstören. Aber ihr Vater stand immer noch fest wie eine Burg und das Haus, in dem sie früher gewohnt hatte, ebenfalls. Heute würde er den Angriff auf das Haus starten. Er hatte keine Eile. Den Vater würde er später erledigen. Er wollte, dass sie niemanden mehr hatte. ›Ich kann mich nur an sie binden, wenn sie sich auf niemanden mehr verlassen kann, nur noch auf mich.‹ Dennoch glaubte er, dass dieses Mädchen einmal seinetwegen leiden würde. Er sah sie an. Er wollte nicht, dass sie litt. Plötzlich setzte sich dieser leidige Werbespruch in seinem Kopf fest. Er sah die Passanten feindselig an. Als ob sie Mittel hätten, die Leidenden von ihren Schmerzen zu erlösen. »Wolln Sie keine Schmerzen mehr, muss ne KRAFT-Tablette her«, sagte er.

Güler sah ihn verdutzt an. Er machte eine kleine Kopfbewegung nach hinten und sagte: »Diese handgeschriebene Reklame habe ich da im Schaufenster gelesen.«

Sie lachten. Er dachte, dass sie zu Ayşes Straße in der Nähe des Tünel gehen würde, aber es war eine Querstraße weiter: Zuerst bogen sie rechts ab, dann links, und dann blieben sie mitten auf der Straße stehen.

»Dies hier ist es. Erinnerst du dich?«, fragte Güler.

»Woran?«

»Vor vierzehn Tagen habe ich dich in diese Straße geführt.

Hier bin ich stehen geblieben. Ich wollte, dass du mich ansprichst.«

»Ach ja, ich erinnere mich. Sieht dieses Haus nicht genauso aus wie alle anderen?«

»Ich habe meine Kindheit hier verbracht. Aber meine Mutter wollte weg von hier. Damals wollte ich das auch. Und schließlich sind wir umgezogen. Jetzt kommt es mir immer so vor, als hätte ich dieses Haus verraten. Komm, lass uns gehen.«

Sie schlenderten weiter. Güler sah zu Boden.

Als sie um die Ecke bogen, sagte er: »Ich kenne dieses Haus. Es hat drei Zimmer und Küche, oder nicht?

»Woher weißt du das?«

»Ich kenne die, die darin wohnen. Der Mann ist Englischlehrer im Gymnasium ganz hier in der Nähe. Seine Frau hat die Ausbildung abgebrochen, um ihn zu heiraten. Es war eine Liebesheirat. Sie haben zwei Kinder: eine Tochter und einen Sohn. Abends kommt der Mann mit Einkaufstüten beladen nach Hause. Sie essen zu Abend. Meistens korrigiert der Mann dann die Hausarbeiten, oder er liest die Zeitung. Manchmal murmelt er: ›Hier steht, dieses Jahr werden die Kohlen knapp.‹ Die Frau hat immer irgendwelche Kleidungsstücke im Schoß, die sie flickt. Sie sieht ihren Mann an und denkt: ›Habe ich tatsächlich für diesen Faulpelz das Studium abgebrochen?‹ Dann fängt sie an zu sinnieren. Auf dem Weg zur Universität hat ein junger Mann ihr einmal im Autobus tief in die Augen gesehen. ›Warum habe ich ihn damals nur so böse angeguckt‹, seufzt sie. ›Vielleicht wäre es mit ihm anders geworden.‹ Und erst das Bett, in dem sie zusammen schlafen ... Der Mann findet, dass sich seine Frau verändert hat, und denkt an die neue Geschichtslehrerin an der Schule. Seine Frau ist bei dem jungen Mann im Bus ...«

»Sei ruhig, es reicht!«, sagte Güler.

»Hast du den gelben Zettel am Eingang nicht gesehen? Vor fünf Tagen ist der Sohn krank geworden. Sie wollten kein Geld für den Arzt ausgeben und haben gedacht, es geht vorbei. Dabei waren es schlimme Masern.«

»Wieso bist du nur so pessimistisch?«

»Und warum bist du es nicht? Siehst du denn nicht, was sich zwischen den Menschen abspielt, selbst bei denen, die glücklich scheinen? Am Anfang steht immer der Traum von drei Zimmern mit Küche und zwei Kindern. Und dann? Meine Damen und Herren, verpassen Sie diese Gelegenheit nicht! Kommen Sie herein, schauen Sie her. Ein Drama in drei Akten. Erster Akt: Die Berge sind ganz flach. Zweiter Akt: Überall Hügel! Dritter Akt: Die Ebene ist versunken. So viel für heute, meine Herren. Guten Abend. Wir hoffen, Sie morgen wieder hier begrüßen zu dürfen.«

»Jetzt übertreibst du aber!« Sie drückte seinen Arm. »Ich dachte immer, die Männer erwarten vom Leben auch nicht mehr als ich.«

Insgeheim murmelte er: ›Nur zu. Gerate ruhig ein bisschen durcheinander. Du weißt, ich habe es nicht eilig. Eines Tages werde ich dir beibringen, dass das Einzige auf der Welt, worauf man sich stützen kann, die Liebe ist.‹ Sie gingen am Tünel vorbei. ›Was ist wohl mehr aus den Fugen geraten – das Haus oder das Bild von mir in ihrem Kopf?‹ Auf der Treppe mit den zweiundzwanzig Stufen nahm er Gülers Hand, hielt inne und sagte: »Morgen bleibst du vor dem Fenster stehen.«

»Ja.«

Noch vor zwei Wochen hatte er versucht, sich dieses Gesicht vorzustellen, wenn es sich zu einer hässlichen Grimasse verzieht. Jetzt wollte er, dass es noch schöner aussah.

»Tut dir die Hand weh?«

»Ach nein, das ist vorbei.«

›Jetzt umarmt sie mich gleich.‹ Er täuschte sich. Güler zog seine Hand kurz an ihre Wange und ließ sie wieder los. Dann rannte sie die Stufen hinunter. Er blieb stehen und sah ihr so lange hinterher, bis sie weit unten um die Ecke bog. ›Heute Nacht wird sie sich schlaflos im Bett wälzen. Sie glaubt, dass sie mich liebt. Und ihre Erwartungen an das Leben? Sie wird denken, dass ich nicht der richtige Mann für ihre drei Zimmer bin. Vielleicht steht sie auf und schreibt ihrer Freundin – wie hieß die doch gleich? – einen Brief. Schüttet darin ihr Herz aus, und dann geht sie wieder schlafen.‹ Er drehte sich um. Während er die Stufen hinaufging, zählte er sie wieder.

Weit nach Mitternacht machte er sich auf den Heimweg. Kurz vor Nişantaşı blieb er mitten auf der Straße stehen. Auf der breiten Straße war niemand außer ihm. Er stellte sich breitbeinig über die Straßenbahnschienen und pinkelte. ›Und dann nennt sie mich ihren verrückten Geliebten. Was soll denn an mir verrückt sein? Pinkle ich nicht extra in die Schienen, damit ich mir die Hosen nicht voll spritze?‹

6

Liebe B.,
du schreibst: »Es gefällt mir, dass es in dieser Kleinstadt kein Meer gibt«; das verstehe ich nicht. Aber es gibt ein paar Stellen in deinem Brief, die ich sehr gut verstehe. »Im Garten des Lokals, das man Gazino nennt, gibt es nur zwei Sorten Bäume: Palmen und Pinien. Vor die Palmen haben sie ein Schild gehängt, darauf steht: NACH VIER UHR NUR FÜR FAMILIEN. Als ich das erste Mal hingegangen bin, habe ich gelacht, und die Leute haben mir leidgetan. Wenn es abends nicht regnet – meistens regnet es –, gehe ich mit meiner Schwägerin dorthin. Jedes Mal sitzen ein paar Jungen aus der

Kleinstadt unter der uns am nächsten stehenden Pinie und unterhalten sich. Über Filme und so. Ich habe bemerkt, dass sie immer denselben Jungen hänseln. Und der gefällt mir. Die anderen starren ständig zu mir herüber. Aber er tut so, als ob ich gar nicht da wäre. Das mag ich. Ich habe meine Schwägerin ausgefragt. Sie sagt, er sei der Sohn irgendeiner wichtigen Persönlichkeit. Und studiere. Vor einem Monat sei er krank geworden und in die Kleinstadt zurückgekommen. Bald würde er wieder in die Großstadt zurückkehren. »Warum nur schaut er mich nicht an?«, schreibst du. Liebe B., es ist besser so. Und selbst wenn er dich ansieht, schau bloß nicht zurück. So was geht immer traurig aus, das weißt du doch. Jetzt kannst du mir natürlich antworten, ich hätte ja auch wegschauen können, dann ginge es mir jetzt besser. Ich liebe ihn, aber ich bin auch traurig. Heute sind wir nach dem Kino in unsere alte Straße gegangen. Ich habe ihm unser ehemaliges Haus gezeigt. Ich hätte mir gewünscht, dass er sagt: »Gleich morgen möchte ich mit dir in dieses Haus ziehen.« Aber ich wusste, dass das nicht kommen würde. Mir ist ein Satz eingefallen, den er letzte Woche gesagt hat: »Damit der gelangweilte Mann die Flucht ergreift und die Kinder Diphtherie kriegen?« Kaum waren wir um die Ecke, schien er auch schon alle Häuser zu attackieren. Er war in äußerst düsterer Stimmung. Wenn man ihm so zuhörte, konnte man glauben, dass es in dem ganzen Häusermeer dieser Stadt nicht einen glücklichen Menschen gibt. »Warum bist du so pessimistisch?«, habe ich ihn gefragt. »Und warum bist du es nicht?«, hat er geantwortet. »Siehst du denn nicht, was sich zwischen den Menschen abspielt?« Ich weiß, dass er teilweise Recht hat. Ich brauche ja nur mal meine eigene Familie anzusehen ... Aber wir beide könnten doch miteinander glücklich werden! Warum versucht er nicht, mich zu verstehen? Er liebt mich doch. Als wir in der Konditorei saßen, hat er aus heiterem Himmel zu mir gesagt: »Ich möchte deine Hand küssen, tu irgendwas.« »Bist du verrückt?«, habe ich gefragt. »Bin ich«, erwiderte er. »Gib mir die Hand, sonst stehe ich auf und küsse sie einfach so.« Er hat so einen Blick, der macht mir Angst. Er wäre dazu durchaus fähig. Ich habe so getan, als ob ich einen Tabakkrümel von seiner Wange wische, und ihn dabei meine Hand küssen lassen. Und was glaubst du, wie er sich plötzlich gefreut hat! Wenn er mich doch nur verstehen würde, wenn er doch nur denselben Traum träumen würde wie ich! Neulich habe ich ihm erzählt, dass Cavidan heiraten wird. Sagt er doch tatsächlich: »Dann lieben sie einander wohl nicht.« Ich war verblüfft. »Hast du jemals gesehen, dass zwei Menschen, die sich wirklich lieben, heiraten? Ich nicht«, hat er dann gemeint. Was er wohl unter Liebe versteht? Komisch, findest du nicht? Ich begreife nicht, was er will. Wünschen wir uns nicht alle eine kleine Wohnung, einen Mann und zwei Kinder? Ach, jetzt weiß ich: In dieser Hinsicht denkt er ähnlich wie du. Du sagst ja auch immer: »Das reicht nicht!«

Jetzt rate mir bloß nicht, ihn zu verlassen. Das kann ich nicht. Ich bin nicht so wie du. Und selbst du – bist du nicht gerade deshalb dorthin gezogen? Ich vergesse nicht, was du mir an dem Tag gesagt hast, als wir uns verabschiedet haben: »Man denkt, man hat etwas Vergangenes aus dem eigenen Kopf verbannt, aber das ist nicht so. Es bleibt doch etwas zurück. Wie gleichgültig war ich an den ersten Tagen, als er versuchte, noch einmal neu anzufangen! Ich habe getan, als ob es ihn gar nicht gäbe. Aber gestern, also drei Monate später, ist er an mir vorübergegangen, und ich habe gehört, wie er zu einem Freund sagte: »Sie hat feste Brüste.« Da war ich vielleicht erschüttert. »Auch wenn ich nicht in die Fakultät gehe, sehe ich ihn nicht wieder, aber trotzdem werde ich in diese Kleinstadt ziehen«, hast du gesagt. Ich selbst habe immer noch Hoffnung, auch wenn ich mich beklage. Morgen werde ich während der letzten Unterrichtsstunde aus dem Häuschen sein vor Freude. Ich werde mich vor die Fensterscheibe des Cafés stellen. Wir werden den Hang hinaufgehen. Wie du siehst, fahre ich jetzt nicht mehr mit der Straßenbahn zurück. Dreimal die Woche wartet er abends in Fındıklı in einem Café auf mich. Die anderen vier Tage treffen wir uns nachmittags in Beyoğlu in einer Konditorei. Ich sehe ihn jeden Tag. Wenn man mit ihm zusammen ist, weiß man nie, was als Nächstes passiert. Als wir heute die Konditorei verlassen haben, dachte ich, er würde mich mit zu sich nach Hause nehmen. Letzte Woche hatte er gesagt: »Gehen wir zu mir.« Aber ich hatte gezögert und irgendeine Ausrede erfunden. Heute wollte ich dorthin gehen. Aber ich konnte nicht zu ihm sagen: »Nimm mich mit zu dir nach Hause.« Da sind wir also zusammen ins Kino gegangen. Irgendwann hat er meine Hand zusammengepresst, dass es geknirscht hat. Abends, als wir uns auf der Treppe, die zum Rathaus hinunterführt, verabschiedeten, fragte er so süß: »Tut dir die Hand noch weh?«, dass ich ihn am liebsten umarmt und geküsst hätte. Aber ich konnte es nicht. Er liebt mich doch, oder was meinst du? Hätte er mich sonst heute in der Loge so umarmt? (Diese zweite Lüge hat unser Vertrauen in Gülers Mitteilungen erschüttert.)

G. T.

7

Es war immer noch derselbe Kellner, aber schon zum dritten Mal legte er keine Zeitung auf den Tisch. Vielleicht war er der Einzige, der verstand. Er räumte das leere Glas ab und ging. In den letzten Tagen konnte er nie vorhersagen, wann Güler eintreffen würde: Manchmal kam sie früh, manchmal spät, und in den unerwartetsten Momenten wollte sie gehen. Manchmal schwiegen sie während des Gesprächs plötzlich. Früher hatte er nie diese Unruhe verspürt, etwas sagen zu müssen, wenn sich das Schweigen zwischen ihnen in die Länge zog. Hatte er bei seinem Versuch, das Bild von ihrem Haus und ihrem Vater zu erschüttern, womöglich auch sein Ansehen bei ihr ins Wanken gebracht? Er war voller Zweifel. Nur wenn sie sich umarmten und sie die Augen schloss, gab es keine unlösbaren Probleme mehr. Seit zwei Wochen umarmten sie sich häufig, als ob sie fürchteten, etwas zu verlieren. Er beobachtete die Eingangstür und sagte zu sich selbst: ›Diese Tür wird dreimal auf- und zugehen, beim vierten Mal ist sie es.‹ Beim ersten Mal kam ein Mann mit grau meliertem Schnurrbart herein. ›Das ist ein pensionierter Oberstleutnant.‹ Beim zweiten Mal trat eine Frau mit einem Kind an der Hand durch die Tür. Das dritte Mal ging ein Schüler einer Minderheitenschule hinaus. Dass auch jemand hinausgehen könnte, hatte er nicht mit einberechnet. Dann öffnete sich die Tür eine Weile nicht, so als ob sie auf Güler wartete. Als sie dann aufging, war es für eine große Frau auf hohen Absätzen. ›Wenn sie nicht so gekünstelt aufträte und flache Schuhe anhätte, wäre sie weiblicher. Weiß diese Frau denn nicht, dass die Mode der hohen Absätze von kleinen Frauen erfunden wurde? Große Leute sind dumm, heißt es. Wie wahr.‹ Die Frau setzte sich in einen grünen Sessel an die Wand. Als sie merkte, dass er sie ansah, machte sie ein mürrisches Gesicht. ›Ganz offensichtlich wartet sie auf jemanden. Ihre Brüste stehen steil hoch. Das sind die Kugeln, die die Welt regieren. Wer weiß, wie viele Männer auf ihrem Weg hierher den Arm ausgestellt haben in der Hoffnung, sie zu berühren. Warum nur mögen es die Frauen nicht, wenn man sie in der Menge streift? Wir Männer sind wie Hunde. Die schnüffeln dauernd herum, und wir wollen ständig berühren. Wenn man die menschliche Rasse verkümmern lassen wollte, müsste man den Männern nur diesen Fummelinstinkt austreiben, das würde reichen! Und unterwegs wird diese Frau sicher von vielen gestreift. An diesem Punkt gebe ich denen Recht, die behaupten, unsere Vorväter seien Affen gewesen. Oh, da ist sie ja!‹

Güler kam auf ihn zu, ihr hellblau-schwarzes Kleid stand ihr gut. Er konnte ihr ansehen, wie sehr sie sich freute. Es gab also wieder Hoffnung. Vielleicht verstand das nur der Kellner. Noch bevor sie sich setzte, sagte sie: »Rate mal, was wir heute zusammen machen!«

»Was denn?«

»Wir essen zusammen zu Abend.« Zuerst verstand er nicht und fragte sich: ›Will sie mich womöglich in das Yeşilzeytin-Apartment mitnehmen?‹ »Stell dir vor, ich habe heute frei! Bis Mitternacht können wir zusammenbleiben.«

In seinem Kopf ertönte ein kurzer Gong, wie vor Beginn einer Filmvorführung. Als er eines Abends mit ihr hatte essen gehen wollen, hatte sie geantwortet: »Dann kann ich zu Hause nichts mehr essen, und die anderen merken etwas. Ein anderes Mal!« Dieses andere Mal war heute. Bis Mitternacht!

»Wie hast du dich loseisen können?«

»Ach, frag lieber nicht. Es ist mir peinlich. Ich habe es heute Morgen in der Fakultät mit Meliha ausgemacht. Wir sagen zu Hause, dass wir uns heute mit Studienkollegen treffen. Heute Abend wird meine Familie denken, ich sei mit ihnen zusammen, und ihre Familie, sie sei mit uns allen zusammen. Um halb zwölf müssen wir sie an der Kadıköy-Anlegestelle abholen und nach Hause bringen. Sie hat Angst. Ich nicht. Oder doch?«

»Du hast auch Angst.«

Er war froh und gleichzeitig wütend, nicht auf sie, sondern auf diejenigen, die sie zwangen, »sich was einfallen zu lassen« und so scheu zu sein.

»Lass uns irgendwohin weit weg fahren, damit niemand mich sieht«, sagte Güler.

»In Ordnung. Wir fahren zum Bosporus.«

»Jetzt gleich?«

»Es ist noch zu früh.«

Als sie das Lokal verließen, stellte er fest, dass die große Frau mit den hohen Absätzen fort war. Zuerst gingen sie ins Kino und küssten sich zwei Stunden lang, nass und wild. Es war warm. Nur ihre Beine berührte er nicht. Warum brachte sie jedes Mal ihre Beine mit, wenn sie kam? Es war immer dasselbe. Wenn ihn die Lust überkam, ihre Beine zu streicheln und zu drücken, dann kribbelten seine Handinnenflächen, und sein Ohr glühte. Er konnte sie dort nicht anfassen. Im Taxi zum Bosporus berührte Gülers Bein das seine. Er zog es nicht weg. Aber er sehnte das Ende der Fahrt herbei.

Als sie in Sarıyer ein Restaurant betraten, dessen Terrasse bis ans Meer ging, dunkelte es bereits. Drinnen brannte schon Licht. Die meisten Tische waren leer. Die Gäste drehten sich nach ihnen um, als sie durch die Reihen gingen. Er wählte einen Tisch in einer Ecke mit Blick zum Meer und platzierte Güler mit dem Rücken zu den anderen, damit sie die Blicke nicht spürte. Ihm würde das nichts ausmachen. Wenn sich in Restaurants Leute an seinen Tisch setzten, zog er den unsichtbaren Vorhang vor, den alle Einzelgänger der Großstadt kennen. Er nahm die Speisekarte, die ihm der Kellner hinhielt, und bat ihn, später wieder zu kommen. Der Mann ging. Güler war noch immer nervös. Um die Unruhe zu vertreiben, gab es nur ein Mittel, nämlich Alkohol. Es half zwar nicht zu reden, aber er tat es trotzdem. »Mach dir keine Sorgen. Solange du die anderen nicht siehst, sehen sie dich auch nicht. Nur wir beide sind hier. Wir werden zum ersten Mal gemeinsam essen.«

»Starren sie mich nicht an?«

»Ach was, die konzentrieren sich auf ihre Teller. Was sollen wir essen? Hast du einen Wunsch?«

»Ich weiß nicht. Ich nehme dasselbe wie du.«

Er rief den Kellner. Von den Dingen, die er bestellte, blieben Güler später nur »zwei Fleischspieße, zwei Bier, eine kleine Flasche Kavaklıdere« in Erinnerung. Sie wollte ihm nicht gestehen, dass sie jetzt das erste Mal Alkohol trinken würde. Hinter ihr lachte eine Frau. Der Kellner brachte das Gewünschte und zog sich zurück.

»Du brauchst dich nicht zurückzuhalten. Möchtest du Hummer?«, fragte er.

»Ach, ich vergesse immer, dass du reich bist.«

»Ich bin nicht reich. Ich habe eben Geld.«

»Macht das einen Unterschied?«

»Und wie!«

Ob sie wohl verstanden hatte? Oder war sie nur froh, weil sie wusste, dass man Fisch nicht mit dem Messer isst? Er nahm die Weinflasche und goss ein wenig davon in jedes Glas. Dann füllte er die Gläser mit Bier auf. Seine Hand war nervös und unruhig. Güler nahm ihr Glas, trank ein paar Schluck und rümpfte dann die Nase. Das war nicht die Grimasse, die er sich auf der Treppe hatte vorstellen wollen: ›Kindlich, nett. Hat sie denn gar nichts, was ich ihr nicht verzeihen würde?‹ Er hob sein Glas und trank es aus. Auch wenn er Bier trank, verlangte ihn nach dem ersten Glas schon nach einer Zigarette. Er holte das Päckchen heraus, steckte sich eine Zigarette zwischen die Lippen, blies das Streichholz aus, das der auf einmal neben ihm aufgetauchte Kellner angerissen hatte, und deutete auf die Streichholzschachtel in seiner linken Hand. »Ich zünde sie mir immer mit meinen eigenen Streichhölzern an«, sagte er. »Bring uns lieber zwei Hummer.«

Der Mann verbeugte sich und ging. Er nahm ein Streichholz aus der Schachtel.

Güler hatte die Gabel sinken lassen und sah ihn an. »Du hast ihn gekränkt.«

»Keine Sorge, der ist nicht gekränkt. Wenn ich das zugelassen hätte, wäre er immer um uns herum gewesen und würde uns jedes Mal stören, wenn ich eine Zigarette rauchen will. Trinkst du nicht? Schmeckt es dir nicht?« Güler führte ihr Glas zum Mund. »Trink nur ganz wenig!«

Sie hörte nicht auf ihn und leerte das Glas in einem Zug. Dann stürzte sie sich aufs Essen. Mit vollem Mund sagte sie: »Ich bin gierig, nicht?«

»Ja. Genierst du dich jetzt nicht mehr?«, fragte er lachend.

»Vor denen? Wenn du dabei bist, sind die mir völlig egal. Was ist dieser Tisch groß! Ich finde deine Knie gar nicht.«

»Dann streck deine Füße zu mir aus.«

Unter dem Tisch fanden sich ihre Füße. Jedes einzelne Wort war wichtig. Bei »Knie« dachte man an »Fuß«, nicht an »Bein«. Nachdem sie die Hummer gegessen hatten, nahm er die Weinflasche und goss ein kleines bisschen in Gülers Glas. ›Mehr, mehr‹, sagte in seinem Kopf eine Stimme, die der seines ehemaligen Freundes Feyyaz ähnelte, ›mehr, das reicht nicht. Mehr, los!‹ Er hob die Flasche. Das Glas war halb voll. Er füllte es mit Bier auf. Den Rest goss er sich selber ein, trank das Glas aus und zündete sich eine Zigarette an. Vor ihnen zog ein hell erleuchtetes Dampfboot vorbei.

»Guck mal, ein Boot.«

Er sah sie nicht an. Das Boot verschwand hinter ihr. Auf der anderen Seite des Bosporus erlosch plötzlich ein Licht, das die anderen überstrahlt hatte. Er drückte seine Zigarette aus und hob den Blick. Als Erstes sah er das Glas: Es war leer.

»Du hättest besser nicht alles ausgetrunken!«

»Ich war durstig. Warum siehst du mich denn nicht an?« Ihre Wimpern wirkten heute Abend länger als sonst.

Er lachte und sagte: »Ich schau dich doch an.«

»Oh, wenn du doch immer so lachen würdest.« Sie drückte seine Füße. »Wenn du böse dreinschaust, bekomme ich Angst. Könntest du mich nicht immer anlachen?«

Er hielt ihr seine Zigarettenschachtel hin. »Möchtest du auch eine?«

»Ja.«

Er zündete erst ihre, dann seine eigene Zigarette an. Güler hustete. »Heute Abend bin ich eine schlechte Frau, wie die, vor denen die Bücher immer warnen. Aber ich fühle mich so wohl! Das Meer, die Lichter! Lass uns jeden Abend hierher kommen.«

»Hast du deinen Vater vergessen?«

»Sie sind mir alle piepegal. Mein Vater, mein Zuhause, die Freunde – ich denke an keinen Einzigen von ihnen. Es gibt nur dich. Ich gehöre dir. Nimm mich.«

In seinem Kopf erklang wieder dieser plötzliche Gong. Als sie sich in der Konditorei ihm gegenübergesetzt und zu ihm gesagt hatte: »Heute bleibe ich bis Mitternacht bei dir«, hatte er da nicht bereits gewusst, dass sie das an diesem Abend sagen würde? Vielleicht hatte er gehofft, es würde unter anderen Umständen geschehen, ohne die Hilfe des Alkohols. Aber er konnte sich selbst nichts vormachen. Schließlich war ihm während des kurzen Gongs der Satz von Feyyaz eingefallen: ›Wie schnell die Frauen betrunken sind! Und wenn sie es erst mal sind ...‹ Warum fiel ihm gerade Feyyaz ein, als hätte er selbst nie mit Frauen getrunken? Er wusste es nicht. Innerlich sagte er sich: ›Ich bin eben so!‹, aber zufrieden war er damit nicht. Güler sah ihn an. ›Warum sind deine Wimpern heute Abend so lang und deine Augen so klein? Wegen des Zigarettenrauchs? Oder ... Tiefblau. Ach! So bin ich eben.‹ Er zog seine Beine zurück. Während sie die Zigarette im Aschenbecher ausdrückte, verbrannte sie sich die Finger.

»Du bist betrunken«, sagte er.

»Überhaupt nicht! Ich will dich. Los, nimm mich!«

Als sie im Taxi, das der Kellner herbeigerufen hatte, zu ihm nach Hause fuhren, war er mit sich selbst ziemlich unzufrieden.

Er hatte dem Kellner, der den Schlag des Taxis für sie geöffnet hatte, einen Zehn-Lira-Schein gegeben. Mit spitzen Fingern. »Nimm mich mit nach Hause, und lass mich nie wieder gehen.« Beim Verlassen des Restaurants war Güler an seinem Arm so geschritten, wie es sich für eine schöne Frau gehörte; ohne zu schwanken. Aber jetzt lag sie zusammengekauert da, den Kopf in seinem Schoß. ›Wenn sie sich erbrechen könnte, dann würde sie wieder nüchtern werden.‹ Unter ihnen schienen der Asphalt und das Gummi der Reifen miteinander zu flüstern. ›Sich auf eine Asphaltstraße zu erbrechen, das ist das 20. Jahrhundert. Überall Nylon und künstliches Neonlicht … Wir fahren auf ein eiskaltes, tiefblaues Licht zu. Wenn es dickflüssig wird wie Marmelade, nimmst du es vom Feuer, hatte meine Tante zu der Frau gesagt. Zehra, wo sind denn deine schönen Beine? Mein Ohr! Du weißt, heute Nacht werde ich deine Beine küssen. Du bist dickflüssig wie Marmelade, gleich werde ich dich vom Feuer nehmen …‹

»Mir ist kalt.«

Sie fuhren gerade am Hafen von İstinye vorbei. Er zog sein Jackett aus und legte es über sie. Güler schmiegte sich noch dichter an ihn. Ihr Atem verbrannte seinen Bauch. Er streichelte unablässig ihre Haare. ›Wenn sie sich doch erbräche und wieder klar im Kopf würde!‹ Er haderte mit sich selbst.

In Şişli zog er sie hoch. »Wir sind gleich da.«

»Ach, es war so gemütlich. Mir dreht sich der Kopf.«

»Weil du dich so plötzlich aufgesetzt hast. Das geht gleich vorüber.«

Er ließ das Taxi an der Einfahrt zur Straße anhalten und gab dem Fahrer das Geld, ohne hinzusehen. Er hoffte, dass sie nüchtern würde, wenn sie ein Stückchen zu Fuß liefen. Nur aus diesem Grund legte er ihr sein Jackett nicht auf die Schultern, sondern zog es selber an. Beim Laufen stützte sich Güler auf seinen

Arm. Sie gingen die Stufen hinauf und betraten seine Wohnung. Nachdem er die Tür geschlossen hatte, berührte seine Hand auf der Suche nach dem Lichtschalter ihr Haar; er erschauerte. Sie umarmten sich heftig. In dem kurzen Moment, bis sich ihre Lippen trafen, dachte er, dass dieser Kuss nicht das war, was er gewollt hatte. Er hatte Licht machen wollen. Er würde ihr den Wasserhahn zeigen. Vielleicht würde sie nüchtern, wenn sie sich das Gesicht wusch. ›Hat sie die Augen wieder geschlossen? Ich habe das Gefühl, als fiele ich in einen Brunnen.‹ Er löste sich von ihr und schaltete das Licht an.

»Komm«, sagte er.

Er öffnete das Schlafzimmer und drehte auch dort das Licht an. Güler kam herein und schloss schnell die Tür. Im harten Licht sahen sie einander an. Zum ersten Mal an diesem Tag kam er zur Ruhe. Gülers Wimpern schienen ihm wieder kürzer, ihre Augen größer. Ihr Blick wanderte von den Wänden zum Fenster, über die beiden Stühle und den Teppich und blieb schließlich am Bett hängen. ›Sie kann sich umschauen. Mich trifft jetzt keine Schuld mehr.‹ Er setzte sich auf den Bettrand.

»Wie findest du mein Zimmer?«

»Ich hatte es mir anders vorgestellt. Dieses Bett ...« Sie wurde rot. »Ich hatte es mir breiter vorgestellt.«

Er freute sich, dass sie rot geworden war. Wenn irgendetwas geschehen sollte, dann sollte es ohne den Einfluss von Alkohol geschehen. Er setzte sich neben sie und umarmte sie. Güler begann zu zittern. »Feigling«, wollte er schimpfen, hielt sich aber zurück. Vielleicht würde sie sich dadurch angestachelt fühlen und irgendetwas tun, was sie eigentlich nicht wollte, nicht wirklich wollte, nur, um ihm zu beweisen, dass sie kein Feigling war. Er drehte ihr Gesicht mit der Hand zu sich und neigte sich über ihre Lippen. Aber irgendetwas fehlte bei ihrem Kuss. Die anderen Male hatten sich ihre Lippen zwischen den seinen ein wenig bewegt, als ob sie lautlos sänge. Und ihre Augen … Wieso schloss sie die Augen nicht? Er sah ihr linkes Auge. Es wirkte seltsam nervös und beobachtete etwas im Raum.

Güler zog den Kopf weg. »Das Fenster. Es ist offen.«

Er stand auf. Während er das Fenster schloss, fiel ihm Ayşe ein: Bevor sie sich auf den Diwan legte, hatte sie immer die Tür verriegelt. Er zog den Vorhang vor.

Güler hatte sich hingesetzt, als ob sie müde wäre. Sie hob die Hand an ihre Stirn und strich sich die Haare zurück. Mit einer anderen, unbekannten Stimme fragte sie: »Ich muss mich ausziehen, oder?«

»Wenn du willst, gehe ich raus.«

»Oh nein. Aber dieses Licht …«

Er stand auf und drehte den Lichtschalter zweimal. Ein eisiges, blaues Licht füllte den Raum und schien alles, was darin war, Güler eingeschlossen, zu verändern. Das Bett wurde größer. Erfüllt von einem unwiderstehlichen Wunsch, sie zu umarmen, trat er auf sie zu, aber Güler bat: »Dreh dich um, bitte.«

Er wandte ihr den Rücken zu. An der Wand hing Kemals *Die Nackte*. ›Tiefblau und verschwommen. Gleich wird sie genauso nackt sein. Nein, sie ist wirklich. Fleisch und Haar. Splitternackt. Sie wird unter die Decke kriechen. Wird meinen Geruch einatmen. Dabei wissen, dass die Decke gleich zu Boden gleiten wird. Aber anders bringt sie es nicht fertig. Warum verzeihe ich ihr nur immer alles?‹ Hinter sich hörte er Stoff rascheln. ›Das ist ihr Rock. Jetzt sind ihre Beine nackt. Am wichtigsten ist, dass ich deine Beine küssen kann, weißt du. Wenn ich die erst geküsst habe, ist alles in Ordnung. Dann gehst du nicht mehr weg von hier. Wenn ich die erst geküsst habe, ist alles in Ordnung.‹ Erneutes Stoffrascheln hinter ihm. ›Fertig, oder? Die Matratze ist hart, die quietscht nicht. Bist du im Bett? Warum rufst du mich nicht?‹ Auf einmal hörte er ein Schluchzen hinter sich und drehte sich um. Güler saß angezogen auf dem Bettrand, hatte den Kopf in den Händen vergraben und weinte. Sein Gesicht hörte langsam auf zu glühen, er setzte sich neben sie.

Sofort griff Güler nach seinen Händen und sagte mit tränenerstickter Stimme: »Ich kanns nicht. Es geht nicht. Dabei liebe ich dich doch, das weiß ich genau. Aber ich kann es nicht. Warum, warum kann ich es nicht?«

›Weil ich dir nicht helfe‹, hätte er fast gesagt. ›Während du dich ausgezogen hast, hast du dir vorgestellt, wie sich dein Vater wundern wird und was die anderen sagen werden, wenn sie es erfahren. Wenn ich dich jetzt umarme und aufs Bett drücke, unter Küssen und Umarmungen deinen Körper errege, dir etwas vormache und dir die Dinge ins Ohr flüstere, die du gerne hören möchtest, dann wirst du das alles gleich wieder vergessen. Aber ich will das nicht so. Hast du nicht gesehen, wie es mich gereut hat, dass ich dir ein halbes Glas Wein zu trinken gegeben habe? In dieser blauen Leere können nicht einmal unsere Körper grenzenlos lieben. Denn selbst in diesem von Geräuschen und Licht abgeschirmten Raum sind andere Leute anwesend. Aber eines Tages wirst du deinen Vater und alle anderen vertreiben und zu mir kommen. Dann werden wir uns im Hellen ausziehen und bei offenem Fenster lieben. Ich habe es nicht eilig, das weißt du.‹ Er küsste die Haare, die in seinem Schoß lagen.

»Das macht nichts. Weine nicht«, sagte er.

»Im Restaurant schien alles so leicht! Wieso kann ich es jetzt nicht?«

Noch einmal küsste er sie aufs Haar. ›Wenn du nach der Taxifahrt noch ein Glas getrunken hättest, wäre jetzt alles vorbei.‹

»Wir hatten es zu eilig«, sagte er. »Man hat es immer zu eilig. Weine nicht. Komm, wir machen uns mal frisch.«

Als sie an der Kadıköy-Anlegestelle auf Meliha warteten,

stellte er sich aus unerfindlichen Gründen ein großes, blondes, geschminktes Mädchen vor. Aber als er sie sah, erkannte er sie wieder. Sie war das Mädchen, durch das er Gülers Namen erfahren hatte. Zuerst brachte er Meliha, dann Güler nach Hause. Auf dem Heimweg fragte er den Taxifahrer: »Sind die Ameisen schon geschlüpft?«

»Keine Ahnung, mein Herr, ich habe keine gesehen.«

Sein Schlafzimmer war noch immer in blaues Licht getaucht. Er blähte die Nasenflügel und sog den Geruch ein. Dann öffnete er das Fenster, als habe er etwas Unangenehmes gerochen. Er zog sich aus, putzte sich die Zähne und wusch sich die Füße. Als er unter die Decke kroch, dachte er: ›Heute Nacht wird sie sich mein Bett nicht breiter vorstellen, sondern so, wie es ist.‹

Die beiden Male, die sie sich danach trafen, liefen sie immer in schnellem Schritt. Am frühen Abend des zweiten Tages verabredeten sie, am darauf folgenden Sonntag nach Mirgün zu fahren. Am Samstag würde Güler zu Hause bleiben. Er verstand: Es war eine Art Schuldenbegleichung, damit sich ihre Familie am nächsten Tag keine Sorgen machte.

Der Sonntag fing gut an. Selbst auf dem Schiff, mitten unter den lärmenden Wochenendurlaubern, fühlten sie sich wohl. Mit leiser Stimme schilderte er ihr drastisch die Absurditäten, zu denen sich diese Leute hinreißen ließen, die sich zum Amüsieren verdammt glaubten. Sie lachte. In Mirgün stiegen sie aus und aßen Kebab im Fladenbrot. Während sie unter der großen Platane ihren Tee tranken, sagte er: »Ich stelle mir gerne vor, dass dies die größte Platane der Welt ist. Soll ich dir auch das kleinste Meer der Welt zeigen?«

»Zeig.«

Als sie auf dem Hügel oberhalb des İsmail-Pascha-Wäldchens angekommen waren, nahm er sie bei der Hand. »Hier entlang.«

Der Ort, zu dem sie gelangten, war an drei Seiten von üppig belaubtem Gestrüpp umgeben. Vor ihnen, tief unten, lag schmal das Meer. Er setzte sich, ohne ihre Hand loszulassen. Ihre nackten Beine standen ganz nahe bei seinem Gesicht. Sie waren völlig glatt. ›Ich könnte sie jetzt küssen!‹ Güler sah immer noch zum Meer hinunter. Er zog sie zu sich herab, drückte ihren Kopf auf seine Brust und küsste sie. Die Augen blieben offen. Er küsste sie äußerst heftig, aber irgendwie gelang es ihm nicht, sie zum Schließen der Augen zu bewegen. Das Herz wurde ihm eng. Seine Lippen hatten ihre Kraft verloren. Es gab etwas, das selbst ihre Küsse veränderte. Was war es? Vielleicht wusste das nur dieser Kellner. Er nahm ihren Kopf und legte ihn in seinen Schoß.

»Was ist los mit uns?«, fragte er.

In Gülers Augen lag etwas Flehendes. »Nichts. Ich habe mir nur überlegt, mit wem du vor mir hierher gekommen bist.«

Etwas zerbrach in ihm. Er würde es nicht sagen. Würde sie ihm überhaupt glauben, wenn er ihr versicherte, dass er nur einmal zuvor hierher gekommen war, alleine? ›Und ich? Glaube ich ihr, wenn sie mir sagt, dass ich der Erste bin, der ihre Lippen geküsst hat? Oder machen wir uns diese Gedanken, weil wir einander nicht trauen?‹ Er hob den Blick. Zwei Männer kamen auf sie zu. Sie waren gleich gekleidet, als ob sie Brüder wären. Ein Gefühl der Beklemmung bemächtigte sich seiner.

»Güler, da kommen zwei Männer von unten herauf.« Er hielt den Kopf fest, der sich aus seinem Schoß lösen wollte. »Steh nicht auf. Hör mir gut zu. Ich glaube, du wirst dir gleich schlimme Dinge anhören müssen. Hab keine Angst. Wenn ich Streit anfange, rennst du nach unten. Keine Angst.« Gülers Gesicht war bleich geworden. »Warte an der Anlegestelle auf mich. Sprich mit niemandem darüber. Sonst müssen wir den ganzen Abend auf dem Polizeirevier zubringen.«

Die Männer blieben zwanzig Schritte vor ihnen stehen. »Du hast aber ein Glück, Landsmann. Kriegen wir nichts ab?«, sagte einer der beiden und wandte sich dabei an seinen Kumpan rechts von ihm.

Sein Herz wurde weit, als habe er auf diesen Satz gewartet. Es tat ihm nur leid, dass sie keine Schnurrbärte trugen. Mit der linken Hand drückte er Güler an ihrem Schopf auf seinen Schoß und sagte: »Das ist meine Freundin, kapiert?«

»Nein so was! Wir werden sie ja nicht fressen, Kumpel, für dich bleibt ja auch noch was.«

Der rechts hatte ein Vollmondgesicht. Sie lachten. Kräftige Männer mit guten Zähnen. Der eine war gedrungen, der andere groß. Er ließ Gülers Haar los. Als sie aufstand, sah er ihr Gesicht. Ein hässliches, faltenloses Gesicht mit eisigen Augen. Er hatte das Gefühl, dass er es zum letzten Mal sah. Dann ging er auf die Männer zu. ›Hoffentlich fängt sie jetzt nicht an zu rennen.‹ Sein Kopf arbeitete unglaublich schnell. Die Männer kamen auf ihn zu.

»Wartet! Wenn ihr wollt« (›Soll ich noch einen Schritt weiter auf sie zugehen?‹), »frage ich sie ...«

Mit der Spitze seines Schuhs trat er dem Mann rechts gegen das Schienbein. Als der einknickte, versetzte er ihm mit aller Kraft einen Fausthieb ins Gesicht. Er hörte nur kurz, wie Knochen brachen. Dann sah er, wie Güler den Hang hinunterrannte. »Gleich fällt sie hin!« Während der eine auf den Bauch fiel, die Füße von sich gestreckt, gab der andere ein seltsames, lang gezogenes »Uh« von sich. Alles lief so ab, wie er es sich vorgestellt hatte. Den Mann rechts von ihm hatte er bewusst vor dem anderen niedergeschlagen. Falls der ihn angriff, würde der fallende Körper ein Hindernis zwischen ihnen sein, und er würde ihn mit der Linken niederstrecken. Aber er täuschte sich. Der andere hatte sich umgedreht und rannte ebenfalls den Abhang hinunter. In der Sorge, der Mann renne Güler hinterher, sprang er über den Liegenden hinweg, hatte nach ein paar Sprüngen den anderen eingeholt und rammte seine Faust in den vor ihm schwankenden, frisch ausrasierten, roten Nacken. Der Mann stolperte, fiel und krümmte sich auf dem Boden. Er fing an zu weinen.

»Steh auf«, sagte er und traktierte den Mann am Boden mit Fußtritten. Doch der blieb liegen. Da packte er ihn am Revers seiner Jacke, zog ihn hoch und schleppte ihn zu seinem Freund.

»Wir haben eine Dummheit begangen, bitte nicht ...«

Wieso hielt er nicht den Mund? Er schlug ihn aufs Ohr. Der Mann fiel neben den anderen auf die Erde. Jetzt waren beide still. In der Ferne ertönte eine Schiffssirene. Seine angespannten Nerven beruhigten sich. Seine Hand schmerzte. Er war müde, kraftlos und wütend, weil er in dieser dreckigen Welt lebte und weil sie ihn gezwungen hatten, zu tun, was er getan hatte. Wenn er wenigstens weinen könnte! Aber er war dazu nicht in der Lage. Selbst als sein eigenes Ohr abgerissen worden war, hatte er nicht weinen können.

Er ging den Abhang hinunter. ›Für dich bleibt ja auch noch was. Warum haben sie bloß gelacht! Wenn ich seine Zähne nicht gesehen hätte, hätte ich vielleicht nicht zugeschlagen. Wir Männer sind wie Hunde.‹ Er trat aus dem Wäldchen heraus auf die Straße. ›Faltenlos hässlich. Und die Augen erst! Geweitete, versteinerte Augen. Werde ich immer dieses Gesicht vor mir sehen, wenn ich mich an sie erinnere? Sie will mich bestimmt nicht wiedersehen.‹ Er ging langsam. Er hatte keine Eile. Weiter unten legte der Dampfer von der Anlegestelle ab. ›Da fährt sie mit dem Schiff davon, das weiß ich. Wieso sollte ich sonst glauben, dass ich sie zum letzten Mal gesehen habe? Na gut. Heute Abend wird sie ihrer Freundin schreiben, was alles passiert ist. Ich habe ihn verlassen, wird sie schreiben. Wenn man mit ihm zusammen ist, können einem die schlimmsten Dinge zustoßen. Gut. Soll sie doch gehen. Irgendwann, wenn sie sich in ihrer Dreizimmerwohnung langweilt, wird sie an mich zurückdenken. Schade drum.‹

Als er den Wartesaal betrat, würdigte er die wenigen, die dort warteten, keines Blickes. Schließlich wusste er, dass sie abgefahren war. Er setzte sich auf eine der Bänke und streckte die Beine von sich. Seine rechte Hand war blutverkrustet und schmerzte.

Sommer

I

Er las die Hausnummer auf dem rostigen Blechschild, das über der eisernen Gartentür hing. »Fragen Sie, wenn Sie es nicht finden«, hatte der Anwalt gesagt. »Fragen Sie nach Frau Naciyes kleinem Haus. Das kennt jeder.«

Er drehte sich zu dem Taxifahrer um, der hinter ihm wartete, und sagte: »Hier ist es.«

Der Fahrer öffnete den Kofferraum und brachte ihm seinen Koffer. »Soll ich ihn hineinbringen?«

»Nein, das geht schon.«

Unter dem Arm trug er ein flaches, viereckiges, verschnürtes Paket, das der Taxifahrer für eine Fensterscheibe hielt. Er bezahlte mit der anderen Hand. Am anderen Ende der Straße konnte er das Meer sehen. Er schwitzte, und sein Rücken juckte. Als er auf die Klinke der Gartentür drückte und sich dagegenlehnte, ging sie mit einem rostigen Quietschen langsam auf. Wenn er demnächst mit Frau Naciye sprechen würde, würde er auch in ihrer Stimme dieses Quietschen suchen, das wusste er schon jetzt. Und außerdem: Wieso nannte sie sich nicht einfach Naciye?

Das lindgrün gestrichene Holzhaus mit seinen geschnitzten Ornamenten und dem großen Vordach wirkte unter den hohen Bäumen kleiner, als es war. Er nahm den Koffer auf, zog den Schlüssel aus der Hosentasche, öffnete die Tür und trat ein. Drinnen herrschte Kühle, es roch schwach nach altem Harz. In der Mitte des Salons stand ein Tisch, darauf lag ein buntes Tischtuch. Durch ein großes Fenster fiel Licht ein, die Vorhänge hatte man zurückgezogen. Die Fayencevase auf dem Tisch war leer. Dies war also Frau Naciyes kleines Haus. »Hat sie denn auch ein großes Haus?«, hatte er den Anwalt gefragt. »Ja, dort betreibt sie eine Pension.«

Er stellte sein Gepäck ab und machte einen Rundgang durch das Haus: Wohnzimmer, zwei Schlafzimmer, Küche und Bad. Prüfte die Lampen und die Wasserhähne, öffnete die Tür der Toilette und probierte auch diese aus. An allen Fenstern hingen braune Leinenvorhänge, außen hatten sie Fliegengitter. Es war ja ganz nett, wenn nur nicht überall diese Möbel stünden! Vor allem das Wohnzimmer war voll gestopft mit einem Diwan, Sesseln, einem Tisch und Beistelltisch ... Der Anwalt hatte gestern gesagt: »Ich habe es möbliert gemietet. Sie weiß sonst nicht, wohin damit. Gleich morgen können Sie Ihren Koffer nehmen und dorthin fahren.«

Zehn Tage zuvor, am Abend, an dem er von Mirgün zurückgekehrt war, hatte er den Anwalt zu sich gerufen und ihm gesagt, er wolle irgendwo in der Gegend von Suadiye oder Caddebostan den Sommer verbringen. Das Haus sollte nicht zu weit vom Meer entfernt sein. Der Anwalt hatte etwas verdrossen geantwortet: »Schade um das Geld; unsere Wohnung auf der Heybeli-Insel ist frei.« »Umso besser, dann können ja Sie mit Ihrer Familie den Sommer dort verbringen«, hatte er entgegnet und dabei gesehen – oder bildete er es sich nur ein? –, wie die Ohren des Anwalts kurz wackelten. Er dachte oft, dass doch die Ohren den hässlichsten Teil des menschlichen Gesichts bildeten. Und wie lächerlich sie erst von hinten aussahen! Man brauchte Ohren, um hören zu können, das schon, aber hätten sie nicht eine andere Form haben können? Welche denn? Keine Ahnung. Der Mensch hätte doch auch ohne Ohren erschaffen werden können. Dann würde er vielleicht mit der Gesichtshaut hören oder mit den Haaren, wie die Käfer ... Den Ohren seines

Anwalts kam offensichtlich eine doppelte Aufgabe zu: Sie hörten, und außerdem konnten sie zeigen, wenn ihnen das Gehörte gefiel. Er kratzte sich am Ohr.

Vom einzigen Fenster des rechten Schlafzimmers aus waren Bäume zu sehen und dahinter ein zweistöckiges Haus. Eine Frau, die ihn an jemanden erinnerte, verschwand dort gerade um die Ecke. Er schleppte die beiden riesigen Sessel aus dem Schlafzimmer in den Salon und setzte sich dann kurz auf das breite Bett. Ein gutes Bett. Auf Sprungfedern, die jedes Mal knarrten, wenn er sich umdrehte, hätte er nicht schlafen können. Der Kleiderschrank stand hinter der Tür. In der Ecke neben dem Fenster gab es auch noch eine Spiegelkommode. Die hätte er ebenfalls gerne hinausgeschafft, wusste aber nicht, wohin er sie stellen sollte. Wer wohl vorher hier gelebt hatte? Die Menschen mussten immer, an jedem Ort, Spuren hinterlassen. Plötzlich schien ihm, als hätte er früher schon einmal diesen Gedanken gehabt. Aber er wusste nicht mehr, bei welchem Anlass. Er schloss die Schublade der Kommode und warf die Haarspange, die er darin gefunden hatte, in die Vase im Salon. Nahm den Koffer und das flache Paket und ging damit ins Schlafzimmer. Das Paket landete auf dem Bett. (Der Taxifahrer hatte sich geirrt: Wenn es Glas gewesen wäre, wäre es zersplittert.) Er klappte den Koffer auf, hängte die beiden Leinenhosen in den Schrank und legte seine Wäsche ins Fach darunter. Dann reihte er seine Bücher auf dem Tisch auf, verstaute sein Rasierzeug und seine Zahnbürste in der Schublade und stieß schließlich den leeren Koffer mit dem Fuß unters Bett. Als Nächstes nahm er das Paket, zerriss Bindfaden und Packpapier. Darunter kamen zwei Bilder zum Vorschein: *Die Nackte* und *Die Vesper*. Warum hatte er von hunderten von Bildern in seiner Wohnung ausgerechnet diese beiden mitgenommen? Weil sie die einzigen waren, für die er nichts bezahlt hatte? Vielleicht … Ob Kemal wohl aus Frankreich zurück war? Er erinnerte sich, wie er an jenem Tag im Atelier gesagt hatte: »Dieses Bild will ich haben.« »Hier, nimms.« Als Kemal gesehen hatte, wie er seine Hand in die Westentasche steckte, um seine Geldbörse herauszuholen, hatte er ihn gescholten: »Verdammt, du änderst dich nie. Du willst immer alles mit Geld regeln. Wenn dir das Bild gefällt, dann nimm es. Und steck dir das Geld sonst wohin!« Er lachte. Es stimmte. In den letzten drei Jahren hatte er sich nicht geändert. Erst vor zehn Tagen hatte er zu dem Anwalt gesagt: »Denk nicht an das Geld. Gib ihnen, was sie verlangen. Aber miete ein Haus, in dem man mich in Ruhe lässt.«

Er hängte das Bild an einen Nagel, der in der Wand steckte. Unterhalb des Nagels war ein helles Rechteck zu erkennen. Was hatten die Leute vor ihm wohl dort angebracht? Einen Reklamekalender für Vita-Margarine? Und wo sollte er Ayşes Bild aufhängen? Womöglich in dem schrecklichen Wohnzimmer? Das brachte er nicht fertig. Und woran sollte er es aufhängen? Vergeblich suchte er nach einem weiteren Nagel. Schließlich klaubte er die Haarspange aus der Vase, klemmte sie in den Rahmen von Ayşes Bild und hängte es daran neben dem anderen Bild auf, ohne darauf zu achten, wie sie nebeneinander wirkten. Er war völlig verschwitzt und hatte Lust, schwimmen zu gehen. Er entkleidete sich, zog dann die Badehose, die Hose und das Hemd wieder an. Zigaretten, Streichhölzer und den Schlüssel nahm er aus den Taschen des Jacketts und verstaute alles in den Hosentaschen. Als er das Geld herausnahm, zögerte er kurz, steckte dann ein wenig in die hintere Hosentasche und verteilte den Rest zwischen den Seiten eines der Bücher auf dem Tisch. Dann streckte er seinem Gesicht im Spiegel, das seiner Tätigkeit mürrisch zugesehen hatte, die Zunge heraus, zog plötzlich die Augenbrauen hoch, beugte sich zu dem Mann und sagte: »Na, dann wollen wir mal, werter Mieter der Frau Naciye.«

Draußen war es warm. Er freute sich, dass niemand am Strand war, blieb aber trotzdem nicht lange im Wasser. Es sollte ihm nicht so ergehen wie im Vorjahr, als er sich einen Sonnenbrand auf den Schultern geholt hatte und tagelang nicht schwimmen gehen konnte. Eine Stunde später kehrte er ins Haus zurück, zog sich splitternackt aus und legte sich ins Bett. Während er noch versuchte, zwischen den Blättern des Baumes hindurch in ein Fenster des gegenüberliegenden Hauses zu spähen, wurden ihm plötzlich die Lider schwer. Auf seiner rechten Hand kitzelte es, er guckte hin und sah am Rand des winzigen Wundschorfs eine Fliege sitzen. Offenbar war sie mit ihm zusammen durch die Haustür gekommen. Sie kratzte sich mit ihren Hinterbeinen an den Flügeln. Er schüttelte sie ab und verfolgte ihren Flug mit dem Blick. Die Fliege setzte sich auf eine der seltsamen Früchte der *Vesper*. ›So ein Ferkel, jetzt besudelt sie gleich Gottes Mahlzeit!‹ Er kicherte, stand auf und erschlug die herumschwirrende Fliege zwischen seinen Händen. Dann legte er sich aufs Bett und schlief ein. Im Traum schwamm er mit Güler zusammen in einem lauwarmen Meer. Sie hatte einen anderen Gesichtsausdruck als das letzte Mal, da er sie gesehen hatte.

Warum wunderte er sich, am Abend auf der Asphaltstraße so viele Leute zu sehen? Er hätte sich doch denken können, dass die mittägliche Menschenleere nicht von Dauer sein würde. Dies hier war eine Sommerfrische wie jede andere auch. Die einen kamen von der Arbeit zurück, die anderen gingen spazieren – nein, sie hatten andere Absichten: Jungen mit schrecklichen Hemden, Fahrrad fahrende Mädchen in Shorts, Leute, die flink umherschauten nach einer Gelegenheit zu Klatsch und Tratsch –, und bei all diesem Tumult aus Autohupen, Fahrradklingeln und Pfeifen wirkte die Menge fröhlich. Trübsinn erfasste ihn. Wen suchte er hier? Vielleicht saß sie ja in einer Seitenstraße traurig und müde am Fenster irgendeines Hauses und wartete, dass er kam. ›Ich bin nicht auf der Suche. Ich habe Hunger und gehe jetzt essen.‹ Neben ihm ertönte eine schrille Fahrradklingel; er sprang auf den Bürgersteig und drehte sich um. Das Mädchen auf dem Fahrrad hatte ebenmäßige, glatte Beine. Keck streckte es ihm beim Vorbeifahren die Zunge heraus und trat dann schneller in die Pedale. ›Klein, aber fein, oho!‹ Er ging weiter und las dabei die Ladenschilder auf der rechten Straßenseite. Als er eines sah, auf dem »Restaurant« geschrieben stand, ging er hinein. Drinnen war es voll. Der alte Mann, neben den er sich setzte, hatte einen spitzen Leberfleck auf der Nase. Er bestellte beim Kellner noch Fisch und Bier, dann zog er seinen inneren Vorhang zu.

Nach dem Essen ging er zum Meer. Auf dem Weg dorthin legte er einem jungen, kerngesunden Bettler, der an einer Straßenecke saß, einen Fünf-Lira-Schein in die ausgestreckte Hand.

»Mein Herr«, rief der Bettler hinter ihm her.

Er drehte sich um. Der zeigte ihm den Schein. »Das war ein Fünf-Lira-Schein!«

»Ist schon gut. Kauf dir was zu essen!«

Er ging weiter und lachte dabei spöttisch vor sich hin. Das Gesicht des Bettlers hatte ihm gefallen. Morgen Abend würde er ihm eine schartige Kuruş-Münze geben. Das würde der nie mehr vergessen. Wie war es in der Welt auszuhalten, wenn man sich solche netten Scherze nicht mehr erlauben könnte? Die Frau, die an ihm vorbeiging, glaubte vielleicht, er lache über sie, jedenfalls schaute sie ihn böse an. Seine gute Laune verging. ›Ich gehe mal hinter ihr her. Damit kenne ich mich schließlich aus.‹ Dann blieb er kurz stehen. ›Und das Meer? Später.‹ Er drehte sich um und folgte ihr. Die Farbe der Blumen auf ihrem ärmellosen Kleid war nicht zu erkennen. Im Sommer schien die Nacht hereinzubrechen, ohne dass es zuvor gedämmert hätte.

Die Frau lief zehn Schritte vor ihm. ›Oder ist es ein Mädchen? Sie trägt keine Strümpfe.‹ Jetzt drehte sie sich nach ihm um. Ihr Gang schien sich zu verändern. Kurz darauf bog sie in eine Seitenstraße ein und sah sich dabei noch einmal um. Das Licht der Straßenlaternen drang hier nicht durch das Laub der Bäume, weshalb die Straße im Halbdunkel lag. Er roch den Duft des Geißblatts, das an den Gartenzäunen hochrankte. Die Frau blieb unter einem Baum stehen und drehte sich nach ihm um.

War er ihr nicht genau deshalb gefolgt? Um einmal mehr festzustellen, dass solche abweisenden Blicke nichts anderes waren als Allüren? Das hätte er eigentlich schon vorher wissen können. Wieso war er dann aber hinter ihr hergegangen? Er wusste es nicht.

»Haben Sie sonst nichts zu tun?«, fragte die Frau.

»Nein. Ich bin ein Müßiggänger.«

Sie prustete los. Ihre Stupsnase erinnerte ihn an jemanden. »Ich wohne hier in der Nähe«, sagte sie. »Gehen Sie jetzt. Außerdem bin ich verlobt.« Sie streckte ihm die Hand hin, um ihren Ring zu zeigen.

Er nahm die Hand und drückte sie. »Das freut mich. Ich hatte Angst, Sie würden sagen, Sie seien verheiratet.«

In der Hand, die er hielt, fand ein Kampf statt zwischen Bleiben und Rückzug. Sie standen an einer dunklen Stelle, aber er wusste, dass sich die Hand zurückziehen würde, sowie jemand des Weges kam. Er drückte sie mit dem Rücken gegen den Baumstamm und beugte sich zu ihr hinunter.

»Was tun Sie da? Ach, Sie werden seh…«

Er verschloss ihren Mund mit seinen Lippen. Zuerst schmeckte er Lippenstift. Ihre Brust war hart unter dem dünnen Stoff. Die Lippen des Mädchens begannen zu schwellen, ihr Körper wurde weich. ›Deshalb bin ich ihr gefolgt. Um wieder einen Körper zu spüren, der nachgibt.‹ Auf einmal sah er Güler vor sich. Das Mädchen glich ihr. Wenn sie blaue Augen und eine schöne Nase hätte, würde sie ihr noch ähnlicher sehen. Er löste sich von ihr und lief davon. Als er um die Ecke war, wischte er sich den Mund mit dem Handrücken ab und roch daran. Lippenstift. Unangenehm. Er spuckte aus und zündete sich eine Zigarette an. In der Nähe des Strandes waren die Straßen voller Menschen, die meisten davon Frauen. Sie saßen auf Schaukelstühlen und schaukelten hin und her. Betraten Häuser und verließen sie wieder. Es gab viel mehr Frauen als nötig auf der Welt.

An einem menschenleeren Sandstrand zog er sich hastig aus, rannte ins Meer und schwamm hinaus, bis er erschöpft war. Aus einem Lautsprecher am Strand drang zwar eine weinerliche Frauenstimme an sein Ohr, aber das Lied störte ihn nicht. Das Wasser war kühl. Während er zum Ufer zurückschwamm, fiel ihm ein, dass seine Hose und sein Hemd gestohlen sein könnten. Es machte ihm nichts aus. Er würde sich auf dem Sand ausstrecken und erst, wenn sich alle zurückgezogen hatten, nach Hause gehen. Als er aus dem Wasser kam, lagen seine Sachen immer noch an ihrem Platz.

Auf dem Nachhauseweg kaufte er zehn Päckchen Zigaretten und eine große Packung Streichhölzer. Er drehte das Licht im Schlafzimmer an und deponierte das Mitgebrachte in dem leeren Koffer unter dem Bett. Dann sah er sich um. Nichts. Er durchsuchte auch das Wohnzimmer. Da auch nichts. So viel nutzloser Kram lag hier herum, aber das Wichtigste, ein Aschenbecher, fehlte. Mit den Frauen war es dasselbe. Es gab viel zu viele Frauen auf der Welt, nur die eine fehlte. Er holte die Vase aus dem Wohnzimmer und stellte sie an den Bettrand. Dann drehte er das Licht aus, richtete das Kissen auf, lehnte sich dagegen und zündete sich eine Zigarette an. Das Fenster auf der anderen Seite, das er durch die Blätter der Bäume hindurch sehen konnte, war erleuchtet. Er starrte dorthin und rauchte währenddessen drei Zigaretten nacheinander. Als das Fenster dunkel wurde, warf er seine Zigarettenstummel in die Vase und legte sich schlafen.

Als er drei Tage später gegen zehn Uhr morgens zum Strand ging, war dieser voller Menschen. Wahrscheinlich weil Sonntag war. Begann er jetzt wieder, sich für die Wochentage zu interessieren? Er konnte sich zwischen diesen Sonntagsausflüglern durchschlängeln und hinausschwimmen. Aber eines würde er ganz sicher nicht tun: mit ihnen zusammen am Strand liegen. Dabei war das seine Lieblingsbeschäftigung: wie ein Wüstengewächs im bequemen, warmen Sand zu liegen. Als er den Strand verließ, stand zu seinem Erstaunen plötzlich Sami in Begleitung eines Mädchens vor ihm.

Hastig sagte Sami: »Mensch, hier bist du! Wieso kommst du nie mal ins Atelier? Willst du zum Strand?«

»Nein, ich wollte gerade gehen.«

Sami deutete auf das Mädchen. »Das ist B.«, sagte er. (Hätte er »meine große Schwester« gesagt, hätten sie sich vielleicht kennen gelernt. Ob das daran lag, dass er nur zwei Jahre jünger war als sie, oder ob es die Marotte eines verzogenen Jungen war – er nannte sie nie seine große Schwester, sondern nur B. So schüttelten sich zwei Unbekannte die Hand.) Sie hatte blaue Augen. ›Warum schaut Sami mich so an? Hat er Angst, dass ich die beiden störe?‹

»Du kommst mit uns zum Strand, oder?«, fragte Sami.

»Nein. Ich fühle mich unwohl. Wenn ich zurück bin, werde ich mal im Atelier vorbeischauen.«

»Gerne. Ich möchte dir ein Bild zeigen.«

Sie gingen auseinander. ›Der Stammkunde der Künstler … Der Junge weiß noch nicht, dass ich keine Bilder mehr kaufe.‹ Er betrat ein Restaurant und machte dabei ein verdrossenes Gesicht. Da er oft hierher zum Essen kam, fürchtete er, man könne in ihm einen Stammgast sehen. Seit drei Tagen folgte er nur seinen Bedürfnissen. Ging schwimmen, legte sich in den Sand, machte einen Spaziergang und schlief, wann immer es ihm beliebte. Nur die Nächte waren immer gleich. Jede Nacht lehnte er sich gegen das Kissen, starrte zum Fenster hinüber, bis dort das Licht ausging, und rauchte dabei eine Zigarette nach der anderen. Nach dem Restaurantbesuch zog er sich in seine Wohnung zurück. Dort las er dann in einem Buch, bis er einschlief.

Als am Abend die Dunkelheit über dem menschenleeren Meer hereinbrach, schwamm er lange und ausgiebig. Eine Weile ließ er sich auf der Wasseroberfläche treiben wie eine abgestorbene Alge und schaute in den Himmel. (Keine Sorge, Philosophie liegt mir nicht.) »Neerii!« Die Frauenstimme, die vom Ufer her gellte, weckte eine Sehnsucht nach trübem Wetter und einem Zimmer mit einem breiten, warmen Bett. »Neerii!« Er erschauerte, als ob ein kalter Strom ihn plötzlich erfasst hätte. Auf einmal fiel ihm ein, dass er vergessen hatte, dem Bettler an der Ecke eine schartige Kuruş-Münze zu geben.

2

Während er sich im Traum noch einmal mit den beiden Männern auf dem Hügel von Mirgün prügelte, erwachte er. Jemand klingelte an der Tür. Wer konnte das sein? Er besah sich die Oberfläche seiner Hand: Man sah noch nicht mal mehr Spuren der Wunde. Vielleicht wollte jemand das Wassergeld eintreiben. Er schlüpfte in seine Pantoffeln, knöpfte sich die Pyjamajacke zu und ging öffnen. Es war eine ältere Frau mit faltigem Gesicht. Nie hätte er geglaubt, dass es auf der Welt eine so hutzelige Frau geben könnte.

»Entschuldigen Sie die Störung. Ich wollte hier durchfegen«, sagte sie.

»Es ist noch nicht staubig. Komm nächste Woche wieder.«

»Frau Naciye ...«

Er schlug die Tür zu. ›Soll sie sich den Hals brechen, die Frau Naciye. Es gibt also sogar hässliche Dienstmädchen.‹ Er wandte sich ab, kehrte dann aber um und öffnete die Tür wieder. Die Frau stand noch immer da. »Komm rein. Aber erwähne den Namen Frau Naciye nicht.«

Er ging aufs Klo. ›Die braucht die Gewissheit, dass ihre geliebten Sachen sauber sind.‹ Er stellte sich eine grob gebaute Frau mit Hängebacken und ausgezupften Augenbrauen vor, die sogar im Sommer langärmelige, schwarze Kleider mit hohem Kragen trug und eine Miene machte, als trauere sie noch immer um ihren seligen Mann.

Er zog sein Hemd an und war gerade auf dem Weg hinaus, da drehte er nochmal um und ging zum Tisch, auf dem die Bücher lagen. Aus dem Spiegel sah ihn Frau Naciyes Mieter verschlagen an. Er ging hinaus, ohne, wie beabsichtigt, das Buch geöffnet zu haben. Im Wohnzimmer richtete sich die Frau auf, den Besen in der Hand. Er legte einen Zehn-Lira-Schein auf das bunte Tischtuch und sagte: »Das ist für dich.«

Die Gartentür quietschte nicht mehr so wie am ersten Tag. ›Du willst immer alles mit Geld regeln.‹ Ja und? Das ist doch die Sprache, die die Leute am besten verstehen! Was sagte der aus Izmir immer? Schlecht leben wir, schlecht. Trotzdem stahl er.‹ Er dachte an seinen Zimmergenossen in Kağızman.

Als er später, nach dem Schwimmen, im Sand lag, fuhr eine leichte Brise durch die Härchen an seinen Beinen. Je dunkler seine Haut wurde, desto heller schienen diese Härchen zu werden. Er wühlte mit den Fersen im Sand, unter der Oberfläche war er kühl. Von rechts kam Gelächter. Ein Junge und ein Mädchen spielten dort mit einem riesigen rot-grünen Ball. Hinter ihnen saß ein alter, vollständig bekleideter Mann – vermutlich ihr Großvater – unter einem rot-weiß gestreiften Sonnenschirm und las Zeitung. Eines der Dinge, die er an den Menschen nicht verstand, war ihre Gewohnheit, Zeitungen zu lesen. Warum verspürten die Leute nur das Bedürfnis, sich jeden Morgen deprimieren zu lassen? Bei den fanatischen Fußballfans konnte er das verstehen. Aber die anderen? In dieser Stadt werden tausende Zeitungen verkauft. Dieser alte Mann zum Beispiel! Macht es ihm vielleicht Spaß zu lesen: IM STADTTEIL FATİH SIND ZWEI HÄUSER ABGEBRANNT und sich dann zufrieden zu sagen: »Na, Gott sei Dank habe ich dort kein Haus.«? EIN MANN HAT SEINE FRAU UMGEBRACHT. »Recht so. Wer weiß, was für eine Schlampe das war.« AUFSTAND IN CHINA. »Sollen sie sich doch alle gegenseitig umbringen. Solange sie nur uns nichts antun.« Wenn da »uns« steht, müsste es eigentlich »mir« heißen, oder? »Ich, mein, mir, mich!« Jeder meint doch nur sich selbst. Den Alten haben sie wohl hierher geschickt, damit er aufpasst, dass die Kinder nicht ertrinken. War es seine Tochter oder seine Schwiegertochter? Der Vater ist zur Arbeit. Abends kommt er heim. »Neri, schau, dein Vater ist da!« ›Dieses Mädchen wird später mal wie seine Mutter. Weiße Waden, rote Fersen ... Eine von Millionen Frauen. Grässlich! Millionen Frauen! Und sie ist nur eine von ihnen! Und dieser Junge mit den breiten Hüften und den dicken Oberschenkeln? Die Zukunft der Menschen hängt von der Form ihrer Körper und Gesichter ab. Nehmen wir nur mal den Alten da. Wieso zieht er sich die Hose nicht aus? Entweder hat er Krampfadern oder unbehaarte Beine. Und dieser Junge mit den dicken Oberschenkeln ... In der Schule wird er gehänselt. Er will aber nicht zeigen, dass er gekränkt ist. Nachts weint er heimlich unter der Bettdecke und grollt den Menschen. Als Erwachsener ist er den Frauen gegenüber schüchtern, weil er glaubt, sie machen sich über seine Hüften lustig. Was für einen Beruf wird er ergreifen? Mit diesen dicken Oberschenkeln? Einen, bei dem er sitzen muss. Buchhalter. Oder Bankdirektor. Und wenn er nicht studieren kann? Kartenverkäufer am Schalter. Oder Schneider.‹ Irgendwie fand er keinen geeigneten Beruf für den Jungen. Um Müßiggänger zu werden, war er zu träge. Ein Müßiggänger zu sein, war die schwerste Arbeit der Welt. Also ließ er ihn kurzerhand im Jahr des Schulabschlusses im dritten Weltkrieg sterben.

Er schaute nach links. Zwanzig Meter entfernt war ein gebräuntes, schönes Bein damit beschäftigt, Sand auf den anderen Fuß zu schaufeln. Der Fuß wurde kleiner und kleiner und verschwand schließlich ganz. Das Bein der Frau hielt eine Weile inne, als gäbe es nichts mehr zu tun. Sein Atem beschleunigte sich. Der Sand in der Nähe seiner Nase roch nach Muschelschalen. Er kratzte sich am Ohr. Warum ging diese Frau nicht ins Meer? Auf einmal begann Sand vom Hügel über ihrem Fuß herabzurieseln. Die Zehen tauchten auf, verblüfft wie ein Maulwurfjunges, das seinen Bau verlässt. Die Frau schüttelte den Sand von ihren Füßen und spielte das ganze Spiel nochmal von vorn. Schließlich schnippte sie den Sandhaufen weg und streckte die Beine aus. Sie machten einen unruhigen Eindruck. Wussten sie, dass sie beobachtet wurden? Er konnte die Augen nicht von ihnen abwenden. Der Sand hatte noch immer den Geruch von Muschelschalen. Dann stand die Frau auf. ›Sie geht. Gut. Ins Meer …‹ Die Beine bewegten sich auf ihn zu. Er konnte den Wind in seinen Härchen nicht mehr spüren. Die Beine blieben neben ihm stehen. Er ließ seinen Blick über den blauen Badeanzug bis hoch zum Gesicht wandern. Es war Ayşe.

»Warum bist du nicht zu mir gekommen?«

Ihre Stimme klang gepresst. Als er sich aufsetzte, fühlte er eine Mischung aus Erstaunen und Scham. Er konnte schließlich nicht sagen: »Ich habe dich nicht erkannt. Ich habe nur deine Beine beobachtet.« Selbst wenn er gewollt hätte, hätte er es nicht sagen können: In seinem engen Brustkorb war nicht genug Luft, um diesen Satz auszusprechen.

»Du hattest Angst, oder?«

Eine strenge Stimme. Die Kinder hinter ihr lachten. ›Nur Kinder können so aus voller Kehle lachen. Und Verrückte ... Es gab mal eine Zeit, da legte ich meinen Kopf auf diese Beine.‹ Er streckte die Hand nach der Hosentasche aus, als ob er angezogen wäre: Er wollte eine Zigarette rauchen. Es war immer dasselbe. Wenn man etwas am nötigsten brauchte, war es gerade nicht da.

»Keine Sorge, ich gehe gleich wieder. Ich bin nur hergekommen, um dir zu sagen, dass ich es weiß. Du wusstest, dass ich dich nicht betrogen habe. Vielleicht hast du das vermutet, als du mich mit Selim auf der Straße gesehen hast. Aber dann hast du nachgedacht und verstanden. Du gehörst nicht zu den Menschen, die so etwas nicht verstehen würden! Trotzdem bist du nicht gekommen. Weil du Angst hattest. Du hast dich vor dem kurzen unangenehmen Moment des Wiedersehens gefürchtet, weil du mich an dem Tag so böse angesehen hast. Dabei habe ich so sehr auf dich gewartet! Im Atelier, am Eingang der Kinos ...«

Es war eine zittrige Stimme. ›In gewisser Hinsicht hat sie Recht. Wir sind alle ängstlich. Wir lieben, weil wir Angst haben, wir leben, weil wir Angst haben, und wir töten, weil wir Angst haben. Das Schlimmste ist, dass wir uns insbesondere vor kurzen Unannehmlichkeiten fürchten. Aber ist es wirklich nur das? Und was hat es zu bedeuten, wenn man die Tür verriegelt, bevor man sich auf den Diwan legt ...‹

»Und dann bist du nachts ins Atelier gekommen, als du

wusstest, dass ich nicht da sein würde. Du wolltest aufhören, an mich zu denken, oder etwa nicht? Und, hat es geklappt?«

Es war eine vertraute Stimme. ›Ihre Stimme eben.‹ Die Last auf seiner Brust verschwand. Er atmete tief. »Nein«, sagte er. »Warum stehst du? Setz dich doch.«

»Ich gehe gleich. Ich bin nur gekommen, um dich das zu fragen. Ich habe dich heute Morgen gesehen, als du das Haus verlassen hast.«

»Du wohnst also auch hier?«

»Ja. Im Haus neben deinem. In der Pension von Naciye Abla.«

Es hörte sich seltsam an, wie sie Frau Naciye Abla nannte. Er wollte nicht, dass sie ging. Er hatte ein paar Fragen an sie und musste ihr ein paar Dinge erzählen. »Geh nicht weg, bleib da«, bat er.

»Heute nicht, heute kann ich nicht bleiben.«

»Ja, gut, dann geh eben.«

Ohne ihr nachzusehen, legte er sich hin und verschränkte die Hände im Nacken. Draußen auf dem glatten Meer lag ein unbemanntes Boot. Der alte Mann rechts von ihm sagte etwas zu den Kindern. Was, konnte er nicht verstehen. Die Kinder lachten. ›Heute nicht. Also vielleicht morgen. Sechseinhalb Monate sind vergangen. Die Angst vor den kleinen Unannehmlichkeiten … Ganz offensichtlich hat sie viel an mich gedacht. Sie hat verstanden. Aber gibt es da nicht auch etwas, was sie nicht verstanden hat, etwas, das selbst ich nicht verstanden habe? Etwas wie: Meine Mutter meint … oder: Heute nicht … Weiß sie denn nicht, dass der heutige Tag unendlich lang sein wird? Wenn sie dageblieben wäre, hätten wir bis zu dem Boot dort hinausschwimmen können. Warum bewegt es sich eigentlich nicht? Ist der Bootsmann vielleicht eingeschlafen? Während ich am Tag meiner Ankunft die Sessel in den Salon schleppte, habe ich sie beim Haus gegenüber um die Ecke biegen sehen. Ich wollte mir zwar einreden, sie sei das nicht gewesen, aber trotzdem habe ich nachts immer zu diesem Fenster hingeschaut. Wenn sie dageblieben wäre, hätte ich erfahren, ob es ihr Fenster ist oder nicht. Ich hätte ihr von Güler erzählt. Hätte sie aufs Ohr geküsst. Sechseinhalb Monate! Für nichts und wieder nichts ... Hat sich der Mann im Boot womöglich auf hohem Meer umgebracht, damit die Fische seine Leiche fressen?‹ Ein unwiderstehlicher Wunsch nach einer Zigarette zwang ihn aufzustehen. Er ging zu seinen Sachen, zündete sich eine Zigarette an und stieg dann in seine Hosen.

Mittags lag er splitternackt im Bett und schwitzte. Kein Lüftchen ging, es war drückend heiß. Vielleicht langweilte sich auch Ayşe hinter dem Vorhang dort drüben. »Heute nicht«, hatte sie gesagt. Es kam ihm heißer vor denn je. Er führte die durch den Schweiß seiner Hand nass gewordene Zigarette zum Mund und zog mehrmals daran. Bei so einem Wetter war es selbst im Schatten der Bäume heißer als hier. Lesen konnte man auch nicht. Er stand schnell auf und ging zu den Büchern, holte das dritte Buch der rechten Reihe heraus und schlug es auf. Das Geld war nicht drin. Dann sah er im zweiten Buch nach. Da war es. Unberührt. Ob er es merken würde, wenn ein Schein geklaut wäre? Schließlich zählte er sein Geld nie. Er stellte das Buch wieder zurück. ›Vielleicht liegt darin der Ursprung all meiner Probleme. Vielleicht ist nicht das Geld an sich wichtig, sondern die Menge des Geldes. Unterschiede sind doch wohl das Wichtigste im Leben der Menschen. Nur die Pflanzen kennen keine Unterschiede. Ein Leben aus Stickstoff, Wasser, Chlorophyll und Sonnenlicht. Auch die Tiere sind ähnlich. Dem Hengst ist es egal, ob die Stute, die er bespringt, rundlich oder knochig ist. Aber immerhin kann er den Weg zum Stall, in dem er sein Futter bekommt, von dem aufs Feld, auf dem er eingespannt wird, unterscheiden. Die Hunde bellen Menschen an, die eine für sie ungewohnte Kleidung tragen. Und die Menschen? Deren Leben besteht aus Unterschieden. Wichtig ist nicht das Essen an sich, sondern was gegessen wird; nicht die Kleidung an sich, sondern die Art der Kleidung oder der Schuhe. Selbst die Namen der Wochentage … An bestimmten Tagen wird auf eine bestimmte Art gelebt. An Sonntagen wird das Sonntagsleben angezogen, am Mittwoch das Mittwochsleben! Nur um zu unterscheiden! Wie bei der Menge des Geldes. Wie die Tatsache, dass Güler blaue Augen hatte.‹ Er drückte seine Zigarette am Rand der Vase aus. ›Wie die Tatsache, dass Ayşe braune Beine hat. Ich gehe jede Wette ein, dass die hutzlige Frau von heute Morgen noch nie mit einem Mann geschlafen hat.‹ Es war heiß und drückend. Er streckte sich in seinem Bett aus und schlief wie ein Toter.

Etwas später schwamm er im Traum mit Ayşe zu dem Boot auf dem offenen Meer. Sie hielten sich am Rand des Bootes fest, aber ein bärtiger Mann schlug ihnen mit einem Ruder auf die Hände. »Ich will nicht. Geht weg«, sagte er und spuckte ihnen ins Gesicht. Die Spucke war klebrig, als sie sie abwischten. Er erkannte den Mann: Es war der aus Izmir. Sie schwammen schnell zurück ans Ufer. Als die hutzlige Frau eine brennende Pinie umarmte und einen »Feuertanz« begann, wachte er auf. Er war nass geschwitzt. Erst nachdem er sich im Bad unter die kalte Dusche gestellt hatte, wurde er wieder ruhig. Er blieb lange unter der Dusche stehen. Wenn er nicht neugierig auf das menschenleere Boot gewesen wäre, hätte er das Bad vielleicht gar nicht mehr verlassen.

Auf der Straße konnte er die Luft förmlich sehen; sie lastete schwer auf ihm und leckte sein Gesicht ab. In der Schule hatte man ihnen beigebracht, die Luft sei »unsichtbar«. Aber weil er sie sehen konnte, musste diese Definition wohl geändert werden. Oder man könnte hinzufügen: »Im Juli des Jahres 195...« ›Der Wievielte war wohl heute?‹ »Also am Soundsovielten wurde die Luft gegen Abend einmal gesehen.« Dafür gab es Wissenschaftler auf der Welt. Und Leute, die auf Feldern, in Fabriken, auf dem Bau oder in Schneiderwerkstätten arbeiteten. Barbiere mit Haaren an den Händen ... Leute, die nass geschwitzt, mit einem Umhang um den Hals, auf den Friseurstühlen saßen ... Das Jucken ... »Wir haben doch heute Abend Gäste!« Die Menschen waren wirklich widerstandsfähige Geschöpfe. Am Strand sah er sich um. Das Boot war weg. Weit draußen fuhr ein Dampfschiff und zog seine Rauchfahne hinter sich her. Das Meer war glatt. Wenn er jetzt hineinsprang, würde es aussehen, als sei er in Olivenöl gefallen. Er zündete sich eine Zigarette an und wartete im Stehen darauf, dass die Sonne unterging. Danach würde er in einem nach verbranntem Fleisch riechenden, unbehaglichen Restaurant zu Abend essen. ›Und danach? Keine Ahnung.‹ Bevor der Tag zu Ende war, lagen noch endlose Abendstunden vor ihm.

Als er in dieser Nacht sein Schlafzimmer betrat, war das Fenster gegenüber unbeleuchtet. Er zog sich im Dunkeln aus und ging zu Bett. Es war nun nicht mehr heiß, aber die Luft war drückend. Man rechnete damit, dass etwas geschah, irgendetwas Neues. Er ließ die Hände über seinen Körper gleiten. ›Wenn sie jetzt das Gesicht an das Fliegengitter pressen und sagen würde: Mach auf.‹ Er schüttelte den Kopf. ›Ich darf nicht nachdenken. Ich muss schlafen! Aber wie?‹ Er war nicht müde. Das erste Mal, dass er sie gesehen hatte, fiel ihm wieder ein; es war in der Ausstellung gewesen. ›Sie wollte mir dieses bleifarbene Bild schenken.‹ Die Früchte an der Wand waren von ihr. Hatte sie das vergessen? »Heute nicht, heute kann ich nicht bleiben.« ›Warum habe ich sie nicht festgehalten? Ja, gut, dann geh eben.‹ Wenn er am Strand ihren Fuß gepackt und sie zu sich heruntergezogen hätte, wäre sie jetzt hier. Sie hatte sonnenverbrannte Beine. Er runzelte die Stirn. ›Ich muss schlafen!‹ Der schnellste Weg ins Morgen war der Schlaf. Die Luft war schwer. ›Und wenn ich zähle? Zweitausenddreihundertdreiundzwanzig. Wenn ich in meinem Todesjahr ankomme, werde ich einschlafen. Zweitausenddreihundertzweiundzwanzig, zweitausenddreihunderteinundzwanzig. In dem Jahr werden auf der Welt Menschen ohne Ohren auftauchen. Zweitausenddreihundertzwanzig … Zweitausendzweihundertsechsundneunzig. Zehra, wo sind denn deine schönen Beine? Zweitausend …‹ Er war erstaunt, als er sich am Ohr kratzte. Dann fing er wieder von vorne an zu zählen. Dazwischen fielen ihm seltsame Dinge ein. Wenn es so weiterginge, würde er nicht sein Todesjahr herausfinden, sondern vielleicht das Geburtsjahr seines Großvaters. Als er inmitten absoluter Stille bei zweitausendeinhundertdreiundsiebzig angelangt war, hörte er die Blätter rascheln. Er öffnete die Augen. Einen kurzen Moment lang leuchteten das Haus gegenüber und die Bäume im Schein des Blitzes auf. Danach war ein Donnerkrachen zu hören, das die schlafende Stadt vermutlich aus dem Schlaf hochfahren ließ. Die Bäume hoben zu einem beständigen Brausen an. In der Nähe kegelte ein leerer Blechkanister durch die Straße. Auf einmal setzte ein Platzregen ein. Draußen brach ein dröhnendes, donnerndes, prasselndes, immer wieder grell aufleuchtendes Chaos aus. Er sprang aus dem Bett. War dies etwa das Neue, auf das er gewartet hatte? Schnell zog er sich an.

Schon als er durch das Gartentor schritt, war er bis auf die Haut durchnässt. Selbst die menschenleere, von den heftig schwankenden Straßenlampen in ein eisiges Licht getauchte Straße sah schön aus. Wo waren all die Leute? Die kamen nur heraus, wenn ihr Haus brannte. Er lief langsam und freute sich an der prasselnden Waschung der Welt. Wenn die dicken Tropfen sein Gesicht trafen, wünschte er sich mehr davon. Diese herzerweiternde Freude war Freude zu leben, zu existieren, er wusste es. In diesem Moment würde er sich vor keinem Fleisch an Fleischerhaken ekeln. ›Der Dampf der Suppe, der Geruch des brutzelnden Fleisches, im Kühlschrank die roten Melonen mit den schwarzen Kernen …‹ Als er schon fast am Meer angelangt war, hörte der Regen ebenso plötzlich auf, wie er angefangen hatte. Das Brausen der Bäume und der entfernte Donner schienen jedoch lauter zu werden. Der intensive Geruch des aufgewühlten Meers drang ihm in die Nase. Er ging zum Strand und zog sich aus. Während sein Körper im nachlassenden Wind trocknete, hörte er in seinem Kopf Klavierstücke von Bach. ›Hinter mir ist jemand.‹ Ein Geräusch wie knirschender Sand und der Atem eines Menschen. Er drehte sich nicht um, er wusste es.

»Ayşe!«

»Ich bins!«

Wer hätte es sonst sein sollen? Alle anderen warteten darauf, dass diese saubere, gereinigte, nach Algen riechende Luft zu ihnen ins Bett kam. ›So wie sie eine Frau erwarten … Sie begnügen sich mit dem, was zu ihnen ins Bett steigt.‹ Hier konnte nur sie ihn finden, die »eine unter Millionen Frauen«, die er gesucht hatte. Er umarmte die nackte Schulter, die sich an seinen Arm lehnte, und drückte sie gegen sich. Waren sie womöglich gemeinsam hierher gekommen? Hatte Ayşe sich im selben Moment ausgezogen wie er? Er würde nicht mehr verzweifeln bei dem Gedanken an den Frauenüberschuss auf dieser Welt. Sie war bei ihm. In seinem Kopf spielte die schönste aller Weisen.

»Hörst du die Weise?«

»Ja.«

Natürlich hörte sie die Weise! Mit der Ungeduld der verpassten sechseinhalb Monate bückte er sich und küsste ihre Beine.

Zwischen ihnen war weder das schnurrbärtige Gesicht seines Vaters noch ein juckendes Ohr. Er umfasste ihre Beine und zog sie zu sich herunter. Gemeinsam fielen sie auf den nassen Sand. Ohne Worte, ohne Angst, so einfach, wie man ein Glas Wasser trinkt … Eine Hand fuhr unablässig durch seine Haare. Irgendwann ertönte von ferne ein lang anhaltender Donner, wurde langsam immer leiser und erstarb schließlich.

3

Wenn ihm vor dem stürmischen Gewitterabend jemand gesagt hätte, dass er bald seine Mahlzeiten in Frau Naciyes Pension einnehmen würde, hätte er ihn ausgelacht. Er konnte sich allenfalls vorstellen, in einem der Lokale ein sogenannter Stammgast zu werden, aber bei Frau Naciye zu essen, wäre ihm nicht in den Sinn gekommen. Und dennoch war es so. Seit zwei Wochen hatte auch er einen festen Platz am Esstisch des großen Wohnzimmers, inmitten der anderen »Gäste« von Naciye Abla – inzwischen nannte er sie Naciye Abla, genau wie Ayşe. Naciye Abla behandelte ihre Gäste wie unerwartete Besucher. Zehn waren sie insgesamt: ein Gymnasialdirektor mit Frau und zwei Töchtern, ein Ingenieur mit Frau und drei Töchtern und Ayşe. Ihre Eltern waren nach Italien gereist, und ihr Vater hatte verlangt, dass sie mit der Familie des Ingenieurs, der bei ihm angestellt war, in die Sommerfrische fahre. »Was für ein Glück, dass ich hierher gekommen bin«, hatte Ayşe gesagt. »Warum bist du nicht mit deinen Eltern zusammen weggefahren?« »Letztes Jahr bin ich mit ihnen verreist. Ein paar Tage lang konnte ich mir etwas vormachen. Museen, Bilder, neue Orte und so weiter … Aber dann bin ich vor Langeweile fast gestorben. Egal, was ich tat, ich blieb immer eine Touristin. Eine Touristin, verstehst du?

Immer mit dem Gefühl, dort nicht hinzupassen, nicht hinzugehören.«

Meistens waren der Ingenieur und der Direktor tagsüber beschäftigt und kamen deshalb nicht zum Mittagessen. Aber es störte ihn nicht einmal, der einzige Mann in dieser weiblichen Gemeinschaft mit den hohen Stimmen und ihrem ganzen künstlichen Getue zu sein. In aller Ruhe kaute er sein Essen. Hatte er sich verändert? Das glaubte er nicht. Die Veränderung bestand lediglich darin, dass *sie* neben ihm saß. Und ...

»Ayşelein, gibst du mir bitte mal das Salz?«

Die Schönheit der Hand, die der dicken Frau des Ingenieurs den Salzstreuer über den Tisch reichte, das Bein, das unter dem Tisch das seine berührte, das Aufglühen der Freude in ihren Augen, wenn er sie ansah, die innere Ruhe, die er neben dem geliebten Wesen spürte und die ihn wünschen ließ, sich auch nicht eine Stunde lang von ihr zu trennen, all das hätte schon ausgereicht, um ihn zweimal am Tag an diesen Tisch zu locken. Und außerdem war da noch der Duft der Gerichte. Dieser Duft, dieses Aroma erinnerten ihn an die Mahlzeiten, die er im alten Haus in Alemdar mit Zehra Teyze einnahm, wenn sie beide alleine waren. Am ersten Abend, an dem er in Naciyes Pension mit am Esstisch saß, hatte die Köchin zuerst ein Tomaten-Fleisch-Gericht und dann gefüllte Auberginen in Olivenöl auf seinen Teller getan. Da hatte er auf einmal innegehalten und nach Ayşes Hand gegriffen; es war eine allgemeine Stille eingetreten, in der weder Gespräche noch Schmatzen oder Besteckgeklapper zu hören waren, und selbst die Kinder schwiegen. Lange hatte er die unverhüllte Liebe in ihren Augen betrachtet, und dann, als alle von ihm in diesem Moment etwas anderes erwarteten, hatte er nur »gut so« gesagt, ihre Hand wieder losgelassen und weitergegessen, ohne die anderen auch nur eines Blickes zu würdigen.

Als die Köchin den Reis mit Auberginen auftrug, sagte die Frau des Ingenieurs: »Oh, Hayri ist ganz verrückt nach diesem Gericht! Hätte man ihm nicht etwas davon aufheben können, für heute Abend?«

»Schon geschehen, liebe Semiha!«

Der Gekränktheit in Naciye Ablas Stimme konnte man anhören, dass sie dachte: ›Seit drei Jahren kenne ich euch schon. Glaubt ihr wirklich, ihr hättet mich daran erinnern müssen?‹ Wie hatte er sich gewundert, als er diese zarte, hurtige alte Frau zum ersten Mal gesehen hatte! Wo war die grobe Frau mit den Hängebacken und den ausgezupften Augenbrauen geblieben, die er sich unter Frau Naciye vorgestellt hatte? Vorurteile sind meistens falsch. Und der muffige Geruch, den er erwartet hatte, als er sie zum ersten Mal mit Ayşe zusammen auf ihrem Zimmer besuchte? Während sein Blick über die Wände gestreift war, hatte Frau Naciye gesagt: »Ich mag Fotos nicht. Sie schränken die Vorstellungskraft ein und zwingen uns, dauernd an sie zu denken.« Er fragte sich, welche Fantasien diese Frau wohl hatte, die sie nicht einschränken wollte. Vielleicht verloren die Menschen auch deshalb das Verständnis für die anderen, weil sie nie lange genug allein waren, um über sich selbst nachzudenken und Fantasien zu entwickeln. Er mochte die Frau sofort – sie aber fand erst später Gefallen an ihm. Ayşe und er hatten sie aufgesucht, um mit ihr zu vereinbaren, dass er von nun an seine Mahlzeiten in der Pension einnehmen würde. Am zweiten Tag nach ihrem Wiedersehen hatte er eine Gereiztheit gespürt, als Ayşe ihn zur Essenszeit allein ließ. So wie er gelegentlich wütend wurde, wenn er an die Hässlichkeit und Überflüssigkeit der menschlichen Ohren dachte, so war er nun wütend, weil der Mensch essen musste, um zu leben. Am Tag darauf hatte er sie zum Mittagessen in ein Restaurant geführt. Aber angesichts ihrer Appetitlosigkeit war auch ihm der Appetit vergangen. Beim Verlassen des Lokals hatte Ayşe ihn gefragt: »Gehst du immer hier essen?« »Entweder hier oder in einem ähnlichen Lokal.« »Hier kann man doch nicht essen, hier kann man nur schwitzen. Ich möchte, dass du bei mir bist. Von heute Abend an – keine Widerrede – isst du in der Pension. Komm, lass uns das mit der Wirtin vereinbaren.« »Die anderen werden mir auf die Nerven gehen. Ich kann das nicht.« »Ich sitze neben dir. Warum nimmst du überhaupt die Menschen so ernst? Wann wirst du endlich lernen, dich über den Unsinn der anderen Leute innerlich lustig zu machen? Komm.« War er nicht auch deswegen mit ihr gegangen, weil es Freude machte, dem geliebten Menschen einen Gefallen zu tun? »In Ordnung«, hatte Frau Naciye gesagt, als sie ihnen den Grund ihres Kommens mitgeteilt hatten. »Das kostet zweihundert Lira im Monat.« »Einverstanden!« »Wollen Sie denn gar nicht handeln?« »Ich feilsche nicht. Ich gebe das, was verlangt wird.« Er ging davon aus, dass die Frau in diesem Moment begonnen hatte, ihn zu mögen. »Dann reichen hundertfünfzig Lira. Ich dachte, Sie seien auch so einer wie der Mann, der das Haus für Sie gemietet hat. Wie der mit mir geredet hat! Unglaublich. In was für einem Verhältnis stehen Sie zu ihm?« »Er ist mein Anwalt.« »Sie werden sehen, der wird Sie noch reich machen.« Er hatte gelacht und geantwortet: »Mich kann niemand reich machen.«

Er griff nach seinem Glas. Zu Reis trank er immer viel Wasser. Semra, die sechzehnjährige älteste Tochter des Ingenieurs, die rechts von ihm saß, kam ihm zuvor und füllte mit der Karaffe sein Glas. Es lief immer gleich ab: Wenn er Wasser trinken wollte, schenkte ihm Semra ein. Für diesen Gefallen hatte er eine einfache, männliche und gänzlich unwissenschaftliche Erklärung: Er hielt es für weiblichen Instinkt, dem Mann zu Diensten sein zu wollen. An diesem Tisch kannte nur Ayşe die wirkliche Bedeutung der Vertrautheit, die Semra ihm gegenüber an den Tag legte. Und vielleicht noch deren Mutter Semiha, was Ayşe allerdings für weniger wahrscheinlich hielt. Mütter merkten gemeinhin erst sehr spät, wenn ihre Töchter zu Frauen geworden waren. Ayşe hatte Folgendes in ihr Tagebuch geschrieben:

> Seit C. beim Essen zwischen uns sitzt, verändert sich Semras Verhalten mir gegenüber von Tag zu Tag. Schluss mit den Umarmungen und dem »Ach, meine liebste Abla«. Stattdessen reservierte, verstohlene Blicke. Sie ist in ihn verliebt und schämt sich wahrscheinlich vor mir, weil sie ihn mir in ihrer Vorstellung schon unzählige Male abspenstig gemacht hat. Seit vor einigen Tagen bei einer Diskussion die Worte »künstlich« und »Allüren« gefallen sind, fährt sie abends auf der Straße nicht mehr Fahrrad. C. hat irgendwann gesagt: »Wenn man Fahrzeuge ständig zweckentfremdet oder wenn ein gesunder Mann einen Spazierstock schwingt, dann sind das nur Allüren. Oder wenn die Kappe, die dazu gemacht wurde, den menschlichen Kopf vor der Sonne zu schützen, auf dem Kopf einer Frau zur Größe einer halben Zitrone zusammenschnurrt. Oder wenn man ein Fahrrad, das dazu da ist, schnell irgendwohin zu gelangen, lediglich mit Shorts bekleidet zu einer Spazierfahrt auf der Straße nutzt. Das ist nur Angeberei.« Sie läuft zwar dabei rot an, aber sie hat sich inzwischen dazu durchgerungen, ihre Eltern – entgegen der Tradition – zu duzen. Wieder wegen C. »Die habe ich gern, die selbst ihre nächsten Anverwandten siezen und dann noch behaupten, sie würden sie lieben. Wer soll das denn glauben? Dahinter steckt doch nur das Bedürfnis, besonders vornehm zu tun«, hat er am selben Abend gesagt. Und das ist ja noch längst nicht alles. Dann sind ja noch die kleinen Aufmerksamkeiten für ihn und das Bedauern, dass es bei den kleinen bleibt.

Dass sie immer den Salzstreuer vor ihn hinstellen muss! Er isst zu salzig. Das ist nicht gut. Immer auf der Lauer, ständig die Hand an der Karaffe, wenn er Wasser trinken will. Dabei ist das Ergebnis immer dasselbe: ein distanziertes »Danke, Kleine«. Einerseits ist sie erfreut, weil es ihr gelungen ist, seine Aufmerksamkeit zu wecken, doch gleichzeitig schaut sie traurig vor sich hin, weil er sie »Kleine« nennt. Vermutlich denkt sie sich dabei: ›Was sind die Männer doch für Esel. Sie verstehen überhaupt nichts. Was soll denn an mir klein sein?‹ Manchmal hört sie auf einmal auf zu kauen und wird rot. Vermutlich immer dann, wenn ihr bloßer Arm C.s Ellenbogen berührt.

Bin ich womöglich eifersüchtig? Ich gebe hier beschämt zu Papier, dass ich gelegentlich heimlich unter dem Tisch nachschaue, ob sich ihre Beine berühren. Dabei weiß ich, dass er die Leidenschaft dieses Mädchens neben ihm gar nicht mitbekommt. Bemerke ich sie womöglich nur deshalb, weil ich C. weniger liebe als er mich? Oder ist es genau umgekehrt? Gestern hat sie ihn nach seinem Lieblingsessen gefragt. Und siehe da: Heute kamen Nudeln mit Sauce auf den Tisch. Das fand ich verdächtig. Da sie ihren Teller nicht anrührte, hat der Ingenieur sie gefragt: »Warum isst du denn nichts, meine Tochter?« »Ich bin satt, Papa.« »Dann gib her, dann ess ich es.« Dieses Zögern ... Die Wut in der Hand, die ihm den Teller reichte! Ach, du verständnisloser Vater! Sie wartete doch nur darauf, dass der geliebte Mann seinen Teller leer gegessen hätte, um ihm den ihren zu geben. Beschwere dich nicht, wenn sie dich in Zukunft weniger lieb hat! Du bist selbst schuld. Als wir vom Tisch aufstanden, habe ich zur Köchin gesagt: »Nudeln mit Sauce an einem Sommertag, was soll denn das?« Und sie hat geantwortet: »Die kleine Semra hat so gebettelt, da habe ich schließlich nachgegeben.« Ich weiß, irgendwann wird sie der Sache überdrüssig. Und schließlich wäre ja wohl dasselbe passiert, wenn statt C. ein anderer junger Mann neben ihr gesessen hätte. Die vergängliche Leidenschaft der

Sechzehnjährigen, die sich mit dem Nächstliegenden begnügt! Das erinnert mich an meinen Onkel Veysel, der seinen Namen in Veysi umgeändert hat, weil er die Endung nicht mochte.

(Wenn man liest, was Ayşe aufgeschrieben hat, muss man über die unsinnige Behauptung lachen, die C. aufgestellt hat. Der weibliche Instinkt, dem Mann zu Diensten zu sein! Und dann behauptet er auch noch, die Frauen zu kennen.)

»Danke, Kleine«, sagte er und führte das Glas zum Mund. Er hatte es noch nicht mal zur Hälfte geleert, da hörte er Naciyes Stimme: »Das reicht. Das Wasser ist kalt. Das tut deinem Magen nicht gut.«

Man machte sich Sorgen um seinen Magen, schenkte ihm nach und legte ihm das größte Stück Wassermelone auf. ›So ein Blödsinn. Aber ich tue, wie Ayşe mir geraten hat, und mache mich innerlich darüber lustig. Wie lange werden sie wohl gegenüber zwei Menschen, die sich vor ihren Augen lieben, tolerant sein können? Welche Empörung wird sie erfassen, wenn sie erst merken, wie anders und unangepasst diese Liebe ist und wie großartig im Vergleich zu ihren eigenen kleinen Gefühlen! Sie werden uns von hier vertreiben und uns ihren Kindern als schlechtes Beispiel darstellen. Als ob es ein schlechteres Beispiel für ihre Kinder geben könnte als sie selbst! Was eint sie denn, all die, die hier unter einem Dach wohnen? Doch nur die Überzeugung, dass sie miteinander auskommen müssen. Der eine will Auberginen zum Reis, der andere nicht; der eine isst salzig, der andere ungesalzen; der eine will früh ins Bett, der andere spät, der eine hört Unterhaltungsmusik, der andere will Jazz. Und dann erst das Aufstehen … Der eine erzählt einen Traum. Sein Gegenüber hört sich nicht gerne Träume an. Ist es nicht sogar bei Eheleuten so? Was haben die denn gemein? Außer dass sie an bestimmten Wochentagen die Körper aneinander reiben? Trotzdem machen sie weiter. Weil sie zu der Überzeugung gelangt sind, dass sie miteinander auskommen müssen. Und genau darin unterscheide ich mich von ihnen: Ich glaube nicht daran. Und das macht mich unruhig und froh zugleich. Ich flüchte mich lieber in meine Einsamkeit, als so etwas zu ertragen. Mir reicht ein einziger Mensch. Eine Gesellschaft, bestehend aus zwei sich liebenden Personen. Da wir nun mal soziale Wesen sind, sollten wir doch am besten lauter enge, unproblematische Zwei-Personen-Gesellschaften bilden.‹ Wenn ihm während des Essens solche Gedanken durch den Kopf gingen, wachte manchmal der in ihm dösende Andere auf und lachte verschlagen. Aber das machte ihm nichts aus. Er fühlte sich wohl.

Wenn er sein Stück Wassermelone aufgegessen hatte, lehnte er sich immer in seinem Stuhl zurück und zog die Zigarettenschachtel aus der Tasche. Es war etwas Besonderes an dieser Zigarette, die er mit Ayşe zusammen nach dem Essen rauchte. Ein Ritual, über das er nicht weiter nachdachte. Zuerst zündete er immer seine eigene Zigarette an, hielt das Streichholz dann vor ihre leicht glänzenden Lippen und blickte ihr in die Augen, die sie zusammenkniff, als ob sie sich vor dem aufsteigenden Rauch fürchtete. Immer fand er in ihrem Blick, was er zu sehen wünschte. Der volle Magen machte ihn schwer und schläfrig; er ließ den Blick schweifen und zog gelegentlich an seiner Zigarette. Nur in diesen Momenten dachte er beim Anblick der jungen Tochter des Direktors, die mit ihren blonden Locken ihm gegenüber und neben ihrer Mutter saß, nicht wie sonst: ›Wieder eine, die in zehn Jahren ein Weibsbild sein wird.‹ Irgendwann drückte schließlich einer von beiden mit einem ungeduldigen Achselzucken diese Nachtischzigarette aus, noch bevor sie aufgeraucht war. Das Ritual sollte vermutlich den Moment, in dem sie vom Tisch aufstehen würden, etwas hinauszögern und so die Freude, endlich wieder allein zu sein, verstärken. Sie spielten mit ihrem eigenen Begehren, und da es jederzeit in ihrer Hand lag, dieses Spiel zu beenden, wurde die Situation nie unerträglich. Er hätte stets noch ein wenig länger warten können. Wie hatte er sich gefreut, als er sah, dass Ayşe mit dem Rauchen begonnen hatte! »Die Tage, an denen ich im Atelier auf dich gewartet habe, habe ich andauernd geraucht!«

An jenem stürmischen Abend im Sand hatte sie ihn um eine Zigarette gebeten. Es lagen zwar welche in seiner Hosentasche, aber sie hatten nicht rauchen können, weil die nassen Streichhölzer sich nicht entzündeten.

Er presste nun seine Schulter gegen die ihre. Sie drückten ihre Zigaretten in der Melonenschale aus und standen auf. Ayşe sah, dass Semra den Kopf gehoben hatte, und dachte, sie wolle etwas sagen. Seit fünf, sechs Tagen wartete sie darauf, dass Semra sie fragen würde: »Darf ich mit euch kommen, wenn ihr zum Strand geht?« Ihre Blicke trafen sich. Sie sah die Traurigkeit und Unentschlossenheit im Blick des Mädchens. Semra senkte den Kopf und schwieg.

»Bis bald!«, sagten sie und gingen.

»Bis dann! Kommt heute Abend nicht zu spät!«

Draußen schien die Sonne, es war fast windstill. Solche Tage verbrachten sie am Strand. Während Ayşe malte, lag er im Sand und sah ihr zu. Bei Windstille hielten sie ein paar Stunden Mittagsschlaf und gingen dann schwimmen. Solange man sich nicht darüber beklagte, dass die Tage so schnell vergingen, war man glücklich.

Ayşe sagte: »Dieses Mädchen gibt mir zu denken.«

»Welches Mädchen?«

»Semra.«

»Hä?«

»Hattest du nicht den Eindruck, dass sie uns etwas fragen wollte?«

»Keine Ahnung. Kümmere dich doch nicht um die! Reicht es etwa nicht, dass wir jeden Tag anderthalb Stunden mit ihnen verbringen, musst du dir dann auch noch Gedanken über sie machen? Wolltest du nicht malen?«

»Doch.«

Sie blieben vor ihrem hellgrünen Haus stehen. Mittlerweile war es »ihr« Haus geworden. Seit sechs Nächten ging Ayşe zum Schlafen nicht mehr in die Pension. Er zog den Schlüssel aus der Hosentasche. Drinnen erinnerte er sich an den Tag, an dem Ayşe das Haus zum ersten Mal betreten hatte. Es war am Morgen nach der Gewitternacht gewesen. Beim Aufwachen hatte er, wie üblich, die Augen wieder geschlossen und eine Weile dem Tschilpen der Spatzen zugehört. Ob die Vögel aber tatsächlich Spatzen waren, wusste er nicht. Nachdem er eine Flasche Orangensaft getrunken, sich eine Zigarette angezündet und wieder ins Bett gelegt hatte, waren die Spatzen verstummt. Er hatte den Blick auf das Fenster mit den geschlossenen Vorhängen im Haus gegenüber gerichtet und abgewartet, so als ob er sie gebeten hätte, herüberzukommen. Beim Abschied am Vorabend hatte er sie nicht am Arm gepackt und mit zu sich nach Hause genommen. Er wäre sonst nie den Zweifel losgeworden, ob er sie vielleicht zu etwas gezwungen hätte, was sie nicht tun wollte – oder wovor sie sogar zurückscheute. Als er Ayşe sah, wie sie, mit beiden Händen die Augen abschirmend, durchs Fenster guckte, war er verblüfft: Er hatte erwartet, dass zuerst der Vorhang im Haus gegenüber aufgezogen würde.

»Bist du immer noch im Bett?«, rief sie am Fenster. »Komm, mach auf.« Kaum war sie ins Zimmer getreten, hatte er sie auf das Bett gezogen und ihr das Fenster gegenüber gezeigt. »Ist das deins?« »Nein, dort wohnen der Ingenieur und seine Frau. Ich bin im Stock drunter. Warum fragst du?« Ohne eine Antwort abzuwarten, war sie aufgestanden und mit dem Rücken zu ihm in der Mitte des Raums stehen geblieben. Sie betrachtete das von ihr gemalte Bild. Plötzlich stürzte sie sich mit Tränen in den Augen auf ihn. »Mein Schatz, mein dickköpfiger Geliebter. Ich liebe dich.« Solange er mit ihrer schier endlosen Knopfreihe beschäftigt war, brachte er das Wort nicht über die Lippen. Er konnte es erst aussprechen, als er ihre Beine streichelte, ohne dass sein Ohr juckte. Auf Ayşes Kleid, das auf dem Boden lag, sah er tanzende Afrikanerinnen mit weiten Röcken.

Heute trug sie wieder dieses Kleid. Die hatten es in sich, diese Afrikanerinnen. Er stellte sich neben Ayşe, die ihre Farben in einen kleinen Holzkasten stopfte, drehte ihr Gesicht zu sich und umarmte sie.

Ayşe legte die Hände auf seine Schultern und sagte lachend: »Wenn wir so weitermachen, wird dieses Bild nie fertig.«

»Meine liebe, schmutzige Frau!«

»Sind meine Lippen ölig?«

»Ja.«

»Warte, ich wische sie mir ab. Vielleicht magst du sie so nicht küssen.«

Er küsste sie. Ihre Hände liebkosten seinen Nacken. Warum kniff sie die Augen zusammen, wie alle anderen auch? Während seine Hände ihren Rücken entlang nach unten wanderten, legte Ayşe den Kopf zurück: »Ach, wir haben ganz vergessen, dass wir malen gehen wollten.«

Sie lösten sich voneinander, nahmen ihre Strohhüte vom Tisch und setzten sie auf. Er sah Ayşe nicht an. Manchmal schämte er sich, weil er ihren Körper so oft begehrte. Er nahm die Staffelei unter den Arm und ging hinaus. Ayşe folgte ihm mit dem Holzkasten in der Hand und zog die Tür zu. Auf der Straße griff er nach ihrem nackten Arm und fragte: »Geht es dir nicht auf die Nerven, dass ich dich dauernd irgendwo anfassen muss?«

»Nein, es gefällt mir. Ich fühle mich … Wie hieß nochmal das Mädchen, von dem du gesagt hast, es war so hübsch?«

»Güler.«

»Genau. Ich fühle mich dann schöner und anziehender als Güler. Es schmeichelt mir. Hast du sie auch immer so geküsst wie mich?«

»Nein, die habe ich immer gebissen.« Sie lachten. Er deutete mit dem Kopf auf eine alte Frau, die ihnen entgegenkam. »Was wetten wir, dass diese Frau neun Kinder geboren hat, vier Jungen und fünf Mädchen, und dass zwei der Söhne Lehrer und zwei Ingenieure sind?«

»Worum wetten wir?«

»Um einen Kuss mitten auf der Straße. Wenn ich Recht habe, küsse ich dich, wenn ich Unrecht habe, küsst du mich.«

»Nichts da.« Die alte Frau ging an ihnen vorbei. »Ich wette nicht.«

»Warum nicht?«

»Weil man uns verprügeln würde.«

»Stimmt. Sie würden aus ihren Wohnungen gerannt kommen, sich auf uns stürzen und uns verprügeln. Wir werden immer Angst vor ihnen haben, ganz gleich, was wir tun. Und wehe, wir haben keine Angst! Aber mit dir zusammen zu sein, ist schön, so schön!«

Er drückte den Arm in seiner Hand. Auf dem Weg zum Meer sagte keiner mehr ein Wort. Sie gingen zu einem schmalen, abgelegenen Sandstrand, den an beiden Seiten mannshohe, von ausgedörrten Algen überzogene Felsen umschlossen. Hier arbeitete Ayşe an ihrem Bild *Meer, an dessen Ufer sich zwei Menschen geliebt haben.* Auf diesem Abschnitt des Strandes, vermuteten sie, hatten sie sich an jenem Gewitterabend gewälzt.

Er setzte die Staffelei ab und stellte sie an die gewohnte Stelle. Zog dann zwei Zigaretten aus seiner Hosentasche und zündete sie beide gleichzeitig an. Eine schob er Ayşe, die ihre Farben im Schatten des Holzkastens ausbreitete, zwischen die Lippen. Schließlich streckte er sich am Fuß der Felsbrocken aus. Er nahm nun kein Buch mehr mit. An den ersten Tagen hatte er zu lesen versucht, während Ayşe malte. Aber es klappte nicht. Mittags gaben die Felsen keinen Schatten mehr, und vom grellen Licht tränten ihm die Augen. Die Buchseiten schienen sich mit merkwürdigen farbigen Schlieren zu überziehen. Er zog sich den Strohhut ins Gesicht. Wenn er so dalag, ließ er seine Gedanken frei umherschweifen. Neulich war er sogar eingeschlafen. Unglaublich, dass er hier schlafen konnte! Und was hatte Ayşe gelacht, als sie ihn aufgeweckt hatte! Auch er war in ihr Lachen mit eingefallen, aber er hatte ein Gefühl wie Eifersucht verspürt. Vielleicht war er auf sie neidisch, weil sie eine Beschäftigung hatte, weil sie malte. Dennoch fühlte er sich wohl.

Er schloss die Augen und wartete auf das Pfeifen. An diesem Pfeifen erkannte er immer, wann Ayşe zu arbeiten begonnen hatte. ›Sie pfeift nur ab und zu ein paar Töne. Das ist ihr Tick. Dadurch wird es leichter für sie. Alle Menschen haben einen Tick. Güler nicht. Wirklich nicht? Und dass sie ihre Haare zurückstrich? Eben. Seit zwei Wochen juckt mein Ohr nicht mehr. Oder kratze ich mich, ohne es zu merken? Streichle und küsse ich ihre Beine so oft, um mich selber davon zu überzeugen, dass ich keine Angst habe? Ich habe keine Angst.‹ Er öffnete die Augen. Ayşe hatte ihm den Rücken zugewandt und sah aufs Meer. Der Meeresspiegel war ein wenig gekräuselt. Der Wind spielte mit dem Saum ihres knielangen Kleides. Er könnte diese nackten Beine jetzt küssen. Er hatte keine Angst. ›Im Moment existiere ich nicht für sie. Und wenn schon. Das ist eine vorübergehende Nichtexistenz, wie im Schlaf. Wenn sie aufwacht, existiere ich für sie umso mehr. Falls heute niemand kommt. Ausgerechnet ich, der ich die Maler immer dränge, an die Luft zu gehen, habe neulich die beiden Jugendlichen verscheucht. Weil sie nicht Ayşes Gemälde, sondern nur sie selbst angestarrt haben. Warum fängt sie nicht an? Ich fühle mich so wohl, hat sie neulich gesagt, ich werde dieses Bild nie fertig malen. Dann eben nicht, umso besser. Ist das beste Werk eines Künstlers nicht immer dasjenige, das er nicht vollendet? Und kann man überhaupt ein Bild malen, bei dem alle Betrachter erkennen können, dass es das *Meer, an dessen Ufer sich zwei Menschen geliebt haben* darstellt? Selbst die Verständigsten unter ihnen werden sagen: Das helle Türkis dieses Meeres passt gut zum Grau, da sollte dem Sand offenbar ein belebender Ton beigemischt werden. Mehr sehen sie nicht. Nur wir zwei werden es wissen, wenn das Bild fertig ist. Ich werde sie bitten, ein Bild vom Strand zu malen, wie er im Blitzstrahl aufleuchtet und wieder im Dunkel versinkt. Aber hier geht das nicht. Im Winter, im Atelier. Wir werden wieder diese Weisen hören. Dann wird der Sommer kommen, dann der Winter. Immer wir beide zusammen. Jetzt existiere ich nicht für sie. Sie könnte doch jetzt den Pinsel hinwerfen und zu mir kommen! Und sagen: Küss mich. Gemeinsam mit den Afrikanerinnen, die auf deinem Kleid tanzen, rufe ich dich: Komm her, komm!‹ Er nahm einen tiefen Zug an der Zigarette und stieß den Rauch aus. Winzige Wellen plätscherten im Sand. Ayşe kam nicht zu ihm. ›Selbst zwei Menschen, die sich lieben, haben nicht im selben Moment dieselben Gefühle. Das ist wichtig, das darf ich nicht vergessen.‹ Die wichtigen Probleme der Zwei-Personen-Gesellschaften? Das könnte der Titel eines Essays sein. Wenn das mal jemand schreiben würde. Ich etwa? Nein, im Moment lebe ich. Ich kann nur entweder suchen oder leben. Die gleichen Gefühle zur selben Zeit hat man erst, wenn sich zwei Körper berühren. Wenn ich ihre Beine gestreichelt hätte, wäre sie in meine Gefühlswelt eingetreten. Oder nicht? Woran dachte ich immer, wenn ich Güler küsste? Trotzdem hatten wir etwas gemein. Kurz gesagt: Der Strom der Gefühle kann nur fließen, wenn sich menschliche Körper berühren. Eine weitere Besonderheit bei der allgemeinen Definition der Luft: Luft leitet nicht. Wollt ihr ein vollkommenes Einvernehmen? Dann auf, ihr Menschen, verstopft die Luftlöcher zwischen euch! Und die Augen, die Blicke? Sagt Eluard nicht sinngemäß: Wenn Augen zu sprechen beginnen, schweigt alles andere. Pf! Was für schwierige Themen! Hör auf nachzudenken, lass dir diesen schönen warmen Sand nicht verleiden.‹

Er ließ den Sand durch seine Hände rieseln. Warm war er. Schön warm. Dann zog er seine Schuhe aus. Die Fußnägel waren schon wieder gewachsen. Er musterte seine Hände. Sein Gehirn, das Nachdenken gewohnt, ließ sich nicht ausschalten. Es stellte lange Betrachtungen über den Zusammenhang zwischen dem Wachstum der Fingernägel seiner rechten Hand und der menschlichen Einsamkeit an.

Lange Zeit später rief Ayşe: »Es geht nicht, es geht nicht!«

Er sprang auf. ›Was geht nicht? Ach ja, das Bild.‹ Er ging zu ihr. Auf der Leinwand war ganz zweifellos ein Meer zu sehen.

»Es geht nicht! Es gelingt mir nicht!«, rief Ayşe.

»Setz dich nicht unter Druck. Irgendwann klappt es schon. Du weißt doch, wir haben es nicht eilig.«

»Ich werde es nie schaffen, nie!«

Er nahm ihre Hand und streichelte sie. ›Ich möchte nicht, dass du so unglücklich dreinschaust. Lass uns die Hände halten. Den Kreis der Gefühle schließen.‹

»Vergiss nicht, wir haben keine Eile. Denk nur mal an jenen Abend zurück; du wirst sehen, wie gut es klappt.« Er ließ ihre

Hand los. »Wie traurig deine Stimme eben war! Ich habe mich erschrocken. Ich war gerade eingeschlafen.« Sie lachten. »Sollen wir gehen?«

Er zog sich die Schuhe an und setzte den Hut auf. Ayşe richtete sich auf, schwenkte den Holzkasten in ihrer Hand und sagte: »Den kann ich auch genauso gut ins Meer werfen.«

Auf einmal stieg eine große Freude in ihm hoch. Er fragte sich noch nicht mal, ob dieser Satz für Ayşe auch am nächsten Tag noch gelten würde.

Als sie in jener Nacht im Dunkeln nebeneinander lagen, sagte Ayşe: »Heute Abend hast du dich beim Essen gar nicht mit ihnen angelegt. Dabei dachte ich, du würdest dich einmischen, als sie es ständig mit der Toleranz hatten.«

»Es lohnt sich nicht. Die beiden Männer sind doch Hohlköpfe. Ist dir denn nicht aufgefallen, dass sie seit unserer Diskussion über die Allüren immer schweigen, wenn ich den Mund aufmache? Sie haben Angst vor mir. Ich halte mich an deinen Rat und mache mich im Stillen über sie lustig. Die beiden tun so, als ob es auf der Welt so etwas wie Toleranz gäbe. Aber die Menschen vergeben es niemandem, anders zu sein als sie selbst. Wir bezeichnen diejenigen als tolerant, die versuchen, anderen ihre Andersartigkeit zu verzeihen. Dabei wissen wir genau, dass das keine Toleranz ist.«

»Sie sind aber doch nett zu uns!«

»Weil sie uns zu kennen meinen, nur deshalb. Sie glauben, wir passen uns ihren Maßstäben an. Wenn sie ihren Irrtum begriffen haben, werden sie uns fortjagen.« Er streichelte ihre Haare. »Bist du nicht müde?«

Ayşe richtete sich auf. »Doch.«

Sie standen auf. Sie schliefen nicht im selben Zimmer. Für ihn war das ein Weg, in einer Zweier-Gesellschaft die Liebe aufrechtzuerhalten. Dass die Liebe zwischen zwei verheirateten

Menschen nach und nach abflaut, führte er vor allem darauf zurück, dass sie im selben Bett schlafen. Die Ungeniertheit des schlafenden menschlichen Körpers; das Schnarchen, das Furzen, das monotone Luftholen – all das raubte dem geliebten Körper seinen Zauber. Aber war das wirklich der Hauptgrund? Oder benutzte er das lediglich als Vorwand und wollte in Wirklichkeit nur vermeiden, dass ihn irgendjemand im Schlaf beobachtete? In seinem ganzen Leben hatte er noch nie mit jemandem im selben Bett geschlafen.

Zusammen betraten sie Ayşes Zimmer. Er schaltete das Licht an und wartete, bis sie zu Bett gegangen war. Dann sagte er: »Wenn doch schon Winter wäre.«

»Warum?«

»Wenn es kalt wäre, könnte ich unter dem Vorwand, dich gut zudecken zu müssen, noch einmal zu dir kommen und dich küssen.«

»Komm her!«

Sie küssten sich lange. Schließlich drückte sie seine Schultern weg und sagte: »Geh jetzt. Der Winter wird doch kommen, oder etwa nicht?«

»Bestimmt. Gute Nacht.«

»Gute Nacht.«

Er löschte das Licht und ging. In seinem Zimmer zündete er sich eine Zigarette an und streckte sich aus. Anstelle der Vase stand nun, auf einem niedrigen Beistelltisch, ein Kupferaschenbecher neben seinem Bett. Sogar einen Kühlschrank hatten sie in der Küche. Von seiner Zigarette fiel ein wenig heiße Asche auf seine Wange; er rieb sich die Stelle. ›Das Einzige, was mich im Moment stört, ist diese leichte Verbrennung‹, dachte er. ›So viel Zufriedenheit macht mir Angst. Ich sollte wenigstens für ein paar Tage krank werden!‹

4

7. August

Die ganze Arbeit in der Pension wird von drei hageren Frauen verrichtet. Wie kommt es nur, dass sie so dürr sind, obwohl sie mehr essen als wir? Der Gymnasialdirektor, der eine Leidenschaft für schlüpfrige Bemerkungen hat, nennt sie »die drei Windmühlen, aus denen der Weizen unten genau so herauskommt, wie er oben zwischen die Mühlsteine gekippt worden ist«. Darüber lachen sie dann. Einmal hat der Ingenieur nachgefragt: »Wieso eigentlich Wind- und nicht Wassermühlen?« Der andere hat sich umgeschaut und leise gesagt: »Findet man etwa am Rand eines Baches so trockene Pflanzen?«

Hier haben wir mal wieder ein Beispiel für den berühmten männlichen Scharfsinn! Lassen wir es dabei bewenden. Zwischen diesen drei Frauen – Naciye Abla, der Köchin und dem Zimmermädchen – gibt es eine bis ins kleinste Detail festgelegte, unveränderliche Arbeitsteilung. Den Einkauf besorgt morgens Naciye zusammen mit der Köchin. Das Hausmädchen macht sauber und wäscht die Wäsche in der Waschmaschine. Naciye bügelt. Die Köchin trägt das Essen auf. Das Hausmädchen schneidet Zwiebeln, weil ihr die Augen nicht tränen. Dafür macht die Köchin die Küche sauber. Das Geschirr waschen beide zusammen ab. Das ist der heikle Punkt bei der Arbeitsteilung. Manchmal dringt Gezeter aus der Küche. Wie schwer es den Menschen nur fällt zusammenzuarbeiten! Wie das Leben dieser drei Frauen wohl aussieht, wenn die Gäste nach den vier Monaten wieder abreisen? Wie verbringen sie die restlichen acht Monate des Jahres in diesem menschenleeren Haus? Worüber reden sie? Verschönern sie ihre Erinnerungen mit Lügen? Und wenn Naciye und die Köchin über ihre jeweiligen Ehemänner reden, was denkt sich dann das unverheiratete Hausmädchen, und was für Fragen stellt es?

8. August

Heute Abend habe ich das Licht angemacht und mir meine Beine angesehen. Sind sie wirklich so schön? Was ist denn so besonders an ihnen? Wer außer ihm könnte mir das sagen? Warum bringe ich es nicht über mich, ihn danach zu fragen? Wenn ich nur seine Augen sehen könnte, wenn wir uns küssen! Ich sehe immer nur seine Haare.

10. August

Ich bin alleine zum Abendessen gegangen. Er ist nicht gekommen. Angeblich hatte er Magenschmerzen. Naciye hat nach ihm gefragt. Sie hat ihm einen Zwiebelsud mit Pfeffer empfohlen. Beim Essen war der Platz zwischen Semra und mir leer. Sie aß lustlos. Gerade als ich dachte, sie würde mich ansprechen, hörte ich die Stimme des Direktors. »Ayşe Hanım, Ihr Erbprasser vertritt wirklich schreckliche Ideen.«

Vor Wut fingen meine Augen an zu brennen. »Sie sind ja noch schlauer, als ich dachte«, sagte ich.

»Wie bitte?«

»Sie sind schlau. Und so verständnisvoll! So verständnisvoll, dass Sie ihm das Wort Erbprasser nicht ins Gesicht sagen, sondern mir stecken – hinter seinem Rücken.«

»Glauben Sie etwa, ich hätte nicht den Mut, es ihm ins Gesicht zu sagen?«

»Ich glaube das nicht, ich weiß es. Sie wissen nämlich, dass Sie hinterher diese wundervollen Mahlzeiten mit ein paar Zähnen weniger essen müssten.«

Ein Schweigen breitete sich am Tisch aus. Erst als eins der kleinen Mädchen sagte: »Mutter, ich will Wasser«, setzten die Gespräche und das Besteckgeklapper wieder ein. Der Ingenieur erzählte langatmig, wie er heute einen Arbeiter hinausgeworfen hatte, der regelmäßig die Arbeit verweigerte. Ich habe immer nur auf meinen

Teller gestarrt. Ich war wütend auf mich selbst, weil ich die Nerven verloren hatte. War es das wert? Dabei war ich es doch, die ihm empfohlen hatte, sich innerlich lustig zu machen. Nach dem Essen sagte ich gute Nacht und ging.

Im Garten rief der Ingenieur hinter mir her: »Ayşe, warte mal kurz!«

Ich blieb stehen.

»Wie soll das weitergehen?«, fragte er.

»Was?«

»Euer Zusammenleben.«

»Einfach so. Es wird einfach so weitergehen.«

»Du wirst noch schwanger von ihm. Der heiratet dich niemals. Der heiratet niemanden. Das ist kein normaler Mensch. Hast du denn keine Angst vor ihm?«

»Nein. Ich liebe ihn. Ich habe Angst vor normalen Menschen.«

»Aha! Ich werde deinen Vater benachrichtigen müssen.«

Das sagte er mit großem Unbehagen.

»Nicht nötig. Das habe ich selbst schon gemacht«, erwiderte ich.

Haben wir ihnen denn etwas angetan? Wieso lassen sie uns nicht leben, wie wir wollen? Wer weiß, was er meinem Vater alles schreiben wird! Du wirst noch schwanger von ihm, hat er gesagt. Diesen Monat ist es schon drei Tage drüber. Schwangerschaft kann zu Gereiztheit führen. Heiraten! Sich in einem nervtötenden Büro der Amtshandlung eines Unbekannten unterwerfen, der uns vereinigt. Das sind seine Worte. Ich habe ihm nicht erzählt, was beim Essen vorgefallen ist.

11. August

Aus den Blicken der Direktorsgattin schließe ich, dass sie ihrem Mann gestern Abend die Leviten gelesen hat. Bei beiden Mahlzeiten hat er sich wie ein verhinderter Held aufgeführt, so als ob ihn nur seine gute Erziehung daran hinderte, seine Furchtlosigkeit zu beweisen. Die Stimmung am Tisch war gereizt. Naciye Abla saß wie auf Kohlen. Sie sieht die heimliche Angst des Direktors nicht. Offene Angst macht einen Menschen zum Mörder, heimliche Angst bewirkt, dass er sich ordentlich benimmt. Die Erwachsenen sprachen nur sehr wenig. Alle hörten wir den Kindern zu. C. merkte von der Gereiztheit um ihn herum gar nichts. Vielleicht doch. Wenn ich ihn fragen würde, müsste ich ihm alles erzählen.

13. August

Nicht schwanger. Ich schäme mich wegen meiner unbändigen Freude.

14. August

Am Ende sind wir doch von den gemeinsamen Mahlzeiten in der Pension ausgeschlossen worden. Als es heute Morgen an der Tür geklopft hat, sind wir beide öffnen gegangen, noch im Schlafanzug. Naciye ließ sich mit bleichem Gesicht in einen Sessel im Wohnzimmer fallen und verlangte nach Wasser. Ich rannte in die Küche und holte ihr welches. Die Hand, die das Glas hielt, zitterte. Sie berichtete stockend, dass die anderen nicht mehr mit uns zusammen essen wollten. Wenn wir dabei seien, fühlten sie sich unwohl. Außerdem wären da ja noch die Kinder.

»Ihr glaubt gar nicht, wie leid es mir tut«, sagte sie. »Ich habe euch sehr verteidigt. ›So was könnt ihr den beiden Menschenkindern doch nicht antun‹, habe ich gesagt. ›Warum denn nicht‹, haben sie geantwortet. ›Sollen sie doch in ihrem eigenen Haus essen.‹ Sie verstehen euch nicht, und sie können euch nicht ertragen! Zum Schluss haben sie noch gesagt: ›Entweder die oder wir.‹«

»Na, dann wir«, sagte C. »Sollen sie doch gehen. Ich bezahle dir ihre Miete. Ich zahl dir sogar mehr! Wir essen mit dir zusammen.«

Naciyes Augen füllten sich mit Tränen. »Das kann ich nicht. Ihr beide seid euch genug. Nach dem Essen geht ihr. In den letzten drei

Jahren habe ich mich an diese Leute gewöhnt. Ich sehne den Sommer herbei. Dann sind die Kinder wieder da, darüber freue ich mich. Wenn ich ihr Geschrei nicht mehr höre, werde ich traurig. Ich kann das nicht. Ich werde euch jeden Tag euer Essen hierher bringen lassen.«

Als sie gegangen war, kam C. zu mir und umarmte mich. Ich wunderte mich über die Freude in seinen Augen. »Gibs zu«, sagte er.

»Was?«

»Dass sie intelligenter sind als wir.«

»Wieso?«

»All die Tage sind wir nicht auf die Idee gekommen, uns das Essen hierher bringen zu lassen. Jetzt sind wir sie endlich los.«

Wieso freut er sich nur so, dass er von anderen Leuten getrennt ist?

Als er sah, dass der Strand voller Leute war, sagte er: »Sonntagsausflügler« und mietete ein Boot. In einiger Entfernung vom Strand sind wir dann geschwommen. Während ich mich im Boot abtrocknete, hat er sich zu meinen Beinen heruntergebeugt. Seine Haare waren nass. Ich habe ihn daran erinnert, dass ich einige Tage »tabu« bin.

5

Als die Hintergrundmusik einsetzte, schloss er die Augen und nahm sich vor, sie nicht mehr zu öffnen, bis das Licht wieder anging. Das Letzte, was er sah, war das tränennasse Gesicht des Jungen, der von seinem betrunkenen Vater verprügelt wurde; es füllte die ganze Leinwand aus. Die Musik kannte er nicht; womöglich war sie extra für diesen schlechten Film komponiert worden. Ayşe saß neben ihm, die Schulter an seinen Arm gedrückt. Er grollte ihr, weil sie an diesem Abend ins Freilichtkino hatte gehen wollen und er sich jetzt in einem quietschenden, zerbeulten Sessel einen nervtötenden Film ansehen musste. Kaum waren sie in der Häuserlücke angekommen, hatte ihn der Anblick der Kinderwagen, die im Gang zwischen den Stuhlreihen standen, schon verdrießlich gestimmt. Offenbar bestand das Hauptziel der Zwei-Personen-Gesellschaft darin, sich in eine Drei-Personen-Gesellschaft zu verwandeln. Sie waren an den Kinderwagen vorbei nach vorn gegangen und hatten in einer leeren Sitzreihe Platz genommen. Als ein Junge mit klirrenden Brauseflaschen an ihnen vorbeigezogen war, hatten sie ihm zwei abgekauft. Beim Aufstoßen hatte er eine Mischung aus Orangen und grünen Paprikaschoten gerochen, und Ayşe hatte sich beschwert: »Warum halten sie die Flaschen nicht kühl!«

Ein Pistolenschuss setzte der Hintergrundmusik jäh ein Ende. In der plötzlichen Stille hätte er fast die Augen geöffnet, um zu sehen, was für einen Unsinn sich der Regisseur nun wohl wieder ausgedacht hatte. Aber er ließ die Augen geschlossen. Bis das Licht wieder angeht, hatte er sich gesagt. Von diesem Entschluss konnten ihn allenfalls ein Zucken mit der Schulter und ein Wort von Ayşe abbringen. Mit Mühe widerstand er dem Wunsch, die Augen zu öffnen, und wartete sehnlichst auf dieses Wort. Dabei versuchte er, auch die kleinste Berührung ihres Armes zu vermeiden. Es war wichtig, dass der Impuls von ihr kam. Wenn er seinen Arm bewegte, würde sie das ersehnte Wort sagen. ›Haben unsere Schultern ihren alten Zauber verloren? Oder ist sie in diesen Film vertieft? Wenn ich nur sehen könnte, was für ein Gesicht sie macht!‹ Auf der Leinwand schrie eine Frau: »Was hast du getan, mein Sohn? Du hast deinen Vater getötet!« Seine Armmuskeln verkrampften sich schmerzhaft.

Auf einmal drückte sich Ayşe an ihn und sagte: »Mir ist kalt.«

»Mir auch.«

Er öffnete die Augen. Erst jetzt merkte er, dass er fror. Seine Arme entspannten sich wieder. Er sah der Frau neben ihm in das vertraute Gesicht. Das war seine Frau.

»Lass uns gehen. Was für ein langweiliger Film.«

Auf dem Nachhauseweg liefen sie Hand in Hand. Wo war das Herzklopfen geblieben, das er früher immer verspürt hatte, wenn er ihre Hand in der seinen hielt? Konnten zwei Menschen sich ebenso aneinander gewöhnen, wie sich die Leute, die hinter der Kinoleinwand wohnten, an die Geräusche der Filme gewöhnt hatten und Naciye Abla an das Geschrei der Kinder? Würden sie mit der Zeit den Ehepaaren gleichen, deren Gemeinsamkeit nur mehr darin bestand, untergehakt spazieren zu gehen und im selben Bett zu schlafen? Das würde er nicht ertragen. Es musste einen Ausweg geben. Er drückte die Hand in der seinen.

»Ja?«, fragte Ayşe.

»Ich liebe dich.«

Sie war die erste Frau, der er das sagte.

In ihrem Zimmer angekommen, ließen sie wie immer das Licht ausgeschaltet. Beim Öffnen ihrer Knöpfe fehlte seinen Fingern nun die zitternde Ungeduld des ersten Tages. Sie waren mittlerweile routiniert. Er legte das Kleid, das er ihr von den Armen gestreift hatte, auf den Stuhl. Im fahlen Licht, das durch das offene Fenster fiel, sah er die Frau an. Dann legte er sich zu ihr und bettete sein Gesicht in ihre Haare. Er mochte diesen Geruch. Mit der Hand strich er über die lauwarme, glatte Haut ihrer angewinkelten Beine. »Dieser Geruch ähnelt dem …« Er konnte nicht weiterreden und hob den Kopf. Doch als er seine Lippen ihrem halb geöffneten Mund näherte, rückte Ayşe weg und versuchte aufzustehen.

Er ließ es nicht zu. »Was ist los, wohin willst du?«

»Ich will die Vorhänge zuziehen.«

Er erinnerte sich an Güler. »Das Fenster«, hatte sie gesagt. »Es ist offen!« Sein Kopf begann zu dröhnen.

»Wieso? Der Vorhang war doch all die Tage offen!«, entgegnete er.

»Es kam mir vor, als hätte ich Semras Gesicht im Fenster gesehen. Als ob sie uns beobachten würde.«

»Da ist niemand, das siehst du doch.«

»Ja, aber jetzt werde ich den Gedanken nicht mehr los. Ich kann mich nicht entspannen. Lass mich nur schnell zumachen.«

»Das ist unnötig. Selbst wenn sie hereinschaut, sieht sie nichts.«

Ein Gefühl, der Wut nicht unähnlich, packte ihn. Wichtig war ihm dabei nicht, ob jemand durch das Fenster schaute oder nicht, sondern dass sie an so etwas denken konnte, während er sie küsste. Wurde man denn die Außenwelt niemals los? Seine Hand lag noch immer auf ihrem Bein. Das war genau der richtige Moment. Sein Herz raste, und er wartete schon regelrecht auf das Jucken am Ohr. Aber es stellte sich nicht ein. Er hatte das Dienstmädchen vor Augen, wie es seinen Rock lüpfte und seine dicken, weißen Beine zeigte. »Komm, keine Angst, sie werden dich schon nicht auffressen!«, hatte sie gesagt. Furchtsam streichelte er das lauwarme Bein unter seiner Hand. Es juckte wirklich nicht! Auf einmal umarmte und küsste er Ayşe mit zittriger Hast. »Es gibt keine anderen Leute! Vergiss sie. Es gibt nur uns beide. Uns.«

»Ja! Ja!«

Dieses zittrige »Ja! Ja!« war nicht das, was er hören wollte. Er wollte das ruhige, glaubwürdige Ja jenes Abends hören, an dem er gefragt hatte: »Hörst du die Weise?«

Er legte den Kopf in ihren Schoß und streckte sich aus. »Dein Atelier fehlt mir. Lass uns mal wieder dorthin gehen«, sagte er.

»Gut.«

Die Hand in seinem Haar war ruhig geworden. »Früher habe ich dort auch so in deinem Schoß gelegen.«

»Ich …« Sie hustete. »Ich möchte dich etwas fragen.«

»Frag.«

»Warum küsst und streichelst du immer meine Beine?«

Vor ihm tauchte auf einmal das Gesicht seines Vaters auf, wie er seinen Schnurrbart zwirbelte. »Zehra, wo sind denn deine schönen Beine?« Wieder hörte er die schreckliche Stimme der Frau im Film: »Du hast deinen Vater getötet.«

Er setzte sich auf. »Weil mir deine Beine keine Angst machen.«

»Das verstehe ich nicht.«

Vielleicht würde das stillschweigende Einverständnis der ersten Tage wiederkehren, wenn er alles erzählte.

Ayşe legte ihm die Hand auf die Schulter und fragte: »Warum schweigst du? Über mich weißt du alles. Und ich über dich? Nichts. Ich möchte mehr erfahren. Siehst du denn nicht, wie sehr ich dich liebe?«

Während er fühlte, wie er innerlich immer nachgiebiger wurde, überfiel ihn plötzlich ein Wust an Erinnerungen an seine Kindheit und frühe Jugend. Er wusste nicht, womit er beginnen sollte. ›Bei meinem Vater?‹

»Zuerst muss ich über meinen Vater reden«, sagte er. »Nur dann kannst du verstehen, warum Frauenbeine mir Angst machen. Alles, was dir an mir auffällt, geht auf meinen Vater zurück. Ich weiß nicht, ob ich diese Mischung aus Furcht und Ekel bereits als kleines Kind gespürt habe, wenn er mit seinem schwarzen Schnurrbart näher kam, um mich auf die Wangen zu küssen, oder ob ich das erst später so empfand. Da ich diese seltenen Annäherungen als Küsse mit Alkoholfahne in Erinnerung habe, kann es schon sein, dass dieses Gefühl aus einer späteren Zeit stammt, denn damals wusste ich bestimmt noch nicht, wie jemand riecht, der Wein getrunken hat. Am besten erinnere ich mich an den Satz: ›Bring das Kind ins Bett.‹ Tagsüber war er nie zu Hause. Es hieß, er sei Makler. Diese bedrückende Stille, wenn wir gemeinsam zu Abend aßen! Wenn ich das Verbot vergaß und anfing zu reden, runzelte er die Augenbrauen und sah mich an. Ich sackte dann immer in mich zusammen. Man wusste niemals, ob er abends zum Essen kommen würde oder nicht. Wir warteten immer bis sieben. Um diese Zeit begann mein Herz zu klopfen. Gerade wenn ich schon mit seinem Wegbleiben rechnete, ging die Tür auf, und er kam herein! Mir rutschte dann das Herz in die Hose. Obwohl meine Tante Zehra immer hoffte, dass er gleich kommen werde, sagte sie an manchen Tagen zu mir: ›Es ist elf Uhr vorbei. Wer weiß, wo er sich herumtreibt‹, brachte mich zu Bett und küsste mich. An den meisten Abenden allerdings beendete mein Vater die gemeinsamen Spiele und die Märchen, kaum dass er nach Hause gekommen war, mit: ›Bring das Kind ins Bett!‹ So lernte ich den abrupten Wechsel zwischen großer Freude und großem Unglück kennen. Solange ich auf dem Schoß meiner Tante saß, vergaß ich die Existenz meines Vaters. Im Bett dachte ich dann über die Ungerechtigkeit nach, dass ich ihr weggenommen wurde.«

»Wer war diese Frau?«

»Meine Tante. Die Schwester meiner Mutter. Meine Mutter habe ich nie kennen gelernt. Sie ist gestorben, als ich ein Jahr alt war. Ich bilde mir ein, mich an ihre Augen zu erinnern, aber das liegt vielleicht daran, dass meine Tante mir von ihren schönen blauen Augen erzählt hat. Blaue Augen haben mir immer gefallen. Dass ich mit diesem Mädchen, von dem ich dir erzählt habe, drei Monate lang zusammenbleiben konnte, liegt vielleicht daran, dass sie blaue Augen hatte. Ich weiß es nicht. Aufgezogen hat mich meine Tante Zehra. Ich habe sie mit einer eifersüchtigen, egoistischen Liebe geliebt. Jedes Ereignis beurteilte ich danach, ob es unsere Zweisamkeit störte oder nicht. Ich war wütend auf die Nachbarinnen, die zu uns nach Hause kamen. Dabei setzten mich die meisten auf ihre Knie, wenn sie mit mir sprachen. Und die quälenden Sonn- und Feiertage, wenn mein Vater den ganzen Tag zu Hause war! Bevor ich zur Schule kam, ging ich nur selten nach draußen. Es war ein zweistöckiges Holzhaus, dieses Haus meiner Kindheit in Alemdar. Als mein Vater starb, habe ich es verkauft. In der Schule habe ich dann nicht nur das gelernt, was sie uns im Unterricht beibrachten. Von den neunmalklugen kleinen Männern dort erfuhr ich, warum zu Hause ständig die Dienstmädchen wechselten. Ach, diese zudringlichen Weiber, dieses Hinternwackeln! Und mein Vater, der sich den Schnurrbart zwirbelte! Der sie verstohlen kniff und in der Küche von hinten umarmte. Mein Vater war ein furchtbarer Weiberheld. Die Entscheidung, nicht zu werden wie er, habe ich vermutlich getroffen, als ich diese ekelhaften Dinge mit ansehen musste. Ich habe sie oft überrascht, allein schon um ihn zu ärgern. Er ohrfeigte mich dann. Du kannst dir nicht vorstellen, wie sehr ich diese Ohrfeigen brauchte! Sie befreiten mich von dem Schuldgefühl, den eigenen Vater nicht zu lieben. Auch meine Tante wusste, dass er mit den Dienstmädchen ins Bett ging. Aber sie beklagte sich nicht. Später habe ich mich gefragt, wieso sie in diesem Haushalt geblieben ist. Meinetwegen oder weil sie jede Nacht ihren Anteil an meines Vaters Männlichkeit bekam? Wenn ich mit zerkratztem Gesicht von der Schule kam, sagte mein Vater immer: ›Ihr werdet sehen, aus diesem Kind wird nie was Anständiges.‹ Ich schwieg dazu. Aber ich freute mich. Wenn mein Vater jemand ›Anständiges‹ war, dann wollte ich das nicht sein. Ich nahm mir vor, mir keinen Schnurrbart stehen zu lassen, wenn ich mal groß wäre. Am nächsten Tag prügelte ich mich umso wilder. Die anderen Kinder hatten Angst vor mir, und die Lehrer schrieben meinem Vater Beschwerdebriefe. Gott sei Dank war er dagegen, dass ich etwas lernte. Sonst hätte ich aus Trotz nichts gelernt. ›Wozu soll denn ein Studium gut sein?‹, fragte er immer. ›Geschäftsmann muss er werden.‹ Meine Tante widersprach ihm, und ich beschloss, kein Geschäftsmann zu werden. Manchmal fragte mich meine Tante, was ich denn werden wollte, wenn ich mal groß wäre. ›Ich weiß nicht‹, antwortete ich dann immer: ›Makler werde ich jedenfalls nicht.‹ Dann lachte sie, schüttelte den Kopf und sagte: ›Wegen dieses schlechten Kerls wirst du noch mal leiden müssen.‹ Damals wusste ich noch nicht, dass sie die Geliebte dieses Mannes war, den sie einen schlechten Kerl nannte. Wir gehen immer davon aus, dass die, die wir lieben, die gleichen Gefühle haben wie wir. Ich dachte, auch sie würde sich vor meinem Vater ekeln. Aber sie haben ihre Affäre wirklich gut vor mir verheimlicht. Ich habe es erst sehr spät bemerkt. In jenem Sommer, als ich die Grundschule beendete, las ich in meinem Zimmer eine Zeitschrift, als es an der Haustür klingelte. Die Tür ging auf und wieder zu, und ich hörte die Stimme meines Vaters. ›Wo ist das Dienstmädchen?‹ ›Es ist ausgegangen‹, antwortete meine Tante. ›Und das Kind?‹ ›Nirgends zu sehen. Ist wohl auch nicht da.‹ Danach Stille … Ich spähte durch den Türspalt. Mein Vater hatte mit einem Arm den Rock meiner Tante gelüpft und sie umfasst, mit der anderen Hand streichelte er ihre nackten Beine. ›Zehra, wo sind denn deine schönen Beine?‹, fragte er. Der Boden schien sich vor mir aufzutun. Ich stürzte mich auf ihn. Ihre Beine waren immer noch nackt. ›Lass sie los, lass sie!‹, schrie ich und biss ihn in die Hand. ›Oh, meine Güte‹, jammerte er. Meine Zähne taten weh. Dann griff er plötzlich nach meinem linken Ohr. Ein schrecklicher, brennender Schmerz durchzuckte mich. ›Was hast du getan?‹, rief meine Tante. ›Sein Ohr hast du abgerissen. Du Mistkerl, du hast sein Ohr abgerissen! Sein Ohr ist ab.‹ Sie weinte. Dann fiel ich zu Boden. In meinem Kopf sagte eine Stimme dauernd: ›Sein Ohr ist abgerissen. Sein Ohr ist abgerissen, sein Ohr ist abgerissen, sein Ohr ist abgerissen …‹

»Es reicht«, unterbrach ihn Ayşe. Im Halbdunkel beobachtete sie C.s versteinertes Gesicht. Angst stieg in ihr auf. »Erzähl lieber nicht weiter.«

»Zehn Tage später haben sie mir den Kopfverband abgenommen. Die Wunde juckte tagelang. In manchen Nächten brachte ich meinen Vater im Traum mehrfach auf grausame Weise um. Nicht wegen meines Ohrs, sondern weil er sich über meine Tante Zehra hergemacht hatte. Ich gab die ganze Schuld ihm. Wenn er in der Nähe war, wurde ich blass und verstummte. Ich hatte Angst vor ihm. Und meine Tante? Die habe ich immer geliebt. Selbst wenn ich später daran dachte, dass sie mit meinem Vater aus freien Stücken schlief, habe ich ihr immer verziehen. Es machte sie in meinen Augen noch größer. Mein Vater machte sich vor ihren Augen über die Dienstmädchen her, aber meine Tante tat so, als ob sie es nicht mitbekommen würde. Im Herbst steckten sie mich in ein Internat. Einen Monat später starb meine Tante. Von da an war ich allein. Mit meinen Schulkameraden verstand ich mich nicht. Ich sah überall nur Heuchelei. Schönwetterfreunde! Alle schienen sich mit zufälligen Bekanntschaften zufrieden zu geben. Wie die, die man im Zug macht. Und alle redeten nur übers Geld! Das war mir zuwider. Vielleicht weil ich immer viel Geld hatte. Mein Vater glich seine Lieblosigkeit mit Geld aus. Ein, zwei Mal im Jahr besuchte er mich. Was er da erzählte? Ich wartete immer nur darauf, dass er sagte: ›Ich gehe jetzt mal.‹ Er streckte mir dann seine Hand hin. ›Ich gehe jetzt mal.‹ Diese Hand! Ich küsste sie. Um ihn schnell loszuwerden, dachte ich damals. Oder aus Angst? So bin ich eben! Als Kind war es einfach, nicht so zu sein wie er. Zu sagen: ›Ich werde mir keinen Schnurrbart wachsen lassen.‹ Oder: ›Ich werde nicht Makler.‹ Meine Verzweiflung, als die Träume von Frauen mit nackten Beinen begannen! Wahrscheinlich hat noch nie jemand so darunter gelitten, als Mann erschaffen worden zu sein. Ich las ununterbrochen Bücher, um die brennende Begierde loszuwerden. Es nutzte nichts. Ich machte es mir selbst. Mit siebzehn ging ich ins Bordell. Mit Feyyaz. Dieser Feyyaz war älter als ich. Er redete oft über Frauen. Das meiste war gelogen, aber ich hörte ihm gerne zu. Als ich das Zimmer der Nutte verließ, fühlte ich mich innerlich leer; es ging mir schlecht. Ich bin nie wieder hingegangen. In jenem Sommer wechselten wieder die Dienstmädchen zu Hause. An eine kann ich mich erinnern. Sie muss hinter meiner mürrischen Miene meine heimliche Leidenschaft für Frauen erkannt haben. Sie hob immer ihren Rock, zeigte mir ihre vollen, weißen Beine und sagte: ›Hab keine Angst, komm, die fressen dich doch nicht!‹ Ich lief immer weg. Diese innere Unruhe, die mich an den Abenden packte, an denen mein Vater wegblieb und ich wusste, dass ich mit ihr allein in dem riesigen Haus war! Wenn ich an jenen Abenden nicht ins Hotel gegangen bin, dann vielleicht deshalb, weil ich diese Unruhe wollte. Ich legte mich ins Bett und wartete auf das Knarren der Treppenstufen. Mein Kopf dröhnte. Sie blieb vor der Tür stehen und fragte: ›Soll ich hereinkommen?‹ Ich antwortete dann immer mit einer mir unbekannten Stimme: ›Nein!‹ Und dabei brannte mein Körper. ›Ich weiß, dass du die Tür nicht verriegelt hast‹, sagte sie dann. ›Du willst doch. Auf, sag es schon!‹ Diese Stille! Diese weiche Frauenstimme! Eine Weile später sagte sie dann: ›Denk an meine Beine.‹ Ich dachte an ihre Beine, hörte dabei aber die Stimme meines Vaters: ›Zehra, wo sind denn deine schönen

Beine?‹ und schrie: ›Hau ab!‹, worauf sie antwortete: ›Dann eben nicht. Ich gehe. Wenn du mich nicht rufst, komme ich nicht herein. Krepier doch.‹ Einerseits freute ich mich, weil ich noch einmal davongekommen war, andererseits hätte ich am liebsten geweint. Eines Abends hörte ich das Knarren der Treppe, und gleich darauf betrat sie mein Zimmer, ohne ein Wort zu sagen. Wie schnell sie sich auf mich warf! Und ihre erfahrene und derbe Weiblichkeit! Das schmatzende Geräusch schwitzender menschlicher Körper! Die Schnurrbärte. Die Schnurrbärte! Ich berührte ihre Beine nicht. Glaub mir, ich habe sie nicht berührt! Als sie wegging, sagte sie: ›Du bist noch ärger als dein Vater.‹ Da schlug ich zu. Das Zimmer lag im Dunkeln. Du weißt, dass ich nicht mit ihr geschlafen hätte, wenn das Licht an gewesen wäre, oder? Wenn ich ihre Beine gesehen hätte, wäre all das nicht passiert. Glaubst du mir? Ich habe ihre Beine nicht angerührt. Glaub mir, ich habe sie nicht angerührt!«

»Ich glaube dir. Erzähl lieber nicht weiter, mein Lieber.« Sie scheute davor zurück, ihn zu umarmen, solange sie sich ansahen. Sie dachte, dass ein Mensch, der sich vor einem anderen in dieser Weise entblößte, diesen anderen, der das alles mitbekommen hatte, nicht mehr lieben konnte. ›Wenn er mich verlässt, dann weil er mir das alles erzählt hat‹, dachte sie. C. sprach weiter, als ob er sie nicht gehört hätte.

»Im Jahr darauf nahm ich an der Schule Boxunterricht. Ich freute mich, dass die anderen Angst vor mir hatten und dachten, ich sei ein beinharter Kerl. Der Sportlehrer sagte zu mir: ›Du kämpfst, als wäre es Ernst.‹ Sie verstanden nicht, dass ich das alles nur tat, um müde zu werden. Als ich in der letzten Klasse war, starb mein Vater. Zu Hause hoben sie das Tuch von seinem Gesicht, damit ich ihn ansehen konnte. Ich erinnere mich an meine Erleichterung: endlich in Sicherheit. An dem

Tag, an dem ich zur Schule zurückkehrte, muss ich im Schulgarten wohl über etwas gelacht haben, jedenfalls sagte Feyyaz: ›Mann, gestern ist sein Vater gestorben, und heute lacht er schon wieder.‹ Ich stürzte mich auf ihn, und sie hatten Mühe, ihn aus meinen Händen zu befreien. Sein Gesicht war blutig. Danach wollten sie mich von der Schule werfen, aber mein Englischlehrer erinnerte sie daran, dass mein Vater gerade gestorben war. Siehst du, wie dumm die Leute sind? Der Tod meines Vaters hat mich davor bewahrt, von der Schule verwiesen zu werden! Nachdem ich fertig war mit der Schule, habe ich mich aus lauter Langeweile an der Fakultät für Geisteswissenschaften eingeschrieben. Vier Monate lang habe ich es ausgehalten. Danach habe ich den Militärdienst gemacht. Sie haben mich als Übersetzer angestellt. Es war furchtbar langweilig. Ein paar Mal habe ich verlangt, dass sie mich zur Truppe verlegen. Aber daraus wurde nichts. Dann habe ich den Amerikaner geschlagen, für den ich übersetzte, einfach so. Sie haben mich nach dem Grund gefragt. ›Er lässt seine Finger knacken‹, sagte ich. Daraufhin haben sie mich nach Kağızman strafversetzt. Dort habe ich sechs Monate lang mit dem aus Izmir in einem Haus gewohnt. Er hieß Ahmet, aber ich nannte ihn »den aus Izmir«. Er war bei der Verwaltung des Landkreises angestellt. Er wollte immer nach Izmir verlegt werden. Er war klein und flink. Das Rakıtrinken habe ich mir in der Zeit angewöhnt. Er fragte immer: ›Trinken wir heute Abend zusammen?‹ ›Ja, lass uns trinken.‹ Wir setzten uns dann in sein Zimmer. Wenn er trank, wurde er gesprächig und erzählte sonderbare Geschichten. Ich höre Leuten gerne zu, wenn sie lügen. Sie stellen sich dann so dar, wie sie gerne wären, aber nicht sind. Ich glaube, der aus Izmir war ein Mann, der nicht geliebt, der abschätzig behandelt wurde. Aber in seinen Erzählungen wurde er zu jemandem, der es mit allen anderen aufnahm. Wenn er seine Fausthiebe demonstrierte, wackelte der Tisch. ›Sachte, sachte‹, sagte ich dann, ›gleich wirfst du die Flasche um.‹ Er hatte ein Talent, das mir gefiel: zielsicher spucken. ›Siehst du den Spiegel da an der Wand? Jetzt schau genau hin!‹ Er blieb kurz still stehen, als ob er zielen würde, und dann spuckte er. Während die Spucke am Spiegel herablief, sagte er: ›Eines Tages werde ich dem Landrat ins Auge spucken. Wenn du wüsstest, wie er die Augen aufreißt, wenn er brüllt! Hak, tüh! Platsch. Mitten auf seine Pupille. Irgendwann werd ich ihn anspucken.‹ Als ich Kağızman verließ, hatte er es noch immer nicht getan. An manchen Abenden kam er zu mir ins Zimmer und klaute mir das Kleingeld aus der Hosentasche. Wenn er am Tisch saß und nach Worten suchte und ich sah, wie er mich anschaute, dachte ich, er würde mir gleich gestehen, dass er mir Geld geklaut hatte. Aber er sagte immer nur: ›Wir leben schlecht, schlecht! Gib mir Rakı!‹ Aber ich gab ihm keinen und behauptete, der Rakı sei ausgegangen. Dann fluchte er: ›Du Hurensohn. Aus schlauen Kindern wird nie was. Ich will Rakı.‹ ›Es gibt keinen mehr‹, sagte ich dann. Und er legte den Kopf auf den Tisch und weinte. ›Schlecht leben wir, schlecht!‹ Ich bekam dann fast einen Lachanfall. Danach brachte ich ihn immer ins Bett. Am meisten trank ich an den Abenden, an denen die Rede auf Frauen kam. Der aus Izmir erzählte von einem Haus in der Stadt. Und ich trank, vielleicht um nicht zu sagen: ›Bring mich zu dem Haus mit der Kaugummi kauenden Frau.‹ Während ich trank, verlor sich der Geruch nach Anis in meiner Nase. Irgendwann schien sich das mit Zigarettenqualm erfüllte Zimmer zusammenzuziehen. Auf den Bettpfosten saßen mit einem Mal anstelle von Knäufen die kupfernen Köpfe mir unbekannter Tiere, und die rußfarbene Überdecke kam in Bewegung und wollte mich erdrosseln. Der Mensch, der in diesem niedrigen Zimmer diesem winzigen Mann mit seiner aus weiter Ferne kommenden

Stimme gegenübersaß, schien nicht ich zu sein, sondern jemand anderes. Dann stand ich auf und ging hinaus auf die Straße. Diese kalten, verwinkelten, menschenleeren Straßen! Diese Häuser voller schlafender Viehzüchter, Lebensmittelhändler, Fleischer und Beamter! Und ich unter ihnen. Ganz allein und fehl am Platz.«

Auf einmal begann Ayşes Arm, mit dem sie ihn umfangen hatte, zu zittern. Sie hatte den Kopf in seinen Schoß gelegt und sagte: »Es reicht. Ich fürchte mich. Erzähl nicht weiter.«

Er nahm die Zigarettenschachtel vom Tischchen neben dem Bett und zündete sich eine Zigarette an. »Ich fürchte mich«, hatte sie gesagt. Er fragte nicht nach. ›Hätte ich nur nichts erzählt.‹ Dabei hatte er noch so viel zu berichten! Seine Reise nach Frankreich und England nach dem Militärdienst, zwanzig Tage Langeweile! Die drei Jahre andauernde Suche. Lauras Beine mit den kurzen Härchen … Selbst über Güler hatte er noch nicht alles berichtet. Er hatte noch nicht erzählt, dass er ihre Beine nicht hatte küssen können. Dann war da noch die schielende Frau vor dem Kino mit den tiefen Logen. Und die Ähnlichkeit zwischen den Menschen aller Länder. Die Zigarette schmeckte mit jedem Zug fader. Er drückte sie im Aschenbecher aus.

»Ein Fleischer in London hat dieselbe Weltsicht wie ein Fleischer in Istanbul«, sagte er und streichelte die Haare, die auf seinem Schoß ausgebreitet lagen.

6

28. August

Gestern Nacht habe ich im Traum den Londoner und den Istanbuler Fleischer gesehen. Sie sahen sich sehr ähnlich, wie Zwillinge.

Zuerst unterhielten sie sich, und dann gingen sie auf einmal mit Messern aufeinander los. Ich bin von meinen eigenen Schreien aufgewacht. Die Tür ist aufgegangen. Mit zerzausten Haaren ist er zu mir gekommen. »Was ist, was hast du?«, hat er gefragt.

»Die Fleischer! Umarme mich, komm! Lass mich nicht allein!«

Wir haben uns umarmt. Der ganze Körper tat mir weh. Ich habe jetzt keine Angst mehr, ich liebe.

1. September

Wir lagen am Strand und unterhielten uns. Ich fragte ihn nach seinem Lieblingsmaler.

»Van Gogh«, sagte er.

»Wieso?«

»Er ist fähig gewesen, sich das Ohr abzuschneiden. Das linke Ohr. Er war der erste Mensch, der das getan hat.« Er schwieg kurz und sagte dann mit veränderter Stimme: »Aber selbst der war unvollkommen. Auf dem Selbstporträt, das er im Irrenhaus gemalt hat, konnte er sich nicht entschließen, den Menschen die Seite ohne Ohr zu zeigen. Niemand ist wirklich konsequent!«

Gibt es nicht eine Verbindung zwischen dieser Äußerung und dem, was er an jenem Abend erzählt hat? Seit zwei Tagen ist er oft in nachdenklicher Stimmung.

3. September

Die Briefe meines Vaters, meiner Mutter. Immer dasselbe Lied. Er weiß nicht, dass ich ihnen geschrieben habe. Wir tun so, als ob ich allein wäre auf der Welt. Oder als ob ich sie vergessen hätte. Dabei ist mir bewusst, dass es sie gibt. Und dass sie bald zurückkommen werden. Was dann? Wird meine Mutter es aushalten, mich nicht zu sehen? Ich muss C. daran erinnern, dass ich Eltern habe. Warum schrecke ich davor zurück?

6. September

Es gibt bestimmt keinen Maler, der diesen Sommer so viel blaue Farbe verbraucht hat wie ich.

8. September

Ich arbeitete am Strand an dem Bild, das ich vielleicht nie fertig malen werde. C., der hinter mir lag, sagte etwas. Ich drehte mich zu ihm um und fragte: »Wie bitte?«

»Gemastral und Askole«, sagte er.

»Was ist das? Der Titel einer Tragödie aus der Antike?« Ich legte die Palette weg und setzte mich neben ihn.

»Ge-ma-stral, das ist die Tragödie aller Zeiten: Gemütliches Am-Strand-liegen. As-ko-le: Astkomplex. Da ich gerade am Strand liege, sage ich Gemastral. Das kann man noch erweitern. Gemastral, das ist die Ruhe, die aus der Fortsetzung des Gewohnten entsteht. Sofort einschlafen, ohne nachzudenken. Die Leichtigkeit der Tage, die schnell vorbeigehen. Und Askole? Hast du jemals die Tendenz des Zweigs bemerkt, sich vom Baumstamm zu entfernen? Er wächst immer weiter weg. Das ist eine Flucht vor der Ruhe des Baumstamms, der in der Erde verwurzelt ist. Der Durst nach Freiheit. Das nenne ich den Astkomplex. Eine Jugendkrankheit. Gemastral ist meistens weiblich, Askole männlich. Ganz selten wechseln sie das Geschlecht. Der Mensch, den der Astkomplex befallen hat, ist unruhig. So wie die Leute die Äste festbinden, um sie beim Stamm zu halten, so binden die Freunde und Verwandten auch den Askole eines Menschen fest. Sie tun, was sie können, damit er sich nicht vom Stamm entfernt. Aber bei manchen fruchtet es nicht, ganz gleich was man tut. Er ist ein rebellischer Ast, der sich entfernt. Auch eine Axt kann ihm nichts anhaben.«

Er schwieg, zündete zwei Zigaretten an und gab mir eine. »Arbeitest du nicht?«, fragte er.

»Gleich.«

Ich nahm die Palette und den Pinsel und sah aufs Meer. Meine Augen brannten. Eines Tages wird er mich verlassen. Wie beim ersten Mal wird er ohne Ankündigung verschwinden. Er lag hinter mir im Sand und dachte nach, wer weiß worüber. Und alles nur, weil er ein Müßiggänger ist; wenn er doch wenigstens malen würde.

12. September

Die letzten fünf Tage habe ich darauf gewartet, dass er mich verlässt. Das war genauso traurig wie früher das Warten auf sein Kommen. Je länger es dauert, desto unerträglicher wird es. Heute Abend ist er nicht zum Essen gekommen. ›Er ist weg‹, habe ich mir gesagt. ›Jetzt ist es so weit. Morgen nehme ich meine Tasche und gehe auch.‹ Danach ging es mir besser. Ich habe ein Buch genommen und mich ins Wohnzimmer gesetzt. Meistens haben wir hier abends gemeinsam gelesen: Irgendwann stand ich dann immer auf und holte von Feuchtigkeit beschlagene Trauben aus dem Kühlschrank. Heute Abend waren vielleicht nicht mal Trauben im Schrank. Er kam spät, mit bleichem Gesicht. Ich legte das Buch weg und ging zu ihm.

Er streckte beide Hände vor und hielt mich fern. »Komm nicht näher, ich rieche bestimmt nach Anis. Ich bin betrunken!«

Dann schloss er sich in seinem Zimmer ein. Wovor wollte er durch das Rakıtrinken flüchten? Oder haben wir beide von Anfang an nur so getan, als ob wir uns liebten? Ist diese Leere in mir die einzige Wahrheit? Nein! Da ist noch etwas, aber das wird immer weniger.

7

Er trocknete sich das Gesicht ab und hängte das Handtuch an den Nagel. Es war gleich zehn. Heute Morgen, noch vor dem Aufstehen, hatte er einen Entschluss gefasst. Er würde offen mit ihr reden. So konnte es nicht weitergehen. In seinem Kopf geisterte ein Satz herum, den Ayşe gestern Abend gesagt hatte: »Ich habe heute einen Brief von meinem Vater bekommen. Sie kommen in zehn Tagen zurück.« Es war das erste Mal, dass sie ihre Eltern erwähnte. Seit einigen Tagen schienen sie beide auf einen Zauberstab zu warten, durch dessen magische Berührung sie die Heiterkeit der ersten Tage zurückerlangen würden. Umsonst. Es gab auf der Welt keine Zauberkünstler mehr und auch keine Bäume, aus denen man Zauberstäbe schnitzen konnte. Am besten, man sprach sich aus.

Auf dem Weg zu Ayşes Zimmer sah er einen Zettel auf dem bunten Tischtuch liegen. Darauf stand: »Bin zum Mittagessen wieder zurück.« Wohin sie wohl gegangen war? Zwei Stunden musste er noch warten. Er zerknüllte den Zettel und warf ihn weg. ›Soll ich was lesen? Den Faulkner, den sie neulich in der Hand hatte – wie lautete der Titel noch gleich?‹ Er öffnete die Tür zu ihrem Zimmer. Heute würde er sich von dem vertrauten Geruch ihres Haares trennen. Auf dem Tisch lag neben den Büchern ein Heft mit schwarzem Einband. Er blätterte darin und musste lachen. Sie hatte ihm nie gesagt, dass sie Tagebuch schrieb. Er war immer der Ansicht gewesen, nur Gymnasiastinnen und große Schriftsteller führten Tagebuch. An einer Stelle, an der sein Name auftauchte, begann er zu lesen. Semra wurde erwähnt. ›Da sieh mal an! Während ich ganz beglückt neben ihr saß, hat sie also Semra belauert. Jetzt verstehe ich auch, warum sie am Fenster auf einmal ihr Gesicht gesehen hat. Das heißt, es hilft auch nicht, zu diesen ersten Tagen zurückkehren zu wollen. Es ist doch immer dasselbe. Nichts ändert sich, gar nichts.‹ Neben dem Datum 23. Juli standen nur drei Wörter: Ich liebe ihn. ›Das glaub ich nicht, gelogen! Wenn du mich geliebt hättest, wäre dir nicht mal bewusst gewesen, dass es der 23. Juli war!‹ Er blätterte fünf bis zehn Seiten weiter. Als er an die Stelle kam, an der sie seinem Müßiggang die Schuld an allem gab, lachte er. ›Ist sie vielleicht heute Morgen losgezogen, um mir eine Arbeit zu suchen?‹ Er blätterte noch einmal um und las die letzten drei Zeilen des Heftes: ›Er kann es nicht ertragen, dass ich Eltern habe. Warum erwartet er alles von mir? Dabei kann er sich noch nicht mal von seinem toten Vater lösen.‹ Sein Kopf dröhnte wie nach einem schweren Schlag. Ihm schwindelte. Das hatte sie offenbar gestern Abend geschrieben. ›Dabei kann er sich noch nicht mal von seinem toten Vater lösen.‹ War er womöglich deshalb so schockiert, weil das stimmte? Wie kam sie auf diese Idee, nachdem er sich nun seit zweieinhalb Monaten nicht am Ohr gekratzt hatte – ›Habe ich mich wirklich nie gekratzt?‹ – und fähig war, ihre Beine zu küssen? Dann erinnerte er sich. Er selber hatte es ihr erzählt. Schnell legte er das Heft wieder an seinen Platz zurück, öffnete die Haustür und ging hinaus.

Kaum hatte er sich im Strandrestaurant an einen Tisch gesetzt, erkannte er, dass es derselbe war wie vor ein paar Tagen. Er erinnerte sich an diesen Sprung in der Fensterscheibe vor ihm, der ihn an ein Hufeisen denken ließ. Man konnte ihn auch für ein Schlüsselloch halten; ein sonderbares, breites Schlüsselloch. Durch so ein Schlüsselloch konnte man einen Innenraum vollständig einsehen. Hinter der Fensterscheibe lag ein bleigraues Meer. Die Wolken am Himmel hatten die Farbe von verdünntem Rakı. Wo blieb nur der Kellner!

»Entschuldigen Sie, mein Herr, wir nehmen noch keine Bestellungen entgegen. Sie müssen sich ein wenig gedulden.«

Er wollte nicht auf dieses Meer hinter der Fensterscheibe starren und warten. Trinken wollte er. Er zog einen Geldschein aus der Tasche, reichte ihn dem Kellner und sagte: »Ich will Rakı. Sofort! Außerdem Cacık, Pilaki und so weiter. Mach schnell!«

Da der Mann sich so tief verbeugte, dass man die runde Glatze auf seinem Kopf sehen konnte, hatte er ihm wohl ziemlich viel Geld gegeben. Er musste sich zurückhalten, nicht auf diese runde Glatze zu spucken. ›Dies ist der Schlüssel, der jedes Tor öffnet. Ich wolle alles durch Geld regeln, wird mir vorgeworfen. Ist das die tolle Regelung? Mit gestohlenem Geld kann man sich praktisch einen Sklaven kaufen. Wieso sagen sie nicht: Dieser Mann braucht jetzt einen Rakı? Nein, da heißt es: Du hättest doch zu Hause trinken können. Und wenn ich hier trinken möchte? Dann musst du eben warten. Und wenn ich nicht warten kann? Wie soll ich sie denn sonst dazu bringen? Sags mir! Ich …‹ Der Kellner stellte Gläser und Teller auf den Tisch und ging wieder. ›… gebe dem Geld, der es nimmt.‹ Während er sich einschenkte, dachte er, dass es nun nicht mehr wichtig war, wie er sich den Alkohol verschafft hatte. Wichtig war nur noch, ihn möglichst schnell zu trinken. Er zog eine Grimasse. Der Anisgeruch war ihm unangenehm. Aber er hoffte, dass ihm der Rakı, wie früher gelegentlich, ein Gefühl der Erlösung vermitteln würde.

Als sich das Restaurant eine Stunde später füllte und das Gelächter immer lauter wurde, verlangte er eine weitere kleine Flasche Rakı und noch ein Cacık. Ihm schien, als ob sich sein Unbehagen während des Trinkens gleichzeitig verflüchtigte und vergrößerte. Es gab keine Erlösung. Er sah sich um, und wenn sein Blick an jemandem hängen geblieben war, erfand er für ihn ein mühseliges, elendes Leben. Zuerst dachte er sich einen Beruf für den Menschen aus. Je schlimmer das Leben war, das er ihm zuschrieb, desto mehr freute er sich. Seine Opfer suchte er sich unter denen aus, die am meisten lachten. Was gab es denn zu lachen? Lebten sie nicht, genau wie er, in dieser nach Alkoholausdünstungen stinkenden Welt? Seine Ohren brausten leise. Er trank weiter, obwohl er genau wusste, dass ihm übel werden würde, wenn er diese Flasche leerte. Seine Füße waren eingeschlafen. Waren die Schuhe geschrumpft? Immer wieder bewegte er die Zehen.

Er zündete sich eine Zigarette an. Wieso kam ihm der Sprung in der Fensterscheibe, der neulich wie ein Hufeisen ausgesehen hatte, heute wie ein Schlüsselloch vor? Hatte er jemals durch ein Schlüsselloch in ein Zimmer geschaut? ›Ja, an einem Abend in jenem Sommer. Als ich aufwachte, schien das ganze Haus erfüllt zu sein von einem einzigen Geräusch: einem Quietschen der Sprungfedermatratze. Ich stand auf und schlich mich mit bloßen Füßen zur Tür meiner Tante. Nichts zu hören. Doch: das Blut in meinen Adern. Ich bückte mich und spähte durchs Schlüsselloch. Im Licht der Nachtlampe konnte ich die Hälfte des Stuhls sehen. Darüber geworfen ein kleines, weißes Kleidungsstück. Nur ein einziges … Könnte dieses Schlüsselloch nicht ein bisschen breiter sein? War dieses Kleidungsstück eine Männerunterhose?‹ Eine Gabel fiel laut klappernd zu Boden, er fuhr hoch. Während er seine Zigarette zum Mund führte, fiel sein Blick auf den Mann, der am Tisch rechts von ihm saß. Dieser Mann war taub für das, was sein Gegenüber ihm erzählte; er starrte unverwandt nur ihn an und wandte auch jetzt den Blick nicht ab. Er war schon älter. Spitze Nase, sorgfältig gekämmte helle Haare. Sein Gedankenstrom setzte wieder ein: ›Ordentlich gekämmte Haare, selbst wenn er sich betrinkt. Früher sah er offensichtlich mal gut aus. Aus schlauen Kindern wird nie etwas. Was macht er? Der ist Lehrer. Er rasiert sich jetzt jeden Tag. Seinen Schülern …‹

Der Mann lächelte und sagte: »Sie erinnern mich an jemanden.« Seine Augen waren tiefblau.

Er drückte seine Zigarette aus und fragte: »Kannten Sie meinen Vater?«

»Keine Ahnung. Wie hieß er?«

»Das habe ich vergessen.«

Er stand auf, ging zwischen den Tischen durch, an denen redende, lachende Menschen saßen, und bezahlte. Das Letzte, was er sah, bevor er hinausging, war die Glatze auf dem Hinterkopf des Kellners. Dieses Mal hatte er keine Lust, darauf zu spucken.

Der Himmel war bedeckt. Er begann zu laufen und ließ das Meer hinter sich. Diesem Lehrer gegenüber hatte er behauptet, den Namen seines Vaters vergessen zu haben. Das war gelogen. Er wusste, dass er diesen Namen nie würde vergessen können. Dass er diesen Mann an jemanden erinnerte, war vielleicht nur ein Vorwand gewesen, um ein Gespräch anzuknüpfen. Nach dem Austausch von ein paar Höflichkeiten hätten sie ihn an ihren Tisch gebeten. Darauf wäre ein Kneipengespräch voller »werter Herr« und »meine Wenigkeit« gefolgt. »Was meine Wenigkeit angeht, so esse ich das Ekmek kadayıfı am liebsten ohne Rahm. Eine Frage des Geschmacks. Meine Freunde finden das immer sonderbar ...« So waren die Menschen eben. Trinker oder nicht, alle gaben sich mit oberflächlichen Bekanntschaften zufrieden. Wie die, die man im Zug macht. Oder in der Kneipe. Sie konnten sich nicht den Bauch voll schlagen, ohne dabei zu reden. Jetzt fiel ihm der Mann wieder ein, der ihm bei der Rückkehr von Kağızman im Zug gegenübergesessen und ununterbrochen geredet hatte. »Die Restaurants sind sehr billig, werter Herr. Inklusive einer Flasche Bier nur 475 Kuruş! Schauen Sie, hier steht es in meinem Heft. Mit fünfundzwanzig Kuruş Trinkgeld macht das fünf Lira. Ich schreibe mir meine täglichen Ausgaben immer auf. Das ist gut, dann weiß man Bescheid. Ich kann zum Beispiel nachschauen, wie viel ich am 2. März letzten Jahres ausgegeben habe. Selbst wenn ich für einen Kuruş Wasser kaufe, notiere ich mir das.« Während der Mann so schwatzte, war ihm vom Gepäcknetz ein Holzkoffer auf den Kopf gefallen. ›Jetzt fällt er bestimmt in Ohnmacht‹, hatte er bei sich gedacht, doch der Kerl hatte sich nur am Kopf gekratzt und gesagt: »Machen Sie sich keine Sorgen, meine Birne ist das gewohnt. Als Kind ist mir ein Büffelkarren darüber gefahren, und es ist trotzdem nichts passiert.« ›Damals war ich noch höflich. Weder habe ich den Kerl zum Schweigen gebracht, noch bin ich aufgestanden und weggegangen. Bis Ankara habe ich ihn ertragen. Ist mir so etwas später nie mehr widerfahren?‹ Die Menschen waren überall gleich. Sie machten es sich leicht. Dann faselten sie von Liebe und Freundschaft – alles nur Geschwätz. Er achtete nicht auf die Passanten. In einem Haus zu seiner Linken sang eine Frau: »Aus deinen Händen Wasser trinken: Oh mein Schatz, das wäre schön.« Vielleicht wartete Ayşe jetzt zu Hause auf ihn. Er würde nicht hingehen; er konnte jetzt nicht mit ihr sprechen. Dann traf er die zweite Entscheidung dieses Tages: Am Abend würde er es tun.

Zu beiden Seiten der Straße standen immer weniger Häuser. Nachdem er lange Zeit gegangen war, befand er sich auf einmal am Rand eines staubigen Weges, sprang über einen Graben und pinkelte. Dabei spürte er, wie müde seine Beine waren. Nach dieser Müdigkeit hatte er sich auch schon früher gesehnt. Als er auf dem gleichen Weg in die Stadt zurückkehrte, musste er aufstoßen.

›Warum bin ich bloß in das Wirtshaus gegangen! So umherzulaufen ist doch viel besser als zu trinken! Diesen Sommer habe ich das Laufen völlig vergessen. Ich habe zu viel herumgesessen. Nein. Herumgelegen. Schweiß und Erschöpfung haben mich abgeschreckt. Ich war zufrieden. Darin habe ich mich in nichts von den Einkaufstütenträgern unterschieden, denen es vor allem um ihre Bequemlichkeit geht. Selbst wenn ich ihr einredete, dass es die anderen nicht gibt, sondern nur uns beide, war ich selbst in dem Moment wie die anderen. Wieso lachst du, Ayşe? Habe ich nicht einen Monat lang abends Weintrauben nach Hause gebracht? Habe ich diese Trauben nicht immer beim selben Obsthändler gekauft? Und habe ich mich etwa nicht gefreut an dem Tag, an dem mir der Obsthändler mit den dicken Augenbrauen die große Papiertüte gereicht hat mit den Worten: Die Razakı-Trauben schmecken Ihnen doch. Ich habe Ihnen welche zurückgelegt, bevor sie alle waren. In dem Moment, in dem ich dem Mann das Geld gab, habe ich mich im Spiegel des Ladens gesehen, mit der Tüte im Arm, und habe mich geschämt. Der Mann im Spiegel konnte nicht ich sein. Das war jemand, der sich freute, dass er später Razakı-Trauben essen würde. Danach habe ich nie wieder Trauben gekauft. Vielleicht hat die Distanz zwischen uns an jenem Abend angefangen. Oder war es an dem Abend, an dem sie den Vorhang zuziehen wollte? Vielleicht noch früher. An dem Tag, an dem ich ihr die kleine Erzählung von Truman Capote zu lesen gegeben habe. Wie glücklich hatte mich diese Erzählung gemacht! Ich wollte diese Begeisterung mit ihr teilen. Als ich sie dann fragte, wie sie die Erzählung fand, und sie statt einer Antwort zurückfragte, ob die Trauben wohl schon gekühlt seien und sie sie holen solle, da zerbrach etwas in mir. Das war es.‹ Er zündete sich eine Zigarette an. Sein Magen war sauer, er musste aufstoßen. Am Himmel standen immer noch die Wolken – in der Farbe von verdünntem Rakı –, die er zuvor durch die Fensterscheibe des Restaurants gesehen hatte.

Das Unangenehmste daran, wieder zwischen den Häusern zu gehen, war, dass man so viele Frauen sah. Er bemerkte sie, auch ohne hinzuschauen. Er ging schnell und beschleunigte seine Schritte noch, je näher er dem Meer kam. Zu jenem kleinen Sandstrand wollte er, auf schnellstem Wege. Dort angelangt, blieb er stehen und schaute aufs Meer. Er war müde. Wie viele Nachmittage hatte er hier im Sand gelegen und ihr zugesehen. An manchen Tagen flatterten die Afrikanerinnen auf ihrem Kleid im Wind. Ayşe hatte ihm stets den Rücken zugewandt und an ihrem Bild *Meer, an dessen Ufer sich zwei Menschen geliebt haben* gearbeitet. Wer von ihnen war wohl als Erster auf diese dumme Idee gekommen? Solch ein Meer gab es nirgendwo auf der Welt. Es konnte allerhöchstens eines geben, an dessen Ufer sich zwei Menschen gepaart hatten. Wie an diesem reglosen, bleigrauen Meer! Zum ersten Mal hatte er ihre Beine hier geküsst. Wo war der Duft geblieben, der Geruch der Luft damals nach dem Regen? Was war geschehen, warum klopfte sein Herz nicht mehr, wenn er ihre Beine küsste? Oder war das alles nur der Unzufriedenheit des gesättigten, befriedigten männlichen Körpers zuzuschreiben? ›Das ist es nicht! Nein! Das nicht!‹ (Schweig, schrei nicht! Sonst glauben wir noch, dass es so ist. Wer Unrecht hat, schreit umso lauter.)

Beim Ausziehen riss er sich in seiner Ungeduld fast die Knöpfe ab. Er hatte keine Badehose dabei. Das war ihm gleichgültig. Dann würde er eben in der Unterhose schwimmen. Er ging langsam ins Meer und fühlte, wie die Linie des kalten Wassers an seinem Körper höher glitt: von den Füßen zu den Waden, über die Knie bis zu den Oberschenkeln. Dann wurde seine Unterhose nass, eine Männerunterhose. Er schloss die Augen und tauchte unter. Ob sein Vater wohl auch geschwommen war? Es gab kein Entrinnen. ›Wieso eigentlich nicht! In der Stille der Meerestiefe von Fischzähnen gebissen werden … In der Schule war ein Junge mit Fischaugen. Wieso soll es nicht Fische mit Menschenaugen geben? Wie müde bin ich auf einmal!‹ Mit all seiner Kraft drehte er sich um und machte sich steif wie ein Brett. ›Der Meeresgrund behält keine menschlichen Kadaver.‹ Langsam ließ er seine Beine wieder sinken. Als seine Füße nach einer Ewigkeit auf den schlüpfrigen Steinen aufsetzten, blieb sein Kopf über dem Wasser. Dieser körperlose Kopf musste ein seltsames Bild abgeben. ›Wer wohl meine Kleidung gefunden hätte, wenn ich ertrunken wäre?‹ In der Ferne sah er die knochentrockenen Minarette der großen Stadt. Vom Ufer, von den Lebenden her drangen Gesprächsfetzen an sein Ohr. Er leckte einen Tropfen ab, der von seinen Haaren hinunter bis zu seinen Lippen geronnen war. Salzig. ›Und woran erinnert mich der Geschmack?‹ Jetzt kam er drauf. Wenn seine Tante Zehra grüne Pflaumen vom Markt mitgebracht hatte, stippten sie die in Salz und aßen sie. ›Hör jetzt auf, sonst schlafen dir noch die Zähne ein!‹ Wie liebevoll sie ihn immer ansah. Auf einmal spürte er, wie seine Beinhärchen unter Wasser erschauerten. Er würde sich noch oft täuschen. Aber eines Tages würde er sie finden. Über die rutschigen Steine watete er auf den Strand zu. Zuerst tauchten seine Schultern aus dem Wasser auf, dann seine Brust, seine Arme, sein Bauch, seine Unterhose, seine Beine, seine Knie, seine Waden, seine Füße. Klatschnass zog er sich an. Jetzt war er in der Verfassung, mit Ayşe zu sprechen.

Je näher er dem Haus kam, desto unangenehmer fühlte sich seine nasse Unterhose an, die er unter seiner Hose trug. Warum hatte er sie nur nicht ausgezogen, als er sich am Meer in aller Eile die Sachen übergezogen hatte? Man macht immer alles zu spät. Er ging hinein und schloss die Tür hinter sich. Sein Kopf schmerzte ein wenig.

»Ayşe!«, rief er.

Keine Antwort. Er sah sich prüfend um. Auf dem Tisch lag ein Blatt Papier. Eine Ecke des Blatts klemmte unter der von Blumen überbordenden Vase. Er nahm das Blatt und las: »Seit einer Woche warte ich auf den Tag, an dem du mich verlässt. Wenn du wüsstest, wie traurig dieses Warten ist! Ich ertrage es nicht länger, jetzt gehe ich. Vielleicht können wir es einfach nicht besser. Ich weiß es nicht. Machs gut.« So war also alles zu

Ende gegangen, während er weg war; ohne ein unerfreuliches Gespräch. Auf einmal verspürte er eine unglaubliche Freude. Er warf das Blatt Papier weg. ›Warum hat sie eigentlich nicht geschrieben, dass sie wütend auf mich ist, weil ich ihr Tagebuch gelesen habe?‹ Seine Stimme klang seltsam, als er lachte. Gab es da nicht etwas, das er jetzt tun musste? ›Ach ja, die Unterhose ...‹ Er ging in sein Zimmer und wechselte sie. Dann trug er das Zigarettentischchen neben dem Bett ins Wohnzimmer, warf die Blumen in der Vase weg und schüttete das Wasser aus. Schließlich stellte er die Vase neben das Bett, zündete sich eine Zigarette an und legte sich hin. Er war müde. Mit der linken Hand rieb er sich die Stirn. Dabei traf er die dritte Entscheidung dieses Tages: Morgen würde er in die Stadt zurückkehren.

Herbst

I

An der Haltestelle Sultanahmet steigt ein Mann in die Straßenbahn in Richtung Maçka. Er will nach Nişantaşı. Wieso verlässt er dann die Straßenbahn auf halbem Wege, obwohl er draußen weder die geliebte Frau noch einen Bekannten gesehen hat? Manchmal kann selbst eine Feuerwarte Menschen herbeirufen. Wenn es sich überdies um einen Mann handelt, der gerade in einem vollen Restaurant zu Mittag gegessen hat, danach nicht wusste, wohin, und einfach aufs Geratewohl losgelaufen ist, auf dem Weg aber die schielende Frau gesehen hat, die vor dem Kino mit den tiefen Logen wartete, daraufhin sofort umgedreht und nach Alemdar zum alten, zweistöckigen Haus seiner Kindheit gegangen ist – wenn dieser Mann schließlich, von mehr oder minder deutlichen Kindheitserinnerungen erfüllt, die Straßenbahn genommen hat und wenn er noch dazu einsam und ein Müßiggänger ist, dann lässt sich schon gar nicht voraussehen, wo er wieder aussteigen wird. Doch bei der Gasse, an deren Ende er den alten Galata-Turm sehen kann, verlässt er eilig, als habe er das Ziel erreicht, die Straßenbahn und stößt dabei ein junges Mädchen an, sagt achtlos »Pardon« und schaut ihr nicht mal ins Gesicht. (Dieses Mädchen aber war B. Sie hatte Güler besucht, die seit zwei Tagen krank im Bett lag, und wollte nun in Şişhane in die Straßenbahn steigen. Ihr kam es so vor, als hätte sie den Mann, der sie gerade angerempelt hatte, schon einmal gesehen.)

Der Mann lief geradewegs auf die Gasse zu. Jeder Ort in dieser Stadt löste in ihm eine Fülle von Erinnerungen aus. Jetzt erinnerte er sich an Güler, die in einem Gebäude gegenüber wohnte. Güler, die das »Drei Zimmer mit Küche«-Glück suchte. ›Da ist ja das Café. An jenem Tag habe ich mir Sorgen gemacht, dass sie nasse Füße bekommen würde. Der Kellner hatte eine Hand mit sechs Fingern. Güler ist jetzt bestimmt in der Akademie. In einer dieser langweiligen Vorlesungen.‹ Er bog in die Gasse ein. Was hatte sich hier einmal abgespielt? Volle drei Tage lang hatte er gewartet, um sie in dieser Straße ansprechen zu können. ›Und dann? Nichts! Dabei habe ich sogar ihr Ohr geküsst.‹ Dass er das Ohr eines Menschen küssen konnte, war keine Kleinigkeit. Tief in seinem Hirn schien ein Licht anzugehen; dann erlosch es wieder. Er schöpfte Hoffnung. Vielleicht hatte das, woran er sich erinnern wollte, irgendetwas mit dem Ohr zu tun. Er wiederholte: ›Ich habe sogar ihr Ohr geküsst. Ihr Ohr.‹ Nichts. Er schob alle Gedanken weg und versuchte es mit leerem Kopf noch einmal. Erfolglos. Er kratzte sich am Ohr. Als ob die Feuerwarte stumm geworden wäre. Eine Frau kam ihm entgegen; sie schob einen Kinderwagen. Die Frauen trugen ihre Kinder nicht mehr auf dem Arm. ›Arm.‹ Auf einmal erinnerte er sich wieder an alles und freute sich: Sie waren aus der Straßenbahn gestiegen, und seine Tante hatte ihn auf den Arm genommen. Sie waren auf dem Weg zum Hausarzt. Dabei war er gar nicht krank. Die Brust seiner Tante fühlte sich weich und gemütlich an. Er blickte unablässig auf die seltsame Feuerwarte, die vor seinen Augen auf und ab schwankte. Irgendwann hatte sie gesagt: »Ich habe keine Kraft mehr. Geh runter von meinem Arm und lauf ein bisschen!« Er hatte ihr die Arme um den Hals geschlungen und sich festgeklammert. Es war angenehm auf ihrem Arm. Ihr Duft stieg ihm in die Nase.

Er zündete sich eine Zigarette an. Zu guter Letzt hatte die Gasse ihm doch ihr Geheimnis offenbart. Seine Wege führten ihn also immer zu Tante Zehra. War er nicht heute wieder bis Alemdar gelaufen, nachdem er die schielende Frau vor dem

Kino gesehen hatte? Vielleicht war diese schielende Frau, die ihren Körper verkaufte, diejenige, die er suchte? Warum ging er dann nicht zu ihr und lernte sie kennen? Als ob ihm dieser Gedanke Angst einjagte, sah er sich ratlos um.

Der Krämer, der zu seiner Linken in der Tür seines Ladens stand, fragte: »Suchen Sie etwas, mein Herr?«

»Ja, einen alten Duft.«

»Den werden Sie hier nicht finden. Fragen Sie doch mal in der Apotheke an der İstiklâl-Straße nach.«

Er kehrte um. Die Apotheken verkauften nicht den Duft, nach dem er suchte, sondern *KRAFT* gegen Schmerzen. Wo er Kraft herbekommen konnte, das wusste er.

Auf der İstiklâl angelangt, nahm er eine Straßenbahn, stieg in Galatasaray aus und ging zum Kino; die schielende Frau stand nicht an ihrem Platz. Wahrscheinlich saß sie mit einem Kunden in einer der tiefen Logen. Er würde warten. In der Vorhalle lehnte er sich an eine Wand und rauchte nacheinander zwei Zigaretten. Die Frau auf dem Plakat hatte einen großen Mund und große Zähne; ihr Rock war hochgewirbelt, man sah ihre Beine. Er hatte keine Angst mehr vor Frauenbeinen. Dabei hatte er immer gedacht, er könne nur Ayşes Beine berühren. Wenn zwei Menschen sich trennten, dann blieb immer etwas vom anderen zurück. Das hatte er letzte Woche in Sacides Zimmer gemerkt. Sacide hatte er in einem großen Plattenladen kennen gelernt. Nach seiner Rückkehr aus der Sommerfrische vor zwanzig Tagen hatte er sich ein Radiogerät mit Plattenspieler gekauft und in seinem Wohnzimmer aufgestellt. War er früher immer auf der Suche nach neuen Büchern und Bildern, so kaufte er jetzt neue Platten. Sacide arbeitete in jenem Laden. Sie war verwitwet und lebte im zweiten Stock eines Hauses in Tarlabaşı, zusammen mit ihrer Mutter, ihrem Stiefvater, einem Bruder und zwei Halbbrüdern. Als sie an jenem Abend nach dem Theater zu ihr nach Hause gegangen waren, hatte Sacide gesagt: »Wenn sie aufwachen, gibts Ärger. Auch auf die Nachbarn vom ersten Stock muss man aufpassen.« Dass er diese Frau nicht mit zu sich nach Hause genommen hatte, lag vermutlich an dem perfiden Vergnügen, das er angesichts ihrer ängstlichen, unruhigen Begierde empfand. In einer Hand seine Schuhe, in der anderen Sacides verkrampfte Hand, waren sie vorsichtig und leise die Holztreppe hinaufgestiegen, sorgfältig darauf achtend, dass ihrer beider Füße gleichzeitig auf die Stufen traten – dabei überkam ihn Ungeduld, ein Bedauern, sie nicht mit zu sich nach Hause genommen zu haben, und die Versuchung, seine Schuhe hinzuwerfen und plötzlich zu rufen: »Heh! Wacht endlich auf, verdammt!« In ihrem Zimmer waren die Vorhänge zugezogen, es roch muffig und nach Unglück. Im rosa Licht der Lampe hatte er auf dem Teppich auf schmerzenden Knien ihre Beine gestreichelt, und das erwartete grässliche Dröhnen im Ohr war ausgeblieben. Als zwei Tage später der übliche Ärger mit Parfümgestank, geschminkten Lippen und dem Gefasel von Heirat begann, betrat er den Laden nicht wieder.

Auf einmal wurden Sacide, die Filmschönheit mit den großen Zähnen und die paar Leute, die am Schalter Eintrittskarten kauften, unwichtig: Die Frau, auf die er wartete, hatte den Kinosaal verlassen. Als sie ihn sah, blieb sie kurz stehen, schaute sich um und ging dann auf ihn zu. Er hatte nur noch Augen für diese Frau, deren Anblick ihn seit einem Jahr unweigerlich an seine Tante Zehra erinnerte. Sie trug ein verschlissenes, braunes Kleid; an ihrem Arm baumelte eine große Tasche. Scheinbar zufällig blieb sie neben ihm stehen, heftete den Blick auf das Plakat an der Wand und bewegte dann ihre Lippen so unmerklich, dass sie später ohne weiteres würde abstreiten können, überhaupt etwas gesagt zu haben. Mit leiser, rauer Stimme fragte sie: »Sollen wir reingehen?«

Er zwang sich dazu, in dieser ordinären Nase und den ganz offensichtlich künstlichen blonden Locken eine Ähnlichkeit mit seiner Tante zu sehen. Unter den Haaren schaute das Ohrläppchen heraus, daran hing ein großer Ohrring mit einem grünen Stein. Er fragte: »Wieso schaust du mich nicht an?«

Kaum hatte er in ihren schielenden Augen den feuchten Schimmer wahrgenommen, der an den Moment nach einem Regenschauer erinnerte, erfasste ihn ein unbändiges Verlangen, sie von nahem zu betrachten. Es waren die Augen von Tante Zehra.

»Gehen wir rein?«, fragte die Frau nochmal.

Hinein wollte sie mit ihm, in eine der tiefen Logen. Ihre welken, bläulichen Lippen waren rissig. (Was würde Feyyaz sagen? »Die lassen sich nicht auf den Mund küssen.«)

»Nicht hier. Kommst du mit mir nach Hause?«

»Wenn wir zu dir nach Hause gehen, kommt es für dich teurer.«

Ein kurzer Schmerz durchzuckte seine linke Schläfe. »Das Geld gibst du der Madame unten«, hatte im Bordell das Mädchen mit den vom Herumsitzen roten Schenkeln gesagt. Diese Frau, die ihn mit den Augen seiner Tante ansah, verwies vermutlich deshalb auf die unterschiedlichen Preise für ihren Körper, weil sie an diesem Ort schon mit zahllosen Männern verhandelt hatte. Er würde sie von hier wegbringen.

»Komm. Mach dir keine Sorgen ums Geld. Ich werde dir viel mehr geben, als du verlangst«, sagte er.

»Ist deine Wohnung weit weg?«

»Nein.«

Sie drängten sich durch die Menschenmenge auf der İstiklâl und stiegen in eines der Taxis. ›Bislang bin ich für sie nur einer von tausenden Kunden. Wird sie sich später nicht dafür schämen, dass sie mir gesagt hat, das komme für mich teurer?‹ Sie sprachen kein Wort. Vor seinem Wohnhaus angekommen, bezahlte er den Fahrer.

Während sie nebeneinander die Stufen hinaufgingen, fragte die Frau erstaunt: »Hier wohnst du?«

»Ja.«

Er öffnete die Tür.

»Allein?«

»Ja.«

»Du bist also nicht verheiratet?«

»Nein.«

Er führte sie direkt ins Wohnzimmer. Die Frau sah sich mit wachsendem Erstaunen um, legte dann ihre Tasche neben die Bücher auf dem Tisch, wandte sich zu ihm und sagte: »Ich kann gar nicht glauben, dass du mich hierher gebracht hast. In so eine Wohnung würde doch jede Frau, die du willst, gerne kommen.«

Ihre Stimme klang brüchig und müde. Wäre dieses vertraute Glitzern in ihren Augen nicht gewesen, hätte er sich Gedanken gemacht, woher die Müdigkeit in ihrer Stimme rührte.

»Ich wollte dich«, sagte er.

Wenn er sie jetzt umarmte und seinen Kopf an ihre Brust bettete, dann würde er wieder denselben Duft riechen wie damals im Arm seiner Tante, das glaubte er wenigstens. Wenn sie diesen Duft an sich hatte, dann würde er ihn aufspüren, auch unter getrocknetem Schweiß und Dreck. Seine Nase war empfindlich. Als die Frau die Knöpfe über ihrer Brust zu öffnen begann, schreckte er aus seinen Gedanken hoch und rief: »Was tust du da?«

»Was ich tue? Soll ich mich denn nicht ausziehen?«

»Mach langsam«, sagte er.

Es war unsinnig, zu erwarten, dass sie sich von selbst auf den Diwan setzte und seinen Kopf in ihren Schoß bettete. Alles musste er selber anordnen. Er ergriff ihren Arm und bedeutete ihr, sich auf den Diwan zu setzen. Dann legte er den Kopf in ihren Schoß und streckte sich aus. So war es im alten Haus mit seiner Tante immer gewesen. Dort, wo sein Ohr auf ihrem Magen lag, hörte er ein schwaches Grummeln. Es störte ihn nicht. Hatte auch der Magen seiner Tante solche Geräusche von sich gegeben? Das wusste er nicht mehr. Er schloss die Augen und blähte ein paar Mal die Nasenflügel, um besser riechen zu können. Vielleicht war es unmöglich, alte Gerüche erneut zu riechen. Hatte er nicht sogar im Geruch von Ayşes Haar eine Ähnlichkeit bemerken wollen, obwohl er genau wusste, dass es nicht derselbe Geruch sein konnte? Vielleicht würde er ihn riechen, wenn er am wenigsten damit rechnete.

»Streichle mal meine Haare«, sagte er.

Wenn sein Kopf in ihrem Schoß lag, hatte die Tante immer mit festem Griff seine Haare durchwühlt. Aber dies hier war anders. Das war das zögerliche Streicheln einer geistesabwesenden Hand. Manchmal waren abends Nachbarinnen zu ihnen zu Besuch gekommen. Seltsam, dass er sich auch nicht an eine einzige erinnerte. Aber immer wenn er die Augen öffnete, sah er die sich bewegenden Lippen seiner Tante vor sich.

»Du bist ja so still«, sagte er. »Erzähl doch mal was.«

»Was soll ich denn erzählen?«

»Was weiß ich, von deiner Kindheit ...«

Die Hand, die durch seine Haare fuhr, hielt inne. Das Bein unter seinem Kopf bewegte sich.

»Du bist aber ein komischer Typ. Fragst eine Frau wie mich nach ihrer Kindheit. Andere Männer wollen wissen, wie ich auf die schiefe Ebene geraten bin. Wenn du willst, kann ich dir erzählen, wie ich verdorben worden bin.«

»Das interessiert mich nicht. Ich sehe dich immer vor diesem Kino stehen. Vertreiben sie dich nicht? Wissen sie nicht, was du dort tust?«

»Na klar wissen sie das! Einen Teil des Geldes, das ich verdiene, gebe ich ihnen ab. Aber ich weiß, sie werden mich trotzdem bald vertreiben. Das Leben ist mühselig.«

Er öffnete die Augen. Die Frau starrte ins Leere. Es musste doch möglich sein, aus dieser mühseligen Welt in die Unbeschwertheit der Kinderjahre zurückzuflüchten, und sei es auch nur für diesen einen Tag, mithilfe dieser Frau, die ihn an jene Zeit erinnerte. Er bereute es, ihr eine Frage gestellt zu haben. Er hatte andere Dinge von ihr hören wollen; ein Küchenrezept zum Beispiel. In seiner Kindheit hatte er oft Küchenrezepte zu hören bekommen.

»Sag mal: ›Wenn es dickflüssig wird wie Marmelade, nimmst du es vom Feuer.‹ «

»Ich habe nicht verstanden. Was sollte ich sagen?«

Er wiederholte es. Die Lippen der Frau bewegten sich. Eine brüchige, müde Stimme sagte: »Wenn es dickflüssig wird wie Marmelade, nimmst du es vom Feuer.«

Um das Spiel zu vollenden, fehlte jetzt nur noch eine einzige Sache. »Beug dich über mich!«, forderte er. »Beug dich herunter und küsse mich auf die Nasenspitze.«

Die Frau beugte sich über ihn. Während ihr Gesicht dem seinen näher kam, bemerkte er hinter dem nebligen Schimmer ihrer zunehmend schielenden Augen ein heimliches Unbehagen. Sie küsste ihn auf die Nase und richtete sich wieder auf. ›Sie langweilt sich mit mir.‹ Auf einmal schämte er sich. Er hatte sie gemietet und dabei vergessen, dass auch sie ein Mensch war, der sich unwohl fühlen konnte und für den das Leben mühselig war. Er hatte sie als Versuchskaninchen benutzt. Aber es funktionierte nicht. Für einen Menschen, der im Heute keine Ruhe finden konnte, gab es keine Erlösung.

Die Frau fragte: »Wolltest du womöglich etwas anderes von mir?«

»Wie?«

»Anders eben, versteh doch! Andersrum ... Manche wollen das. Du kannst es ruhig sagen.«

Er richtete sich auf; der alte Schmerz durchzuckte erneut seine linke Schläfe. So etwas musste er nun heute erleben. Die Frau hatte ihn im Verdacht, ein Perverser zu sein. Er wurde nicht wütend. Wer weiß, mit wem sie jeden Tag in den tiefen Logen zu tun hatte.

»Ich will gar nichts. Du kannst jetzt gehen.«

»Hast du gesagt, ich soll gehen?«

»Ja.«

»Ich tue keinen Schritt, bevor ich nicht mein Geld bekommen habe!«

Dies war die scharfe, zänkische Stimme eines Menschen, der sein Recht einforderte. Ihre Augen blickten trocken und eisig. Er zog einen Fünfzig-Lira-Schein aus der Hosentasche und gab ihn ihr. Die Hand, die sich nach dem Geld ausstreckte, hatte lange Nägel mit abgeblättertem Lack. Die Frau nahm ihre Tasche vom Tisch und ging zur Tür. Auf der Schwelle blieb sie stehen und sah ihn an. »Du ...«

Sie ging hinaus, ohne den Satz zu Ende gesprochen zu haben. Was hatte sie wohl sagen wollen? Dann schloss sich die Haustür. Endlich war die schielende Frau für ihn erledigt. Er zündete sich eine Zigarette an und drehte am Knopf des Radios.

2

An manchen Tagen hatte er keinen Appetit. Er durchstreifte dann die Restaurants der Stadt auf der Suche nach einem bestimmten Gericht. Seltsamerweise handelte es sich zumeist um eines, das man gewöhnlich in einer anderen Jahreszeit aß. Wenn er müde und verzweifelt ein Restaurant betreten hatte und das gesuchte Gericht angeboten wurde, nahm er Platz und aß ein, zwei Bissen davon, nur um kurz darauf den Teller mürrisch wegzuschieben und stattdessen Wein zu verlangen, so als ob er eigentlich etwas ganz anderes gesucht oder sich von diesem Gericht etwas anderes erwartet hätte. Er trank viel. In manchen Nächten hielt er, während er sich gerade einschenkte, plötzlich inne, stellte die Flasche ab und stand abrupt auf. Er bezahlte dann den erstaunten Kellner und verließ eilig das Lokal, als ob er irgendwo erwartet würde. Unter den Leuten, die da saßen und auf den Straßen liefen, suchte er »sie«.

Die Appetitlosigkeit überkam ihn stets an den Tagen, an denen ihn die linke Schläfe schmerzte. Dieser Schmerz verging mittlerweile nicht mehr so schnell wie früher. Manchmal hielt er stundenlang an. Als er es eines Tages nicht mehr ertrug und in eine kleine Apotheke ging, um Aspirin zu kaufen, sagte die junge Verkäuferin, der er seine Schmerzen schilderte: »Da hilft Massage. Soll ich Sie massieren?« Zum ersten Mal seit langer Zeit war er gerührt: ein Gefühl, das er ganz vergessen hatte. Mit gesenkten Augen, um sie nicht zu erschrecken – an der weißen Schürze des Mädchens fiel ihm ein zerbrochener Knopf auf –, überließ er seinen Kopf dem entspannenden Kneten ihrer kühlen Finger und hörte nach einer Weile die Stimme des Mädchens: »An dieser Stelle tut es weh, wenn man zu viel nachdenkt. Sie haben bestimmt einen geistig anstrengenden Beruf. Was machen Sie?« »Nichts, ich bin ein Müßiggänger.« »Ach!« Die Hände auf seinen Schläfen zogen sich plötzlich zurück, als ob der Kopf eines Müßiggängers es nicht wert wäre, wie der Kopf eines Menschen behandelt zu werden. Während er die Apotheke verließ, sagte er: »Ich lebe von gestohlenem Geld.« Das Mädchen machte große Augen.

3

Im puderverschmierten Spiegel konnte er einen Mann sehen, der darauf wartete, rasiert zu werden, und derweil in einer Zeitschrift blätterte. Er wusste, dass dieser Mann den anderen zuhörte, auch wenn er selbst nichts sagte. »Ist der vielleicht genau wie ich der Meinung, dass die Frau unschuldig ist?« Der Mann, der gerade rasiert wurde und den sowohl Barbier wie Gehilfe respektvoll mit »Seyfi Bey« anredeten, sagte: »Der Kerl trägt ja nun wirklich ein Riesenhorn.«

»Das kann man so nicht sagen. Er weiß ja gar nicht, was los ist. Die Frau holt ihren Liebhaber nach Hause, wenn ihr Mann auf Arbeit ist. Nachmittags. Stunden verbringen sie da zusammen. Aber wenn ihr Mann kommt, ist der andere schon fort.«

Als der Barbier sein Kinn berührte, lehnte er den Kopf an die Rückenlehne des Sessels und schaute an die Decke. Dadurch brauchte er dem Barbier, der seine Wangen einseifte, nicht ins Gesicht zu sehen. Er ärgerte sich über ihn. Ein Heuchler und Speichellecker war das. »Sitte und Anstand müssen in unserer Straße doch gewahrt werden, nicht wahr, Seyfi Bey?«, hatte er gesagt. Seit er gekommen war, zerrissen sich der Barbier, sein Gehilfe und Seyfi Bey das Maul über die Frau aus dem Haus gegenüber, die ihren Mann betrog. Soweit er verstanden hatte, ging es um einen typischen Fall von Doppelleben. Auch er hätte Gründe gehabt, diese Frau zu beschuldigen. Aber er konnte es nicht. ›Dass sie es ihrem Mann nicht gesteht, das kritisiere ich am meisten. Sie soll ihm doch sagen, dass sie ihn nicht mehr liebt, sie einen anderen hat und dass sie sich trennen müssen.‹ Trotzdem sah er sie nicht als schuldig an. Weil sie ihren Mann nur mit einem Einzigen betrog? Weil ihr Mann einen Schnurrbart hatte? Oder weil er den Leuten, die den Verfall von Sitte und Anstand beklagten, nicht Recht geben wollte? Eine Fliege umkreiste den blauen Lampenschirm an der Decke.

»Ihr Mann ist noch nicht mal besonders alt. Alle zwei, drei Wochen lässt er sich hier rasieren. Ein ordentlicher Mensch. Arbeitsam und umgänglich.«

Er schloss die Augen. ›Ich glaube nicht, dass das ein ordentlicher Mann ist. Sie interessiert nur, ob die Form gewahrt bleibt. Ich bin da anders.‹ Er atmete durch den Mund, um den schweren Essenzgeruch der Barbiershand nicht zu riechen, die sich ständig in der Nähe seiner Nase zu schaffen machte. Als das Rasiermesser an seiner Oberlippe entlangfuhr, durchzuckte ihn ein heftiger Schmerz. Dort tat es immer weh.

»Man muss dem Mann Bescheid sagen. Das gebietet die Menschlichkeit.«

»Sie haben Recht, Seyfi Bey. Aber wenn er es dann nicht glaubt, es für eine reine Behauptung hält und einen Prozess wegen Verleumdung gegen uns anstrengt?«

Er öffnete die Augen. ›Eine Frage der Menschlichkeit ist das also!‹ Sein Blick kreuzte sich im Spiegel mit dem seines wartenden Nachbarn. Der Mann beugte sich wieder über seine Zeitschrift.

»Am besten, man führt es ihm vor Augen. Eines Tages, wenn er nach dem Mittagessen das Haus verlässt, werde ich ihn hereinrufen. ›Mein Freund‹, werde ich sagen. ›Du wohnst doch da im zweiten Stock, oder? Schau, jetzt sind die Vorhänge offen. Gleich wird jemand das Gebäude betreten.‹ Er nahm ihm das Handtuch ab. »›Sowie er in deinem Stockwerk angelangt ist, zieht deine Frau die Vorhänge zu.‹« Er begann, ihm im Waschbecken das Gesicht zu waschen. »›Wenn du ein bisschen wartest, wirst du sehen, dass die Vorhänge wieder aufgehen, sowie der Mann wieder auf der Straße ist, und dass deine Frau ihm hinterherschaut. Du könntest hingehen, nachdem die Vorhänge zugezogen worden sind, und deine Frau auf frischer Tat ertappen.‹« Er trocknete ihm das Gesicht ab. »Soll ich Ihre Haare nass machen?«

»Nein.«

Der Barbier kämmte seine Haare und griff nach einer Flasche mit Kölnischwasser. Er lehnte ab und stand auf. Nur weg von hier! Er legte das Geld auf den Tisch und ging hinaus. Draußen lehnte er sich an eine Hauswand und schaute zum gegenüberliegenden Gebäude. Er wollte der Frau sagen, was der Barbier vorhatte. Die Vorhänge im zweiten Stock waren zurückgezogen. ›Jetzt ist die Frau wohl zu Hause, mit ihrem Mann. Es wird sowieso gleich dunkel. Vielleicht haben sie beim Barbier beobachtet, wie der Kerl von der Arbeit nach Hause gekommen ist, und danach ist das Gespräch darauf gekommen. Heute kann ich es ihr nicht sagen. Und morgen?‹ Er schaute sich um, weil er sich den Ort genau einprägen wollte. Vor ihm liefen Passanten vorbei. Plötzlich verlor er die Lust. Was würde er denn ausrichten, wenn er ihnen Bescheid sagte? Die beiden würden unruhig werden und sich dann seltener, vielleicht an einem anderen Ort, treffen. Vielleicht würden sie sich aus Angst sogar trennen. Wenn sie sich wirklich liebten, musste man den Dingen ihren Lauf lassen. Wenigstens würden sie ihre Liebe so lange ausleben, bis sie erwischt wurden! Auf dem Weg zur İstiklâl zündete er sich eine Zigarette an. Er würde morgen nicht hierher kommen. Sein Rücken juckte. Wenn er im Nacken ausrasiert wurde, musste er sich hinterher immer unbedingt waschen, sonst fand er keine Ruhe. Der tugendhafte Barbier war offenbar so in den Tratsch vertieft, dass er vergessen hatte, ihm den Umhang am Hals dicht abzuschließen. Die Welt war voller Barbiere und voller Seyfi Beys. ›Und der Mann, der auf seine Rasur wartete? Der hat geschwiegen. Vielleicht war er ja der Liebhaber der Frau? Dann wäre er aber ein Teufelskerl!‹ Sicher war er sich nicht.

Man konnte die Menschen nicht auf den ersten Blick einschätzen. Wie schön wäre es, wenn seine Augen diese Fähigkeit besäßen! Dann würde er die, die er suchte, sofort finden, ohne sich ständig täuschen zu lassen. Vielleicht hatte er sie ja schon mehrfach gesehen und nur nicht erkannt! Um die Menschen einschätzen zu können, musste man ihnen kritisch zuhören und ihr Verhalten genau beobachten. Und selbst dann konnte man sich irren. Gab es überhaupt jemanden, der sich in den Menschen nicht täuschte? Er erinnerte sich an den Kellner in der Konditorei, in der er sich mit Güler getroffen hatte. Ein schweigsamer Kellner. Selbst mit seinen großzügigen Trinkgeldern war es ihm nicht gelungen, den Kellner dazu zu bewegen, auch nur einmal auf Wiedersehen zu sagen. Und auch den Orangensaft, den er immer trank, hatte er nie von alleine gebracht. Der Kellner hatte ihn verstanden. ›Nicht nur mich, auch Güler. Wie gelang es ihm, die Unterschiede zu bemerken? An jenem Tag hat er keine viermal gefaltete Zeitung hingelegt. Wie konnte er das wissen? Was ist der springende Punkt bei solchen Dingen? Ich muss mit diesem Kellner reden. Und die abrasierten Haare auf meinem Hemdkragen? Das hat Zeit.‹ Er rannte der Straßenbahn hinterher, die an ihm vorbeifuhr, und sprang auf. Drinnen war es voll. Aber das Gedränge der Aus- und Einsteigenden störte ihn nicht. Er dachte an den Kellner. In der Konditorei würde er sich an den Tisch setzen, an dem er mit Güler immer gesessen hatte, und wieder Orangensaft bei ihm bestellen – ›Vielleicht bringt er ihn ja von allein‹ – und warten, bis der Kellner Feierabend hatte. Der würde verstehen, warum er gekommen war. Und wenn er dann Feierabend hatte, würde er sich neben seinen Tisch stellen, ihn an der Schulter berühren und sagen: »Lass uns hinausgehen. Hier können wir nicht reden.« Dann würden sie sich in einer der kleinen Kneipen, die in den Seitenstraßen lagen, unterhalten.

In Parmakkapı stieg er aus. Als er die Konditorei betrat, war jener Tisch leer. Er setzte sich auf seinen angestammten Platz. In den letzten Monaten hatte sich hier nichts verändert. An der Wand standen dieselben grünen Sessel. Und das Glas Orangensaft, das der Kellner ihm diesmal hoffentlich unaufgefordert brachte, würde er zum ersten Mal im Leben trinken, ohne wütend zu werden.

»Was darf ich Ihnen bringen?«

Er hob den Kopf. Jäh durchfuhr ihn jener altbekannte Schmerz an seiner linken Schläfe. Vor ihm stand ein gut aussehender Kellner mit Fliege und sah ihn professionell lächelnd an. Er stand auf und ging. Der Inhaber des Lokals war offenbar schließlich doch noch zur Vernunft gekommen, hatte den anderen hinausgeworfen und diesen echten Kellner eingestellt. Als er gerade aus der Tür ging, stand plötzlich Sadık vor ihm.

»Na, so was!«, rief Sadık. »Gibts dich auch noch? Du lässt dich ja nie blicken! Wo willst du denn hin? Komm, setzen wir uns hin und reden ein bisschen miteinander!«

»Nicht hier. Komm!« Er packte ihn am Arm und zog ihn hinaus auf den Bürgersteig. »Gehn wir lieber woanders hin.«

»Wieso sollen wir uns nicht hier reinsetzen?«

»Er ist nicht mehr da. Sie haben ihn wohl rausgeschmissen.«

»Wen haben sie rausgeschmissen?«

»Früher war hier ein Kellner, der wusste, aus welchem Holz einer geschnitzt war. Den haben sie rausgeschmissen.«

Sadık lachte und sagte: »Du bist immer noch der Alte. Was ist denn aus den Schneidern geworden, die dich verprügelt haben? Suchst du die immer noch?«

»Ich habe sie in Mirgün getroffen. Aber ohne Schnurrbart.«

»Und dann?«

»Ist schlimm ausgegangen. Lass das jetzt. Sollen wir irgendwo einen trinken gehen?«

»Ich wollte eigentlich ins Kino, da läuft angeblich gerade ein guter Film.«

»Den kannst du dir auch morgen Abend ansehen. Komm, los. Dann können wir uns auch ein bisschen unterhalten.«

Als sie kurz darauf in einer Kneipe saßen, wartete er ungeduldig auf den Wein. Er hatte es ausprobiert: Nach zwei, drei Gläsern ließ der Schmerz in seiner linken Schläfe nach.

»Sieht aus, als wärst du dünner geworden«, sagte Sadık.

»Kann schon sein. Ich habe zurzeit keinen Appetit.«

Der Kellner brachte die Flasche und die Vorspeisen und zog sich wieder zurück. Er schenkte die Gläser voll. Es war ihm peinlich, zu erklären, warum er die meisten Abende trank.

»Was gibts bei dir Neues?«, fragte er.

Sadık redete über die Schwierigkeiten im Atelier und zu Hause. Er hörte ihm zu und trank dabei. Aber es gelang ihm nicht, sich für die Mühsal mit den Farben und Sadıks Schwierigkeiten, seinen Lebensunterhalt zu bestreiten, zu interessieren. Ihn beschäftigte die Frage, was aus Sami geworden war.

»Siehst du, so ist das eben. Warum trinkst du so schnell?«

»Mir tut hier etwas weh. Seit einem Monat klopft es. Wenn ich Wein trinke, lässt der Schmerz nach. Dann kann ich mich auch wieder beruhigen.«

»Bist du mal zu einem Arzt gegangen?«

»Nein.«

»Geh doch mal hin.«

»Schon gut. Wie geht es Sami? Ich finde, der Junge kann was.«

»Stimmt.«

»Er hat einen Blick für Leute. Der wird mal ein großer Maler.«

»Ja.«

Sein Gesicht schien sich zu verdüstern. ›Ist er vielleicht neidisch?‹

Sadık griff nach seinem Glas. »Sami geht es in letzter Zeit nicht so gut. Seine Schwester hat hysterische Anfälle.«

»Soll sie heiraten, dann vergeht das.«

»Sie studiert.«

»Und wenn schon, dann soll sie das Studium eben aufgeben und heiraten. Wenn Mädchen anfangen, Nervenkrisen zu kriegen, muss man sie verheiraten. Wenn eine verheiratete Frau damit anfängt, muss man sich scheiden lassen. So funktioniert das.«

»Hast nicht gerade du Verallgemeinerungen immer verachtet?«

»Das ist keine Verallgemeinerung. Man könnte es sogar als ›Eingrenzung‹ bezeichnen.«

Er rief den Kellner und bestellte eine weitere Flasche Wein. In der vollen Kneipe brüllten alle aufeinander ein. Während er die Gläser nachfüllte, lachte ein Mann. In der Nähe sagte einer: »Richtig so. Gelegenheit macht Diebe.« Was dann kam, hörte er schon nicht mehr.

Sadık bot ihm eine Zigarette an und fragte: »Und du? Was hast du gemacht, seit wir uns das letzte Mal gesehen haben?«

Nun schämte er sich nicht mehr. Er würde es sagen können. »Die meisten Abende trinke ich. Ich behaupte zwar, ich trinke nur, um den Schmerz an der Schläfe nicht zu spüren oder um Appetit zu bekommen, aber ich weiß, dass das nicht stimmt. Ich trinke, um mich von einer Art Hoffnungslosigkeit zu befreien. Vielleicht auch von mir selbst. Es gibt zwei Sorten Trinker. Der eine trinkt und schämt sich dafür, dass er sich davon Erlösung verspricht. Zu dieser Sorte gehöre ich. Und dann gibt es Leute wie die, die hier um uns herum sitzen. Wieso trinken die? Um dem gesellschaftlichen Druck zu entkommen. Um mal ungeniert brüllen und laut lachen zu können. Denn draußen ist das verboten. Sie lachen hier, damit sie nicht auf der Straße lachen müssen. Solche Leute trinken wenig. Und ich? Finde ich Erlösung, wenn ich trinke? Vielleicht werde ich nur die Kopfschmerzen los …«

»Und an den Abenden, an denen du nicht trinkst?«

»Bin ich auf der Suche.«

»Du wirst immer auf der Suche sein. Ob es nun Bilder sind oder Bücher …«

»Das ist eine Frage des Halts. Der Mensch braucht einen Halt.«

»Verstehe ich nicht.«

»Das ist eine Frage des Halts, habe ich gesagt. Das Leben ist wie ein Gang über eine schwankende Brücke ohne Geländer. Wenn man keinen Halt hat, stürzt man in die Tiefe. Oder nimm die Haltegriffe in der Straßenbahn. Die Leute strecken die Hand aus und halten sich daran fest. Der eine sucht in seinem Reichtum Halt, der andere in seinem Titel, und noch ein anderer in seiner Arbeit, in seiner Kunst. Für manche erfüllen ihre Kinder diese Funktion. Jeder glaubt, sein Halt sei der beste, der stabilste und merkt gar nicht, wie lächerlich das ist. In einem Dorf bei Kağızman habe ich einen Mann kennen gelernt, der seinen Halt bei seinem Paar Ochsen suchte. Seine Ochsen waren gut ernährt und stets sauber gestriegelt. Er wollte, dass alle Leute sagten: ›Niemand hat so schöne Ochsen wie Veli Ağa.‹ Und das ist noch nicht mal die lächerlichste aller Vorstellungen. Seit ich erkannt habe, wie heuchlerisch, falsch und lächerlich die gesellschaftlichen Werte sind, suche ich nach dem einzigen ernst zu nehmenden Halt, den es gibt: nach der wahren Liebe. Nach einer Frau. Einer, die dasselbe denkt und fühlt wie ich, sodass wir in unserer Liebe einander genügen.«

Sadık hatte den Kopf auf seine linke Hand gestützt und starrte vor sich hin. Die Asche der Zigarette, die er zwischen zwei Fingern dieser Hand hielt, war zu einem leicht gebogenen Wurm angewachsen und würde gleich in das halb volle Weinglas darunter fallen.

»Schnipp mal die Asche von deiner Zigarette ab«, sagte er.

Kaum bewegte er die Hand, fiel die Asche neben das Glas. Sadık beugte sich vor und pustete. »Die Frau, die du suchst, gibt es auf der ganzen Welt nicht«, sagte er.

»Doch! Wenn es sie nicht gäbe, würde auch ich nicht existieren. Sie lebt in dieser Stadt. Eines Tages werde ich sie finden.«

»Wirst du nicht. So eine Frau gibt es nicht.«

Er drückte seine Zigarette aus und unterdrückte eine Entgegnung. Wie sollte er ihn davon überzeugen, dass es diese Frau gab? Sadık hatte doch noch nicht mal nachvollziehen können, wieso er die beiden Schneider hatte finden müssen, die ihn verprügelt hatten. »Wenn du das so siehst, wieso regst du dich dann auf?« Sadık fügte noch hinzu: »Man muss nach etwas suchen, was man auch finden kann. Eine echte Frau aus Fleisch und Blut, ein Buch oder ein Bild. Ach ja, hast du dir die Ausstellung angeschaut?«

»Nein. Ich kaufe schon seit langem keine Bilder mehr.«

»Du hast also Kemals neuestes Bild nicht gesehen?«

»Wie? Ist Kemal wieder aus Frankreich zurück?«

»Wusstest du das nicht? Seit sechs Wochen schon. Das Landschaftsbild, das er dort ausstellt, ist großartig. Wenn du es sehen würdest, würdest du wieder anfangen Bilder zu kaufen.«

»Lass mich doch in Ruhe mit dem Bild! Erzähl mir lieber etwas über ihn. Wo arbeitet er? In seinem alten Atelier?«

»Nein, aber ganz in der Nähe.«

Erst jetzt fiel ihm die unerträgliche Hitze in der Kneipe auf. Er kratzte sich im Nacken und rief: »Kellner, die Rechnung!«

»Was ist denn los?«, fragte Sadık.

»Wir gehen jetzt Kemal besuchen.«

»Wo sollen wir ihn denn um diese Zeit auftreiben? Der ist jetzt bestimmt nicht im Atelier.«

»Und wenn schon. Wir schauen einfach mal dort vorbei.«

Sie standen auf. Draußen war es kalt. Sie gingen durch die Passage und an der Englischen Botschaft vorbei, den Hügel hinunter.

Kurz darauf sagte Sadık: »Mensch, so was! Bei ihm brennt Licht. Hier ist es.«

Er zündete ein Streichholz an, hielt es an die Klingelleiste neben der Tür und drückte dann auf den obersten der vier Knöpfe. Ganz oben ging ein Fenster auf, und ein Kopf schaute heraus.

»Wer ist da?«

»Ich bins, Sadık! Hier ist jemand, der dich besuchen möchte. Komm runter und mach die Tür auf!«

»Nichts da. Ihr seid doch betrunken.«

»Bist du jetzt beim Grünen Halbmond, dass du plötzlich was gegen Alkohol hast, oder was? Mach schon, komm runter!«

»Wer ist denn bei dir?«

Er bedeutete Sadık zu schweigen und rief: »Ich!«

»Moment mal. Bist du das womöglich, C.?«

»Genau.«

»Was, lebst du immer noch?«

»Ja klar. Du weißt doch, ich sterbe erst morgen.«

»In Ordnung. Ich werfe den Schlüssel runter.«

Die Passanten starrten sie an.

Sadık rief: »Faulpelz, komm gefälligst selber runter! Der Schlüssel geht noch kaputt.«

»Tut er nicht. Ich habe ihn in ein Taschentuch gewickelt.«

Das Taschentuch fiel neben ihnen auf den Boden. Sadık öffnete die Tür. Während sie das dunkle Treppenhaus hinaufgingen, zündeten sie ein Streichholz nach dem anderen an. Oben, im Licht, das aus dem Atelier fiel, kam ihm Kemal verändert, gealtert vor. Seit zwei Jahren hatten sie sich jetzt nicht gesehen.

»Oho, habt ihr es doch noch bis hier hinauf geschafft«, sagte er.

Sie umarmten sich und küssten sich auf die Wangen. Er erkannte den Geruch nach Ölfarbe und Leinöl wieder, den er seit dem Sommer vergessen hatte. Auf einmal bedauerte er, hierher gekommen zu sein.

»Ihr habt nen anständigen Schluck genommen, na was solls«, sagte Kemal. »Wie man sieht, gibt es selbst in der zweiten Hälfte des zwanzigsten Jahrhunderts noch Zufälle. Zum Beispiel den, dass ich so früh am Abend hier bin. Ich wollte eigentlich auch einen trinken gehen, habs dann aber bleiben lassen. Ich dachte, ich gehe früh zu Bett und trete morgen mit schmerzfreiem Kopf und frischem Atem vor meine Geliebte. Ach, macht ja nichts, jetzt hört ihr es noch vor meinem Vater: Ich werde bald heiraten.«

»Hals- und Beinbruch! Und Kindersegen. Hast du irgendwas Neues gemalt?«, fragte Sadık.

Kemal lachte und deutete auf ein Bild an der Wand. Während Sadık sich ein paar Schritte entfernte, wandte er sich ihm zu.

»Setz dich. Wieso bist du in den letzten eineinhalb Monaten nicht mal vorbeigekommen?«

»Ich wusste nicht, dass du zurück bist.«

»Was machst du denn so? Erzähl!«

Sie setzten sich alle an den Tisch. Mit zunehmendem Unbehagen erzählte er ihm, dass er noch immer trank, sich noch immer langweilte, noch immer ein Müßiggänger war – und immer noch auf der Suche war.

»Du hast sie also immer noch nicht gefunden?«, fragte Kemal.

»So ist es.«

»Ich schon.«

»In Frankreich?«

»Nein. Hier.«

Als ob er den Ernst hinter dem scherzhaften Ton nicht gespürt hätte, sagte er: »Es stimmt also, du wirst heiraten.«

»Ja.«

»Wer ist es? Kenne ich sie?«

»Ich weiß nicht. Sie ist auch Malerin …«

Sadık gesellte sich wieder zu ihnen. »Wie geht es dir mit den Farben? Fällt es dir leicht, den richtigen Farbton zu finden?«

Während sich die beiden über Farben unterhielten, stand er auf und stellte sich vor das Bild an der Wand. Es erinnerte an eine Brücke mit einem unsichtbaren Ende. Aber was auch immer es sein mochte, es war ihm egal. Er hatte sich nur hierher gestellt, um ihr Gerede nicht mit anhören zu müssen. Das unordentliche Atelier sah zwar genauso aus wie Kemals früheres Atelier, aber der Besitzer hatte sich verändert. Dieser Mann war der Einzige, in dessen Gegenwart er sich nicht gelangweilt hatte. Aber in Zukunft würde er bei jedem Treffen immer daran denken müssen, dass er ein Heiratswilliger war. Nun würde er nicht mehr sagen: »Steck dir dein Geld hin, wohin du willst.« Vielleicht würde er in Zukunft vielmehr gekränkt sein, wenn er ihm kein Bild abkaufte. »Sie ist auch Malerin«, hatte er gesagt. ›Ob sie es ist? Wieso nicht?‹ Er kratzte sich im Nacken. Die beiden unterhielten sich.

»Wenn ihr heiratet, stellt ihr euch einander gegenüber und malt euch gegenseitig in Lebensgröße.«

Sie lachten.

»Das geht nicht. Meine Freundin malt keine Menschen«, sagte Kemal.

Mit der linken Hand rieb er sich die Schläfe. Im Geiste sah er die beiden Bilder, die er geschenkt bekommen hatte. Sie hingen nebeneinander an einer lindgrünen Wand. Eine Frau hatte einmal zu ihm gesagt: »Man sieht, dass ein echter Künstler diesen Akt gemalt hat.« Diese Bilder hatte er selbst an dieser Wand aufgehängt. Er war gekränkt, als ob ihm eine unerwartete Ungerechtigkeit widerfahren wäre. Die beiden unterhielten sich angeregt. Es ging ihnen gut. Sie hatten ihre Farben und ihre Bilder. ›Ich gehöre nicht zu ihnen.‹ Sie schienen ihn vergessen zu haben. Wörter wie Preußischblau, Kobaltblau drangen an sein Ohr. »Das Problem mit dem Veronesegrün ist, dass …« Auf einmal packte ihn wieder das Gefühl, etwas zu verpassen. Er öffnete die Tür.

»Wo willst du hin?«, rief Kemal.

»Ich habe Kopfschmerzen. Bis dann!« Er schloss die Tür und ging zur Treppe.

Drinnen hielt Sadık Kemal am Ärmel fest und sagte: »Lass ihn gehen.«

»Was ist denn? Wieso ist er denn gegangen?«

»Du kennst ihn doch! Es ist doch immer dasselbe. Wenn ihn der Hafer sticht, dann geht er einfach. Acht Monate lang war er verschwunden. Heute Abend haben wir uns getroffen, als er gerade aus einer Konditorei kam. Wir sind einen heben gegangen. Er sagt: ›Wir gehen über eine schwankende Brücke ohne Geländer.‹ Alle Werte hat er verloren, jetzt sucht er nach einem Halt. Ich würde mich nicht wundern, wenn er bald völlig überschnappt. Er ist eben so. Hast du in Paris mal mit Léger gesprochen?«

Als er aus der Haustür trat, war die Straße menschenleer. Die meisten Stadtbewohner lagen nun entweder im Bett, oder sie bewegten sich darauf zu. Er lief in Richtung İstiklâl. Eine Frau kam ihm entgegen und machte einen Bogen um ihn. Er folgte ihr nicht. Er wusste Bescheid. Ein Taxi fuhr schnell an ihm vorbei. Die Frau und der Mann, die darin saßen, kamen ihm wie Mannequins vor. ›Warum? Warum seid ihr so?‹ In einer Welt, die sich mit dem Bestehenden zufrieden gab und lebte, ohne zu suchen und ohne nachzudenken, war er allein. Der Rücken juckte ihn. Er würde nach Hause gehen und sich waschen.

4

Eine Weile lang dachte er über die Ameisen nach. Wenn der Regen nachließ, kamen sie voller Arbeitseifer wieder aus ihren Verstecken hervor, nicht anders als die Menschen auf der Straße, die er durch das Panoramafenster des Konditors beobachtete. Als er eine halbe Stunde vorher beim Betreten der Konditorei den Verkehrspolizisten gesehen hatte, der auf dem kleinen Platz seine Kelle schwang, war ihm ein Tag in Erinnerung gekommen, an dem er vor langer Zeit schon einmal hier gesessen hatte. Er hatte ein Glas Orangensaft getrunken, doch dann war ihm beim Anblick seines Tischnachbarn, der in einem schwarz-weiß gemusterten Mantel Baklava aß, schlecht geworden – dass andere Leute mit Appetit aßen, empfand er als grobe Ungerechtigkeit –, und er hatte beschlossen, ins Kino zu gehen, sobald der Regen aufhörte. Nun aber dachte er über Ameisen nach. Er wusste genau: Wenn er jetzt ins Kino ginge, würden seine Kopfschmerzen stärker werden, und er würde ständig dieses Gefühl haben, irgendwo etwas zu verpassen. Dieses »Irgendwo« konnte auch hier sein. ›Wieso eigentlich nicht? Schließlich werde ich sie irgendwo in dieser Stadt sehen. Wieso sollte sie nicht vor dieser Fensterscheibe vorbeilaufen, verblüfft, sich mitten in dieser Ameisenherde wiederzufinden, die hastig ihrer Arbeit zustrebt?‹ Seine Ohren gellten vom Lärm der

Straße wider. Der Verkehrspolizist, der mit seiner Kelle den Straßenverkehr regelte, kam ihm vor wie der Dirigent eines armseligen Orchesters, das hier die schlechte, langweilige Symphonie eines unbekannten Komponisten aufführte. Er machte sich bereit, der ersten Frau, die vor dem Fenster vorbeigehen würde, zu folgen: warf den Zigarettenstummel weg, den er in der Hand hielt, holte einen Ein-Lira-Schein aus der Hosentasche und legte ihn auf den Tisch. Als er eine Frau sah, die am Arm eines Mannes in Richtung Galata-Brücke ging, änderte er seinen Entschluss. Von nun an wollte er der ersten Frau folgen, die nach rechts, in Richtung Tophane, ging. Die erste Frau, die diese Richtung einschlug, war ein fettes altes Weib mit runzeligem Gesicht. Er ballte die Fäuste. Das ging jetzt aber wirklich zu weit! War er nur ein Spielzeug in den Händen eines grässlichen, geheimen Wesens, das sich mit ihm einen Spaß erlaubte und ihn foppte? Er ärgerte sich, wenn er Dinge nicht herausfinden konnte. Innerlich fluchte er. ›Mir doch piepegal, was ihr tut. Macht euch nur lustig über mich. Und ich werde sie trotzdem irgendwann finden, auch wenn ihr's nicht glaubt.‹ Ein Mädchen ging an dem Fenster vorbei und blickte hinein, aber sie sah nicht ihn an, sondern sie schaute ins Innere des Lokals. Dieses sorgenvolle Gesicht, diese furchtsamen blauen Augen hatte er früher schon einmal irgendwo gesehen. Auf einmal ließ sein Kopfschmerz nach, und eine wilde Freude erfüllte ihn. Hastig erhob er sich. Sie war es, die er gesucht hatte. Seine Kopfschmerzen waren nicht dank des Aspirins, das er mit dem Orangensaft genommen hatte, so plötzlich vergangen, sondern weil er ihr Gesicht gesehen hatte. Er stürzte durch die Tür und ging dann langsamer, als er den hellblauen Regenmantel sah. Sie lief zwanzig Meter vor ihm, ohne sich umzudrehen. Wenn er jetzt ihren Arm nahm und Guten Tag sagte, würden sie einander vielleicht wortlos verstehen. Vielleicht würde sie nur sagen:

»Schweig, ich weiß.« Aber nicht hier, unter all den Ameisen, wollte er ihren Arm nehmen, sondern in einer menschenleeren Straße. Und diese Straße, die er noch nicht kannte, wollte er möglichst schnell erreichen. Als er sah, dass das Mädchen im blauen Regenmantel zu rennen begann, war er irritiert. Kaum war sie in den wartenden Autobus eingestiegen, lief auch er los, aber zu spät: Der Bus war schon losgefahren. Im Laufen schrie er noch: »He, anhalten!«

Die Passanten drehten sich nach ihm um. Erst rempelte er einen Mann an, dann einen weiteren ... Er konnte sich unmöglich damit abfinden, dass er den Bus verpasst hatte. Es musste eine Lösung geben. Der Bus verschwand zwischen anderen Fahrzeugen in der Ferne. Wie hatte er nur vergessen können, dass dies ein schnelllebiges Zeitalter war? Schwer atmend blieb er stehen. Die anderen starrten ihn an. Er winkte einem Taxi, das an ihm vorbeifuhr.

»Taxi!«

Es war besetzt und hielt nicht an. Wenn er den Autobus noch einholen wollte, brauchte er unbedingt ein Taxi. Er sprang mitten auf die Fahrbahn und schwenkte beide Arme, als ihm ein anderes Taxi mit hoher Geschwindigkeit entgegenkam. Der Fahrer bremste und wich nach rechts aus, er sprang dem Auto in den Weg. Eine Frau schrie. Das Taxi blieb stehen. Er ging auf den Fahrer zu, der mittlerweile ausgestiegen war, und sah dabei den genervten, wütenden Blick des Mannes im Fond. Vielleicht war es ein Vertreter auf dem Weg zur Arbeit.

»Du Hurensohn! Bist du lebensmüde, oder was?«, schimpfte der Fahrer.

»Fahr dem Autob...«

Der Fausthieb auf seiner Brust ließ ihn straucheln. Zuerst war er verdutzt, dann schlug er mit auflodernder Wut dem Fahrer ins Gesicht. Der Mann hob zum Schutz die Hände und stürzte auf den nassen Asphalt. Seine Finger waren blutig. Um ihn herum wurde die Kakophonie aus Autohupen, dem Klingeln von Straßenbahnen und menschlichen Stimmen immer lauter.

»Seine Nase ist gebrochen«, sagten sie.

»Er ist ohnmächtig geworden.«

»Ja, und seine Nase ist gebrochen.«

Jemand packte ihn am Arm und fragte: »Was ist los, was ist passiert?«

Er hob den Kopf, es war ein Polizist.

»Ich habe alles gesehen«, sagte der Mann im Taxi. »Der da ist schuld. Er ist vor das Auto gesprungen und hat es angehalten. Und dann hat er noch den Fahrer geschlagen.«

Die Umstehenden sahen ihn feindselig an. Er war umzingelt. Den Autobus holte er nicht mehr ein. Auf einmal war der Schmerz in seiner linken Schläfe wieder da. Er gab endgültig auf. Unterwarf sich dieser unsinnigen, höhnischen Ordnung, die schuld daran war, dass er die, nach der er seit Jahren suchte, wieder verloren, kaum dass er sie gefunden hatte. Sollten sie doch mit ihm machen, was sie wollten.

Der Polizist nahm ihn beim Arm und fragte mit unerwartet weicher Stimme: »Was ist passiert? Erzähl.«

»Ich wollte den Autobus einholen ...«

Er schwieg. Es hatte keinen Sinn zu sprechen. Von nun an würde er niemandem mehr von ihr erzählen. Er wusste: Sie würden es ja doch nicht verstehen.

Nachwort

Yusuf Atılgan ist ein atypischer Vertreter der türkischen Moderne. Er blieb unauffällig als Person und hielt sich im Großen und Ganzen vom Literatur- und Kunstbetrieb der Metropole Istanbul fern, was allein genügt hätte – entsprechend der Wendung »Aus den Augen, aus dem Sinn« –, sein Werk zu übersehen. Doch ihm gelang es, fast ohne eigenes Dazutun und von der Provinz aus, mit zwei Romanen und einem Erzählband literarisch Aufsehen zu erregen und auch nach seinem Tod präsent zu bleiben. Heute gilt Yusuf Atılgan in der Türkei als ein moderner Klassiker.

Die beiden Romane, die thematisch miteinander korrespondieren, sind *Der Müßiggänger (Aylak Adam)* aus dem Jahr 1959 und *Hotel Heimat (Anayurt Oteli, 1973)*. Der Erstlingsroman *Der Müßiggänger* wurde im renommierten Yunus-Nadi-Romanwettbewerb mit dem zweiten Preis ausgezeichnet und in der Folge kontrovers diskutiert – kontrovers zwischen den Anhängern der in den Fünfzigern und Sechzigern des letzten Jahrhunderts tonangebenden sozial Engagierten und den Modernisten.

Yusuf Atılgan wurde am 27. Juni 1921 in der westanatolischen Stadt Manisa am Fuß des in der griechischen Mythologie Sipylos genannten Berges Spil geboren. Dort ging er zur Grund- und Mittelschule und wechselte anschließend auf das Gymnasium nach Balıkesir in der nördlichen Nachbarprovinz. Nach dem Abitur im Jahre 1939 studierte er an der Universität Istanbul türkische Sprache und Literatur und schrieb 1944 über den Autor Tokatlı Kâni (18. Jh.) seine Abschlussarbeit. Ab dem zweiten Studienjahr erhielt er ein Militärstipendium. 1945 wurde er in Akşehir am Militärgymnasium für ein Jahr als Türkischlehrer angestellt. Diese Art bürgerlicher Existenz widersprach jedoch seinem Wesen, sodass er sich 1946 in sein Heimatdorf Hacırahmanlı in der Provinz Manisa zurückzog, wo er sich fortan mit der Landwirtschaft beschäftigte. Damit entzog er sich auch dem Druck strafrechtlicher Ermittlungen und dem Hexenkessel der Bespitzelungen wegen seiner linken Gesinnung.

Im Jahre 1976 zog Atılgan nach Istanbul. Ab 1980 arbeitete er zeitweilig für verschiedene Verlage, u. a. Karacan, Can, als Berater, Übersetzer und Lektor. Atılgan starb am 9. Oktober 1989 in seinem Haus in Moda, im asiatischen Teil Istanbuls, an Herzversagen. Sein dritter Roman mit dem Titel *Canistan* (Herzland) blieb unvollendet, wurde jedoch posthum im Rahmen der *Gesammelten Werke* publiziert (2000). Zu Lebzeiten, bereits 1960, veröffentlichte er einen Band seiner Kurzgeschichten unter dem Titel *Bodur Minareden Öte* (Jenseits des Zwergminaretts). 1992 wurden seine gesammelten Kurzgeschichten in einem Sammelband mit dem Titel *Eylemci* (Aktivist) herausgegeben.

Etwas einfallslos bezeichnete die türkische Kritik die beiden ersten Romane von Yusuf Atılgan als Romane der Einsamkeit und persönlichen Krise. Doch Yusuf Atılgans *Der Müßiggänger* markiert bereits vor Autoren wie Oğuz Atay (1934–1977) und Sevim Burak (1931–1983) einen Meilenstein der türkischen Moderne, die das entfremdete Individuum in den Mittelpunkt stellt und nach neuen sprachlichen Ausdrucksmöglichkeiten sucht. Als früher Wegbereiter dieser Tendenz vor Atılgan ließe sich allenfalls Sait Faik (1906–1954) nennen, dessen Erzählband *Der unnötige Mann* schon 1948 erschienen war.

Die Darstellung der Unverträglichkeit des Individuums mit der es als Medium umflutenden Gesellschaft in solcher Intensität und bedrückender Leichtigkeit war neu. Die bewusste Einfachheit der Sprache ebnete dem Leser den Weg zu einer spannenden Lektüre. Spannungsmomente ergeben sich aus den Kindheitserlebnissen des Romanhelden C., die dessen Persönlichkeit tief geprägt haben, und aus der Auseinandersetzung mit den tradierten Konventionen der Gesellschaft, denen sich die Menschen, wie in einem Ameisenstaat, blindlings fügen, oder zumindest vorgeben, es zu tun. Der Protagonist C. will mit diesen Massenmenschen nichts zu tun haben, ist ihnen jedoch, sobald er sich aus dem Haus begibt, auf Schritt und Tritt ausgesetzt.

Seine psychisch tief wurzelnden Marotten, die auch seine Sicht auf andere Menschen und die gängigen gesellschaftlichen Werte – für ihn Unwerte – prägen, haben ihre Ursache in der Kindheit, im Kindheitstrauma. C. war erst ein Jahr alt, als seine Mutter starb. Seine Tante Zehra wurde zum Muttterersatz und zog ihn auf. Der Vater, ein gut verdienender Makler, autoritär und Schürzenjäger, nimmt sich zur Befriedigung seiner sexuellen Bedürfnisse nicht nur die Dienstmädchen, sondern auch Tante Zehra. Das schockierende Erlebnis schlechthin ist der Moment, als der kleine C. zum ersten Mal bewusst den Beischlaf der beiden beobachtet, dem der lüsterne Satz des Vaters vorausgeht: »Zehra, wo sind denn deine schönen Beine!« Das brennt sich als Schlüsselsatz in C.s Gedächtnis ein. An Tante Zehras Brust oder den Kopf in ihren Schoß gelegt, fühlte sich das Kind C. stets wohl und geborgen. Tante Zehra mit ihren Beinen und ihrem Busen gehörte, in seiner kindlichen Vorstellung, ausschließlich ihm. Der abgewandelte Ödipuskomplex sitzt tief in seiner Seele.

Dieses frühe Erlebnis spannt ihn zeitlebens schmerzlich zwischen zwei Pole. Tante Zehra und ihre Beine bleiben fortan das magisch fesselnde Erlebnis. Sie ist der Inbegriff der Liebe, Geborgenheit, duftendes, beglückendes Leben und endlose Sehnsucht. Der andere Pol ist der Hass auf den ihm fremd gebliebenen und von seinem Glück feindlich Besitz ergreifenden Vater. Und dieser Hass überträgt sich auf die anderen Menschen und die Beziehungen zu ihnen. In der Masse fühlt er sich mutterseelenallein, unpässlich.

In der Tiefe verborgen sitzt aber auch das Ideal der Liebe, das Tante Zehra symbolisiert. In einem unsteten Leben ist das ständige Suchen nach dieser »wahren Liebe« der einzige Halt im Leben, das mit dem Bild »einer schwankenden Brücke ohne Geländer« beschrieben wird. Die anderen Menschen finden den vermeintlichen Halt in ihrem Leben in der täglichen Arbeit, in Ehe und Familie, der eigenen Wohnung und täglich wiederkehrenden Verpflichtungen. Das alles ist für C. Heuchelei, Falschheit. »Seit ich erkannt habe, wie heuchlerisch, falsch und lächerlich die gesellschaftlichen Werte sind, suche ich nach dem einzigen ernst zu nehmenden Halt, den es gibt: nach der wahren Liebe. Nach einer Frau. Einer, die dasselbe denkt und fühlt wie ich, sodass wir in unserer Liebe einander genügen.«

Die unmögliche Vorstellung, jenseits von allen anderen Menschen glücklich zu werden, mündet in die absolute Zweisamkeit, in »eine Zwei-Personen-Gesellschaft«, in der man einander liebt, einander genügt.

In diesem Ameisenhaufen von Menschen, denen er im Bus, Kino und in der Straßenbahn begegnet, die an ihm vorüberziehen, wenn er am Fensterplatz im Café oder in einem Speiselokal sitzt, gibt es bestimmt diese eine Person, die ihm zur liebenden Zweisamkeit fehlt, der er irgendwann und irgendwo begegnen wird. Ja, er ist sicher, ihr schon begegnet zu sein. Alle anderen Menschen sind überflüssig und wurden umsonst geboren. Er vermutet *sie* in der einen oder anderen Frau, der er ein ausgefallenes Verhalten andichtet. So auch in dem Mädchen, das er in einem Speiselokal sitzen sieht, wo es aus dem Rahmen fällt, und das ihm jenseits aller Dinge und Gäste erscheint. Als sie das Lokal verlässt, bekommt er gerade sein Reisgericht serviert und geht ihr nicht nach. Er ist sich sicher, dass er sie an einem anderen Abend in demselben Lokal treffen wird, und will ihr dann nachgehen. Verschieben als Kunstgriff. Doch sie ist seit einer Woche nicht gekommen. Nun muss er sich auf die Suche nach ihr machen. War dieses Mädchen schon B., in der das gesuchte Ideal allmählich schicksalhaft Gestalt annimmt? Der Erzähler kommentiert als Komplize des Lesers diese Begegnungen mit B., die er immer wieder inszeniert. Der Leser weiß dadurch mehr als C., der auf seiner Suche diese Chancen übersieht.

Das gemahnt zwar an das mystische Suchen nach der »einen Wahrheit« in der islamischen Tasavvuf-Tradition, doch der profane Bezug in C.s Suchen ist zu stark.

Die Suche verselbständigt sich, wird zum Spiel, zur Lebensform für C. Er begibt sich hinaus auf die Straße, wenn alle ihrer täglichen Arbeit nachgehen oder von ihr nach Hause zurückkehren, sucht zum Zeitvertreib nach den beiden Schneidern, die ihn verprügelten, nach vielsagenden Straßennamen, nach einem Mann im Ameisenhaufen, der auf Anhieb als Tischler zu erkennen wäre, beobachtet den Verkehrspolizisten mit seinem Knüppel, findet seine Rituale langweilig, verpasst wildfremden Leuten konventionelle Berufe, Beschäftigungen, Interessen, verliert sich in Mutmaßungen darüber.

Das Suchen als Spiel ist nur möglich, weil C. materiell unabhängig ist, als Erbe seines verstorbenen Vaters über reichlich Geld verfügt und keiner geregelten Arbeit nachgehen muss. »Mein Vater glich seine Lieblosigkeit mit Geld aus.« Die Verwaltung der geerbten Mietshäuser besorgt ihm sein geschäftstüchtiger Anwalt, den er einmal im Jahr wegen der Abrechnung sieht, und das ist ihm schon zu viel.

C. ist ein außergewöhnlicher, ein sonderbarer Müßiggänger. Er ist kein Taugenichts, sondern ein Intellektueller, der viel liest, Musik hört, ins Kino und ins Theater geht, Ausstellungen besucht und Bilder sammelt. Er ist auch nicht der moderne Typ des Erbprassers, der in der Frühphase des türkischen Romans ausgeprägt ist. (Als Beispiel könnte man Ahmet Mithats *Felatun Bey und Rakim Efendi* nennen.) Auch mit Gontscharows Oblomow und Lermontows Helden hat er wenig gemein.

C.s Introvertiertheit wird durch das Spiel des Suchens ins Gegenteil verkehrt. Er folgt, in der Hoffnung, *sie* zu finden, jungen Frauen auf der Straße, spricht sie an und geht für eine gewisse Zeit mit ihnen ein Verhältnis ein, verlässt sie enttäuscht und sucht weiter. Durch das Spiel mit der Suche, der Einsamkeit, der Langeweile und nicht zuletzt der Angst heben sich diese selbst auf.

C. verabscheut den Alltagstrott, ist jedoch durch das Suchen seinem eigenen Alltagstrott ausgeliefert. Und durch das Spiel des Suchens verfängt er sich auch im Alltagstrott anderer. Selbst wenn er sich um keinerlei Konventionen schert, so führt doch sein Interesse für Bücher, Bilder, Musik zu immer wiederkehrenden Handlungen.

Der intellektuelle Vielleser C. zitiert auffallend viele Künstlernamen, Helden oder Titel aus der Weltliteratur: Hamlet, Othello, Dylan Thomas, Modigliani, Milton, Bach, Eluard, van Gogh, Faulkner, T. Capote, Léger und nicht zuletzt *The Naked and the Dead* von Norman Mailer. Diese Verweise dienen dazu, die eigene Situation zu verdeutlichen. Van Gogh beispielsweise muss für die These herhalten, dass es keinen vollkommenen Menschen gibt. »Aber selbst der war unvollkommen. Auf dem Selbstporträt, das er im Irrenhaus gemalt hat, konnte er sich nicht entschließen, den Menschen die Seite ohne Ohr zu zeigen. Niemand ist wirklich konsequent!«

Das Jucken am linken Ohr ist C.s ausgefallener Tick, ein Zeichen der immer wiederkehrenden inneren Unruhe, des Unbehagens, der völligen Leere. Wenn eine Beziehung droht zur Gewohnheit zu werden, schlägt das Ohr juckend Alarm. Auch dieser Tick rührt von seinem Kindheitstrauma her. Der Vater verletzte den Sohn am Ohr, als der ihn mit Tante Zehra überraschte und wutentbrannt anfiel.

Der Roman besteht aus vier Kapiteln, die nach Jahreszeiten betitelt sind: Winter, Frühling, Sommer, Herbst. Mit dieser Einteilung wird gleichsam deutlich, dass C.s Laborversuche, eine Beziehung auf Haltbarkeit im Sinne der großen, wahren Liebe zu prüfen, sich als Irrtum erweisen. Eine Beziehung hält höchstens eine Jahreszeit.

Im Winter beendet er das Verhältnis zu der Malerin Ayşe. Der Vorwand zum Bruch ist unbegründete Eifersucht. Er sieht sie mit einem anderen Mann auf der Straße. Um sich einer Beziehung nach einer gewissen Zeit zu entledigen, scheut er nicht davor zurück, die Eifersucht – ein allgemein menschliches Gefühl – zu instrumentalisieren, was wiederum seinen Versuch, sich von anderen Menschen abzuheben, ad absurdum führt. Doch er kann nicht anders, als sich auf diese Weise der anbahnenden Gewöhnung zu entziehen. Nicht einmal an die Namen der Wochentage will er sich gewöhnen, sie von Tag zu Tag wie selbstverständlich nennen. Das menschliche Gehirn ist geneigt, sich zu gewöhnen, immer das Gleiche zu wiederholen. Er will nicht aus Gewohnheit, nicht unbewusst lieben wie die Ameisen.

Es ist an der Zeit, wieder auf die Suche zu gehen. Er sucht weiter nach *ihr*, nach B., wie der Leser weiß.

Der Frühling verheißt Erfolg, der sich gleich am Tag, an dem er seinen Wintermantel ablegt, abzeichnet. Vor der Konditorei, in der er sitzt, sieht er zwei Mädchen, eine im hellbraunen und eine im hellblauen Regenmantel. Als sie sich trennen und verschiedene Richtungen einschlagen, ist er unschlüssig, welcher er folgen soll. C. folgt der schönen Studentin Güler im hellbraunen Regenmantel, der falschen, wie der Erzähler kommentiert. Doch diese zwangsläufige Verirrung ist ihm gerade recht, denn wäre er B. gefolgt, hätte die Geschichte vorzeitig geendet. Darüber kann man als Leser spekulieren. C. verfolgt Güler hartnäckig, spricht sie an, und sie verlieben sich ineinander. Die täglichen Verabredungen, die ihm Angst zu machen beginnen, weil er sich vor der Routine fürchtet, nehmen mit einer naiven Äußerung Gülers ein abruptes Ende. Sie sagt: »Ich erwarte nicht viel vom Leben. Drei Zimmer mit Küche, einen Mann, den ich liebe, und zwei Kinder, einen Sohn und eine Tochter.« C.s Antwort lässt sie schaudern: »Damit der gelangweilte Mann die Flucht ergreift und die Kinder Diphtherie bekommen?« Seine Angstvorstellung ist, dass Güler aus ihm einen Familienvater mit Einkaufstüten machen will. Solche festgelegten Rollen sind ihm verhasst.

Gülers Äußerung, sie möge ihre Schwester nicht, trotzt ihm zwar ein gedachtes Lob ab, da sie damit in seinem Sinne eine Konvention verletzt, doch alles Unglück im Leben beginnt für ihn mit dem Traum von drei Zimmern, einer Küche und zwei Kindern. Er rüttelt kräftig an diesem Traum Gülers und freut sich über die Verunsicherung, die er bei ihr auslöst.

Er ist sich sicher, ihr irgendwann nahe bringen zu können, dass der einzige Halt in der Welt die wahre Liebe ist. Güler schreibt jedoch ihrer Freundin B., die sich in einer fernen anatolischen Kleinstadt aufhält: »Wenn er mich doch nur verstehen würde, wenn er doch nur denselben Traum träumen könnte wie ich!« Noch ehe er seine Obsession überwinden kann, ihre makellosen Beine zu küssen, läuft sie ihm total verwirrt davon. Er schafft es wieder einmal, dass eine Beziehung höchstens eine Jahreszeit währt.

Der Sommer bringt eine fast zwangsläufige Veränderung. C. mietet eine Wohnung in einem Badeort in der Nähe von Istanbul. Wieder gibt ihm das Schicksal eine Chance, sie, die Gesuchte, zu entdecken. Sein Malerfreund Sami taucht in dem Badeort auf und stellt ihm B. vor. Es ist seine Schwester. Doch C. reagiert nicht. Symptomatisch ist die Begegnung mit der früheren Malerfreundin Ayşe. Sie beteuert, ihn nicht hintergangen zu haben. Das hatte er in Wahrheit auch gar nicht angenommen, sondern es sich nur eingeredet, um sich trennen zu können und seinem inneren Zwang nachzugeben. Nun kommt ihm die Neuauflage dieser alten Beziehung gelegen. Er war nach dem Bruch mit Güler wieder in eine Leere gestürzt.

Der schicksalhafte Zufall des Neuanfangs birgt bereits das Ende in sich. Alles kommt zusammen, was ihm zuwider ist: Sie zieht zu ihm in die Wohnung, sie überredet ihn, die Mahlzeiten gemeinsam mit den anderen Pensionsgästen, mit der Familie des Ingenieurs und der des Direktors, die ihre alten Bekannten sind, einzunehmen, sich nach einem festen Tagesablauf zu richten. Er darf ihre Beine nun zwar ohne Angst betrachten, ja sie sogar streicheln und küssen. Das kann aber nicht gut gehen. Gleichnishaft kündigt das Bild mit dem Titel *Meer, an dessen Ufer sich zwei Menschen geliebt haben*, das Ayşe am Strand zu malen beginnt, das unerfüllte Ende des Sommers an. Sie kommt nicht recht voran und gesteht sogar, es niemals vollenden zu können. Die Vollendung der Liebe erweist sich einmal mehr als Utopie. Sie zerstreiten sich mit den anderen Gästen bei Tisch, und diese stellen die Inhaberin der Pension vor die Wahl: sie oder wir? Ayşe knüpft eine innige Beziehung zu ihren Eltern, die C. irritiert. Und selbst beim Liebesspiel, bei der körperlichen Vereinigung, gleiten Ayşes Gedanken ab zu anderen Dingen. Für C. wird es höchste Zeit, einen Schlussstrich zu ziehen. Ayşe spürt das. Das Warten auf den Abschied C.s ist für sie genauso unerträglich wie früher das Warten auf sein eigenwilliges Auftauchen. Sie hinterlässt einen Zettel und geht selber fort. Er fasst den Entschluss, am nächsten Tag den Ferienort zu verlassen und in die Stadt zurückzukehren. Der Sommer ist zu Ende.

Der Herbst ist die triste Zeit der Neige. Das Suchspiel geht weiter. Veränderungen, die keine sind, stellen sich ein. C. interessiert sich nicht mehr für Bücher und Bilder, dafür neuerdings für Schallplatten. Die Beziehung zur Plattenverkäuferin dauert ganze drei Tage, weil sie am dritten Tag geschminkt erscheint und nach der Heirat fragt. Die Sehnsucht nach dem Duft der Tante Zehra versucht er in Gestalt der schielenden Straßenhure vor dem Kinoeingang zu befriedigen. Das Experiment schlägt fehl und vergrößert nur noch die Enttäuschung. Noch einmal kommt er B. ganz nahe, ohne sie zu erkennen. Als er aus der Straßenbahn steigt, rempelt er ein Mädchen an und entschuldigt sich. Das ist B., die die erkrankte Güler besucht hatte. Sie erinnert sich dunkel, C. schon einmal gesehen zu haben. Als C. schließlich aus dem Schaufenster des Cafés draußen in der Menge ein Mädchen mit einem blauen Regenmantel sieht, hört der Schmerz an der linken Schläfe plötzlich auf. Er glaubt, die Gesuchte in ihr zu erkennen, schießt wie ein Pfeil hinaus und jagt ihr nach, einem Phantom. Sie ist inzwischen in den Bus eingestiegen und weggefahren. Um ihr zu folgen, zwingt er ein besetztes Taxi zum Halten, wird aber vom Taxifahrer beschimpft. C. schlägt ihn nieder. Menschen sammeln sich um ihn und verurteilen ihn mit hasserfüllten Blicken. Die Polizei kommt. Damit endet der Roman. Der Kreis schließt sich.

Dieser Schluss lässt einerseits offen, ob das Spiel des Suchens im Rhythmus der Jahreszeiten weitergeht. B. existiert ja irgendwo in der Realität. Andererseits macht er deutlich, dass die Suche nach der wahren großen Liebe irreal ist. C. ist, in gewisser Weise gemeinsam mit anderen Menschen, auf die Vorstellung von der großen wahren Liebe hereingefallen, mitten hinein in eine tragische Leere. Vielleicht ist es ja die Furcht vor der totalen Desillusionierung, die eine Begegnung mit der gesuchten B. verhindert.

Die Perspektive des Erzählers in der dritten Person deckt sich im Wesentlichen mit der von C., dem Ich-Erzähler. Beide Perspektiven greifen ineinander durch innere Monologe, Gedanken und gedachte Dialoge von C. So fällt der erste Abschnitt mit der direkten Ich-Erzählung nicht aus dem Konzept. Hier fehlen einfach die Anführungszeichen, um diese Sätze als Gedanken von C. in das Gesamtgefüge zu verweben.

Die Perspektive von C. wird einmal durch die Tagebuchnotizen von Ayşe, zum anderen durch die Briefe Gülers an ihre Freundin B. kontrastiert und durch die Sicht der beiden Frauen gedeutet und ergänzt, damit also die Unwägbarkeit von und Unvereinbarkeit mit C.s Verständnis von Liebe konkretisiert.

Fassen wir zusammen: Das Unvermögen C.s, mit den Menschen auszukommen, liegt in den schmerzlichen frühkindlichen Erfahrungen und Erlebnissen begründet, in der traurigen Lieblosigkeit dieser Zeit. Die schlimmste Erfahrung war, dass der Hafen der Liebe und Geborgenheit, Tante Zehra, vom verhassten Vater feindlich besetzt und C. nur geduldet war. Dieser Hafen der wahren Liebe und Geborgenheit rückt in unerreichbare Ferne. Nach dieser utopischen Liebe, nach einer trügerischen Hoffnung, sucht C. in spiralförmigen, immer neuen Anläufen. Die Suche wird zum Lebensspiel, artet aus, wiederholt sich und dreht sich im Kreis, ja wird selbst zur Gewohnheit. Sogar die Liebe ist Teil dieses Spiels. Nach dem Liebesakt muss C. immer allein schlafen.

Das Aufbegehren gegen ein gewöhnliches, sich ständig wiederholendes Leben kehrt sich gegen ihn. Die Welt dreht sich gewohnheitsmäßig und eintönig nach dem Schema der immer wiederkehrenden Jahreszeiten. Diesem Gang der Welt auf Geheiß der höchsten Instanz können sich Menschen genauso wenig entziehen wie C. selbst, der den Menschen und ihren Werten einen aussichtslosen Kampf, einen Scheinkampf, liefert. Der eigentliche Gegner ist und bleibt sein Alter Ego.

Im Grunde gilt der Kampf dem Vater, den frühkindlichen Erlebnissen, schließlich sich selbst. Es stellt sich heraus, dass die Emanzipation von der Kindheit, vom Vater, von der Hoffnungslosigkeit einfach nicht möglich ist, weil die Befreiung von sich selbst nicht möglich ist.

Yüksel Pazarkaya

Worterklärungen

Abla »ältere Schwester«, auch Anrede für ein Mädchen oder eine Frau, die man als ältere Schwester ansieht oder verehrt

Abi »älterer Bruder«, auch Anrede für jemanden, den man als älteren Bruder ansieht oder verehrt

Ağa begüterter Bauer oder Grundbesitzer

Ağa-Moschee kleinere Moschee am nördlichen Ende der İstiklâl-Straße

Bâkî (1526–1600) größter Lyriker der osmanischen Zeit, Hofdichter am Hof von Süleyman dem Gesetzgeber, zeitweise auch Scheich ül-Islam (oberster islamischer Geistlicher) und Richter

Baklava süße Blätterteigpastete mit Honig-, Mandel- oder Nussfüllung

Bey Herr; höfliche Anrede, dem Vornamen nachgestellt

Cacık Vorspeise aus Yoghurt mit klein geschnittenen Gurken, Knoblauch und Wasser (griech. Zaziki)

Caddebostan Viertel im Istanbuler Stadtteil Kadıköy

Dağlarca, Fazıl Hüsnü (geb. 1914) berühmter türkischer Lyriker

Dolmabahçe Palastanlage am Bosporus in Istanbul

Ekmek kadayıfı Süßspeise aus mit Zuckersirup übergossenem, im Ofen gebratenem Brot

Galatasaray eigentlich *Galatasaray Lisesi* (Galatasaray-Gymnasium), ältestes Gymnasium in der Türkei unter französischem Einfluss, gegründet 1867. Das Gebäude steht an der İstiklâl-Straße zwischen Tünel und Taksim-Platz

Grüner Halbmond 1920 gegründete Organisation zur Bekämpfung des Alkoholmissbrauchs

İmambayıldı (wörtl. »Der Imam ist ohnmächtig geworden«) ein Auberginengericht

Kağızman Kleinstadt in Ostanatolien (Regierungsbezirk Kars)

Kavaklıdere eine Weinmarke, benannt nach einem Weinbaugebiet bei Ankara

Kelim gewebter, gestickter oder gewirkter Teppich oder Wandbehang ohne Flor; mit geometrischen Mustern

Kuruş türkische Geldeinheit (100 Kuruş = 1 Lira)

Ladino Sprache der Nachkommen der aus Spanien vertriebenen Juden

Meze kalte und warme türkische Vorspeisen, die gewöhnlich zusammen mit Rakı gegessen werden

Mirgün Ort am Bosporus, zwischen Istanbul und dem Schwarzen Meer gelegen. Heißt heute Emirgan.

Mudanya Kleinstadt am südlichen Marmara-Meer

Pastırma Dörrfleisch; türkischer Dörrschinken, wird durch eine stark knoblauchhaltige Paste konserviert

Pilaki kaltes Gericht aus Bohnen in Olivenöl

Razakı-Trauben süße, längliche weiße Trauben

Suadiye Viertel im Istanbuler Stadtteil Kadıköy

Sultanahmet die berühmte Blaue Moschee in Istanbul

Taksim der Taksim-Platz in Beyoğlu; zu ihm führt die İstiklâl-Straße

Tasavvuf Bezeichnung für islamische Mystik

Teyze Tante, auch Anrede für ältere Frauen, dem Vornamen nachgestellt

Tünel kurze Untergrundbahn, die Karaköy (Galata) mit Beyoğlu (Pera) verbindet. Am oberen Ausgang beginnt die İstiklâl-Straße.

Zypressenallee Sıraselviler Caddesi; Straße im Zentrum Istanbuls, beim Taksim-Platz

Stadtteile von Istanbul: Aksaray, Alemdar, Asmalımescit, Bebek, Beşiktaş, Eminönü, Fındıklı, İstinye, Karaköy, Kasımpaşa, Kuledibi, Kurtuluş, Maçka, Nişantaşı, Osmanbey, Parmakkapı, Sarıyer, Şişhane, Tarlabaşı, Tepebaşı, Tophane, Tozkoparan

Zur Aussprache des Türkischen

Das türkische Alphabet hat 29 Buchstaben, die Buchstaben q, w und x kommen im Türkischen nicht vor. Die Vokale werden zumeist kurz ausgesprochen.

c wird wie dsch in Dschungel ausgesprochen
ç wird wie tsch in Deutsch ausgesprochen
ğ ist ein weiches g und nicht hörbar, es längt den vorhergehenden Vokal, d. h. Ağa wird wie aa'a ausgesprochen
ı ist ein dumpfes i wie das e in Ochse
j wird wie das j in Journal ausgesprochen
s wird stimmlos ausgesprochen wie das s in Bus
ş wird wie sch ausgesprochen
v wird wie w ausgesprochen
y wird wie j ausgesprochen
z wird stimmhaft ausgesprochen wie das s in Sonne
^ über einem Vokal längt diesen: â = aa

Die Übersetzerin

Antje Bauer, geboren 1954, hat in Gießen, Rom und Berlin Politologie, Romanistik, Arabistik und Islamwissenschaft studiert. Arbeitete als freie Journalistin für diverse Zeitungen und von 1995 bis 1999 als verantwortliche Redakteurin der deutschsprachigen Ausgabe von *Le Monde diplomatique.* Seit den neunziger Jahren ist sie vor allem für den Hörfunk tätig und berichtet über die Türkei, den Nahen Osten, Zentralasien und Afghanistan. Mehrere Aufenthalte in Afghanistan seit dem Fall des Taliban-Regimes.

Umschlagmotiv

Hale Asaf (1905–1938) gehörte zur »Vereinigung der Unabhängigen Maler und Bildhauer«, die einen neuen Malstil anstrebte – geschult an deutschen Expressionisten. Mit innovativen Techniken versuchten die Künstler dieser Gruppe, einen individuellen Ausdruck in der Malerei zu finden, die sich nicht mehr länger am Naturalismus orientierte. Hale Asaf ging in jungen Jahren nach Paris, starb allerdings schon bald unter schwierigen Umständen an Krebs. In ihrer Malerei konzentrierte sich die Künstlerin auf starke Farben und Formklarheit.

Nachwort

Yüksel Pazarkaya, 1940 in Izmir geboren, studierte Chemie, dann Germanistik, Philosophie und Linguistik in Deutschland. Seit 1959 arbeitet er für türkische und deutsche Zeitungen, Zeitschriften und Rundfunkanstalten. Neben zahlreichen Übersetzungen türkischer Poesie und Prosa sind auch eigene Werke, Poesie und Prosa, auf Türkisch und Deutsch erschienen, u. a. *Ich und die Rose* (Roman), *Du Gegenden* (Gedichte) und *Rosen im Frost. Einblicke in die türkische Kultur.* Für sein Werk erhielt er zahlreiche Preise, u. a. 1989 den Adelbert-von-Chamisso-Preis und 2007 den Yunus-Nadi-Lyrikpreis.

TÜRKISCHE BIBLIOTHEK

Herausgegeben von Erika Glassen und Jens Peter Laut
Eine Initiative der Robert Bosch Stiftung
www.tuerkische-bibliothek.de

Die Türkische Bibliothek präsentiert in zwanzig Bänden Meilensteine der türkischen Literatur von 1900 bis in die unmittelbare Gegenwart. Ob Roman, Autobiografie, Kurzgeschichten, Gedichte, Essays – alle Texte sind repräsentativ ausgewählt. Das Schwergewicht liegt auf Autorinnen und Autoren, die in ihrer Heimat viel gelesen werden, die es im deutschsprachigen Raum aber noch zu entdecken gilt.

Die Spannweite reicht von bereits klassischen Romanen des 20. Jahrhunderts bis hin zu aktuellen Werken der jüngsten Generation. Alle treffen sie den Nerv ihrer Zeit, und mit literarischer Kunst führen die Autoren durch den faszinierenden Reichtum der Lebensformen und Anschauungen. Das kreative Spannungsverhältnis zwischen anatolischen Kulturelementen einerseits und westlichem Denken und literarischen Strömungen andererseits hat viele Meisterwerke hervorgebracht.

»Die ›Türkische Bibliothek‹ ist beispielhaft ausgestattet. Jeder Band ist mit einem ausführlichen, kenntnisreichen Nachwort versehen. Im Internet sind zusätzliche Informationen über den jeweiligen Autor und die Rezeption des Werkes bereitgestellt. Bravo, die bisherigen Veröffentlichungen machen Lust auf mehr.«
Christoph Burgmer, Deutschlandfunk Köln

TÜRKISCHE BIBLIOTHEK

Sabahattin Ali
Der Dämon in uns
»Der Schriftsteller bezaubert mit einer Mondscheinfahrt auf dem Bosporus, schildert das weit gefächerte und gar nicht immer fröhliche Familienleben, das wilde Treiben in Kneipen und Konzert-Cafés.«
Stefan Berkholz, NDR

Leylâ Erbil
Eine seltsame Frau
»Formexperiment und Handlungsstruktur hat Leylâ Erbil als fragiles Prosagebilde gestaltet, sodass weibliches Selbstbewusstsein inmitten männlicher Konventionen umso deutlicher wird.«
Hans-Dieter Grünefeld, Der Standard

Liebe, Lügen und Gespenster
»Es fällt auf, wie hautnah die Autoren sich an all die wunden Punkte einer muslimischen, noch immer in weiten Teilen patriarchalen Gesellschaft heranerzählen, und wie innovativ, experimentierfreudig und ungeniert sie das tun.«
Barbara Frischmuth, Die Presse

Murathan Mungan
Palast des Ostens
»Murathan Mungan versteckt im Kleid uralter Geschichten zahlreiche zeitgenössische politische und Geschlechter-Botschaften.«
Simone Meier, Tagesanzeiger

Hasan Ali Toptaş
Die Schattenlosen
»Toptaş straft den literarischen Realismus Lügen, ohne dabei weltfremd zu werden. Toptaş ist auch ein orientalischer, um die literarischen Errungenschaften der islamischen Mystik bereicherter Kafka.« *Stefan Weidner, Frankfurter Allgemeine Zeitung*

Ahmet Ümit
Nacht und Nebel
»Die Kategorien von Gut und Böse geraten durcheinander, der Roman wird zum Kaleidoskop einer zerrissenen Gesellschaft, deren Ordnung auf (moralisch) tönernen Füßen steht.«
Wolfgang Günter Lerch, Frankfurter Allgemeine Zeitung

Halid Ziya Uşaklıgil
Verbotene Lieben
Mit diesem Meisterwerk, einem Sittengemälde der mondänen Istanbuler Oberschicht am Ende des Osmanischen Reiches, beginnt die moderne türkische Literatur.

Von Istanbul nach Hakkâri
»Diese überraschungsreiche ›Rundreise in Geschichten‹ erweist sich als willkommene Einführung in jenen nahen und uns zugleich immer noch sehr fernen Kosmos Türkei.«
Paul L. Walser, Die Wochenzeitung

Bestellen Sie den Newsletter zur Türkischen Bibliothek:
www.tuerkische-bibliothek.de